有爱的青春陪伴者

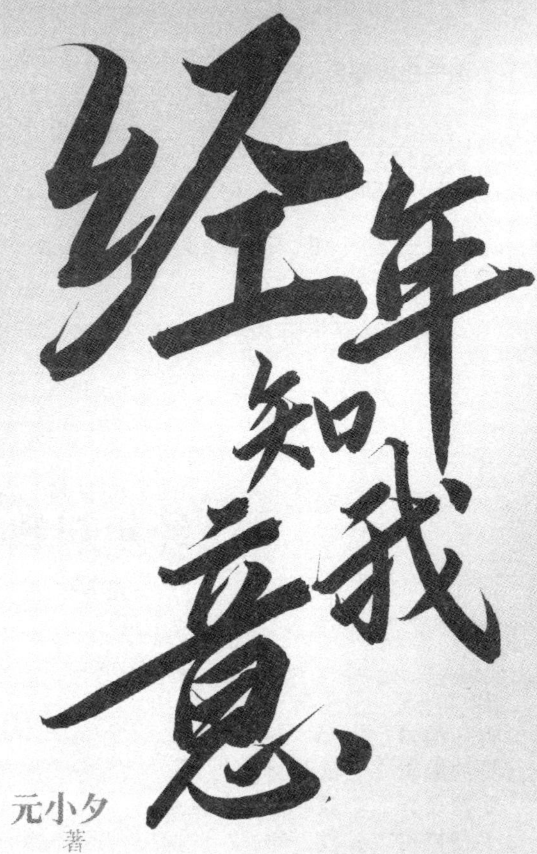

元小夕
著

四川文艺出版社

图书在版编目（CIP）数据

经年知我意 / 元小夕著 . -- 成都：四川文艺出版社，2022.12
ISBN 978-7-5411-6473-6

Ⅰ . ①经… Ⅱ . ①元… Ⅲ . ①长篇小说 – 中国 – 当代
Ⅳ . ① I247.5

中国版本图书馆 CIP 数据核字 (2022) 第 188932 号

JING NIAN ZHI WO YI

经年知我意

元小夕 著

出品人　张庆宁
责任编辑　邓　敏
特约编辑　欧雅婷
装帧设计　颜小曼　唐卉婷
责任校对　段　敏

出版发行　四川文艺出版社（成都市锦江区三色路 238 号）
网　址　www.scwys.com
电　话　0731-89743446（发行部）　028-86361781（编辑部）

排　版　长沙大鱼文化传媒有限公司
印　刷　长沙鸿发印务实业有限公司
成品尺寸　145mm × 210mm　开　本　32 开
印　张　9　字　数　210 千字
版　次　2022 年 12 月第一版　印　次　2022 年 12 月第一次印刷
书　号　ISBN 978-7-5411-6473-6
定　价　39.80 元

目录

contents

目录

contents

第一章 救命恩人是河神

阳春三月，风和日丽，护城河里的水却冷得刺骨。

这是夏知意掉进护城河的真实触感。

她拼命扑腾着，却还是难以克服重力，慢慢沉下去。她嘴里憋着一口气，仿佛一只圆鼓鼓的河豚。由于不会游泳，她最终只能任由河水没过头顶。

挣扎在生死线上的她免不了胡思乱想，如果上古神话故事是真的，那么她溺水而亡，这般冤枉地离开世界，死后的怨气应该够她变成精卫一类的飞鸟吧；或者，按照漫画里的惯用套路，掉到河里后，应该会出现一个富甲一方的盖世英雄把她捞起来，然后她会问愣在岸上的宋之涵：年轻的姑娘啊，你要一个金闺密，还是一个银闺密……

“夏知意，你给我坚持住！”宋之涵似乎没看到护城河边立着的“水深危险”的警示牌，“扑通”一声就跳了下去，波光粼粼的河面上激起了不小的浪花。

这时候，一个逆着光的身影出现，先宋之涵一步将陷入昏厥的夏知意抱出了水面，回到了岸边。

那是一个看上去二十出头，身形修长的俊朗少年，穿着 A 大百年校庆纪念款卫衣。

难道……刚刚有人跟她一起跳河了？

宋之涵掉头游上岸，看着少年缓缓蹲下身，将夏知意揽入怀中，一只手扶着她半坐在地上，另一只手轻轻抚过她的后背，夏知意就呛出了腹部的积水。

这种操作不科学呀！

宋之涵陷入了自我怀疑，但见夏知意脱离了危险，总算放下心来。她瘫坐在地上，长长地舒了一口气。

她转念想到她们本是要去参加夏知意漫画签售会的，又赶忙掏出手机联系活动主办方说明情况。

之所以会出现这个意外，是因为她们在护城河边看见一只哈士奇的头卡在护栏中出不来，夏知意热心帮忙。不料刚解救了宠物狗，还来不及站稳，夏知意就被凑上前表示感谢的狗主人挤下了河堤。

主办方善解人意，签售会顺利延期，救护车也及时赶到了。

宋之涵的微信电话却不合时宜地响起，是助理提醒她准时参加公司新产品发布会。作为刚升职不久的产品运营部副总监，二十六岁的她再一次面临人生路上重要的选择，要朋友还是要工作。

有风吹过，湿淋淋的她打了个哆嗦，抽抽搭搭地吸着鼻子。她正难以决断的时候，救人的少年扯了扯她的衣摆，指着救护车，试探地问："学姐，如果有急事儿，我可以帮你去医院照顾你朋友。"

学姐？

这真是个久违的称呼，她研究生毕业快两年了。

宋之涵疑惑地打量着少年。其实她有脸盲症，也看不出什么，不过是做做样子罢了。

少年从衣服口袋里掏出了校园卡，解释道："我是A大信息技术学院的，今年读大四，两年前听过你讲的职业生涯与发展规划课。"

宋之涵接过他的学生证看了看，上面的照片和他本人对得上，照片下面，是那行她再熟悉不过的由 A 大艺术学院特别设计的端方字体，学生的名字叫陆经年。

宋之涵瞥见了少年的手机壳图案，上面是夏知意的漫画，不禁会心一笑。

这么见义勇为的学弟一定是个好粉丝呀！

她有了决定，从包里掏出自己的名片："那麻烦你了。这是我的联系方式，你先替我去医院照顾她一会儿，有事情电话联系。"

陆经年接过名片，轻笑着点头，转身跟着担架上了救护车。

宋之涵匆忙打车离开，早春的清晨，温度并不高，半开的车窗吹进了不少冷风，吹得她尚未干透的衣裳有些发硬。

因为太匆忙，她没有察觉那个下水救人的少年衣服居然早早就干了。

陆经年把夏知意安顿在南津市一家私立医院的高级病房里后，他预缴了住院费，打开粉丝群，发布了一条最新消息："知意大大已经被安全送到医院，我正陪在她身边。"

配图是夏知意左手的高清无码照片。

粉丝们都知道，夏知意左手常年戴着一串超浮夸的定制款紫水晶手链，以便她的脸盲症闺蜜能一眼就认出她。

群消息瞬间炸了。

粉丝 1 号："羡慕副会长！要照顾好知意姐姐啊！"

粉丝 2 号："为什么路过护城河边的人不是我？"

粉丝 3 号："姐姐为什么会落水啊？是想不开吗？"

……

陆经年正津津有味地刷着群消息，屏幕上突然跳出了微信视频邀请的提示界面。他收起笑容，抿了抿嘴角，退出群聊，站起身，长腿迈开，三两步就走到了病房里的观赏鱼缸边，淡淡开口：“我没戴耳机，长话短说，怎么了？”

这是一种借助某一相通介质进行千里传音的法术。

护城河底的鲇鱼精兴致勃勃地报告：“大人，全国河神总工会统筹部发来了邮件，说加上您今早救下的女人，您自上任以来已经成功拯救了十万人，通过了凡间河神的 KPI 考核，现邀请您参加本季度的全国河神工作交流会。”

“你确定我已经救了十万人？”陆经年满头问号。

他掌管南津市不过二百年，就算一天救一个人，也才七万多，难道算错了？

对此事心知肚明的鲇鱼精开始抖机灵：“这个是总工会发来的数据，他们是权威，他们说什么，大人听着不就行了。”

陆经年问：“这是我父亲的意思吧？”

“天君他日理万机，应该还不清楚此事。”

陆经年心下了然，想来是负责考核的那几个仙官怕他在凡间当了太久的地仙，丢了天君的面子，才在 KPI 数据上动了手脚，给他开了一扇好宽敞的后门。

鲇鱼精好言劝道：“大人不必在意这点儿细节，您只要按时参加交流会，完成会上布置的最后一道考核任务，就可以回天界与亲朋团聚了，岂不快哉？”

亲朋？他们做神仙的，哪里还在意这个？或许只有搞砸了交流会，他父亲才会想起来他这个不肖子。

陆经年眼底滑过一抹自嘲的神色，心里已然决定破罐子破摔：“告诉我时间地点。”

“明日辰时三刻，西海龙宫。”

“知道了。”他不动声色地点点头，挂断了电话。

“咳咳！”

病床上传来的咳嗽声吓得他一激灵，他转头看见夏知意依然双眼紧闭，才松了口气，眉目间涌现出些许波澜。

他是天君的老来子，却不是最小的那一个，两百年前下凡做了南津市河神，主管全市大小水源。

陆经年刚刚上任的时候，自以为背负着父亲的期待，故而在岗位上大显身手，造福万民，短短几十年就成了神界十大杰出青年之一。不过渐渐地，他发现父亲对他并没什么期待。再后来，随着凡间科技的发展，时代的进步，南津市近年一直风调雨顺，社会安定和谐，他一身才华难有用武之地，只好天天坐在千年河蚌的办公室里思考人生。

直到某一天，拥有过人智慧的他突然开窍了，离开护城河，来到陆地，开始积极融入现代生活。他给自己起了个人类的名字，学着做一个平淡无奇的人，去上学、交友，参加高考，还考上了A大。

上大学没多久,他被舍友陈念拉进了一个叫动漫社的神秘组织，并在那里找到了新的生活乐趣。一本叫《上古纪事》的国风热血漫画更是深深吸引了他。他日日追更，看得心痒难耐，迫不及待，索性关注了作者微博，积极打榜，成为粉丝后援会的副会长，还乐此不疲地从某宝上订购乱七八糟的周边，惹得同僚们同情万分——这就是个被生活逼疯的小可怜啊。

最近，《上古纪事 4》实体漫画书正式出版，广大粉丝终于迎来了知意大大的第一场签售会。作为粉丝后援会副会长，陆经年出席是责无旁贷的，谁知道刚准备出发，他手腕上的护城河警报器亮起了红灯，这是提示有人落水了。

他本来想派遣手下去救人，却听到了警报器报出非常熟悉的落水者信息：夏知意，二十六岁，漫画师，笔名我是知意啊，于清晨 8 点 37 分落入护城河，原因不明！

如此，他就亲自来救人了。

陆经年放下手机，看着夏知意昏睡的面容，眉如柳叶唇如樱，肤色白净，鼻梁高挺，让人很舒服的长相。

为了保持神秘感，他此前克制了自己无数次想动用神力查作者资料的冲动，就等着今天的签售会。虽然签售会没去成，但好歹是见到知意大大了。原来，他喜欢了两年的热血漫画作者居然是一个这么秀气的人类女孩子啊！

在人世间漂泊两百年，KPI 什么的，他早就不在意了，关键是他追的漫画还没完结，后面的剧情他还猜不到，他的作者大大千万不能有闪失啊！更何况，年底他若是真的去了天界，在那个手机信号到不了、规矩又多的地方，就不能随心所欲地看漫画了。他开始静静地思考如何在短时间内说服作者更完《上古纪事 5》。

模样这般秀气，应该是个好说话的姑娘吧！

夏知意的眉头动了动，陆经年见状，轻手轻脚地坐到病床边上。

“你是……”好说话的姑娘无力地睁开眼睛，气若游丝，天见犹怜。

“我叫陆经年，是你的粉丝。”

醇厚低沉的声音在耳边响起，夏知意耳朵有些酥了。

“是你救了我？”她隐约记得昏迷之前有一双手将她托起，那力道让人觉得很安稳，绝对不是宋之涵的。

“碰巧路过。”陆经年点头。

躺久了有些头疼，夏知意揉了揉太阳穴，问道：“我隐约记得当时我朋友也在河边？”

“你朋友去上班了，她托我在医院照顾你。”

“这样啊。”夏知意动了动脖子，坐起身，眼睛终于适应了光线，自然睁开，陆经年的脸在她视线中越发清晰。

他的皮肤光滑而略白，眉眼硬朗又清明，嘴唇轻抿弯成好看的弧度，酒窝浅浅，笑容灿烂。这就是从青春校园漫画里走出来的男主角啊，一笑就能温暖整个寒冬的那种。

她这个书粉，不但有个好听的名字，还有一副好皮囊。

或许是职业病的缘故，夏知意已经脑补出了他跌宕起伏的一生。

瞧着夏知意发呆的模样，陆经年有些紧张，还以为她落水留下了什么后遗症，连忙问道：“大大你感觉怎么样？有没有不舒服？想喝水吗？”

夏知意还没彻底回过神，只是机械地接过他递来的水杯，温热的，惹得她老脸一红。她大脑短路，脱口而出：“多谢小哥的救命之恩，我真的无以为报。”

“不妨事。”陆经年凑得近了些，深深地看向她，情真意切，“大大若真要谢我，不妨把今日份的《上古纪事5》更了吧。”

夏知意一脸春色凝固在脸上。

这是编辑催更的新手段吗？

一定是自己的打开方式不对，需要重启一次。

此时，夏知意的百亿财产存放处——京华集团总部刚刚结束了新季度的高层董事会。

京华集团是一家有四十余年历史的家族企业，以房地产起家，旗下有十六家子公司，在房地产、互联网、餐饮、娱乐、文化传媒等领域都取得了不俗的成绩，市值保守估计上千亿。京华集团现任董事长夏镇东是夏知意的爷爷。

执行董事办公室里，夏知意的姑姑，集团副董事长夏澄正坐在沙发上，抱着保温杯喝茶，一副宁静致远的模样。然而整个办公室内，助理和秘书都噤若寒蝉，只剩下法务专员小张对着键盘噼里啪啦的打字声。

“副董，都办好了。”不知过了多久，小张深吸一口气，按下了邮件发送键。

“知意没有危险吧？”夏澄站起身，走到办公桌边，眼神落在小张身上，吓得他背后一凉。

“救……救护车到得及时，大小姐很安全。”

夏澄没接话，空气瞬间冷了下去，仿佛下一秒就要往下掉冰碴了。小张急忙补充道：“大小姐落水时，身边只有一个脸盲症患者，那附近的监控昨天就坏掉了，找不到肇事者。我把能提供的线索全都打包发给公安局了，特意嘱咐局长彻查，电视台那边也打好招呼了，明天会有头版新闻。”

“辛苦了。”夏澄莞尔，人到中年的她，眼角微垂却看不到皱纹，朱唇轻启，声音泛冷，“我等着看明早新闻的头版。”

另一层楼中，谢助理回来得急，门都没敲就冲进了总裁办公室。

总裁夏语冰正伏在办公桌上看文件，被声音惊到，一抬头看见谢助理，便放下手中的文件，一双好看的琥珀色眼睛弯成新月，不急也不恼："谢助理别着急，要不要先喝口水？"

夏语冰是跟夏知意长得一点儿都不像的双胞胎妹妹，曾经的女团偶像，坐拥千万粉丝，举手投足都被训练得如天使一般完美。

头脑清醒的谢助理时刻都在提醒自己，这位夏小姐是戴着面具的天使，摘掉面具，本质上就是个野心勃勃、大杀四方的撒旦啊！

面对领导递来的水杯，谢助理收起自己透过现象看本质的眼神，挤出一个堪称奴颜媚骨的笑容："谢谢总裁，因为是大小姐那边的事儿，怕您着急，一时间忘了敲门。"

"没关系，下次注意就好。她跟姑姑联手了？"她声音没什么波动，一如既往轻松的语调，可谢助理却感受到一股从头到脚的压迫感。

"绝对没有！大小姐早上确实落水了，但当时她身旁的同伴下水救人了，我们不方便现身，没能把她带回来。"

"这么说，她人缘还挺好。"夏语冰嘴角闪过一丝冷笑，午间的暖阳照亮了她精致的侧脸，令人沉迷。

在这桩豪门家产争夺战开打之前，这些早早站好队的员工哪一个都不容易。而夏语冰是个父母双亡，爷爷不疼，姑姑不爱，有颜值却偏靠实力的富二代。这样的领导如果成功掌权，似乎对于跟随的员工来说也是件颇有成就感的事，谢助理想着，心里顿时涌起一种孤注一掷的感觉。

"总裁，听说夏副董那边已经报警了。要不，我们今晚去医院……”

夏语冰摇摇头：“算了，爷爷下个月就要回国办七十大寿了，姐姐是他的大宝贝，这事儿闹大了对我们没好处。”

“那我们？”

“敌不动，我不动。”夏语冰嘴角若有似无地勾了一下，“踏踏实实去工作吧。”

“是。”谢助理如释重负回到了自己的办公位。

被家人如此念叨着的夏知意并没有打喷嚏，她正抱着双腿坐在病床上，一头雾水地盯着陆经年。

这位看上去比自己小了五六岁的漫画脸小哥哥正语重心长地教育她要珍爱生命，专注事业，追求梦想，积极和粉丝互动，千万别因为一时的苦闷和挫折而放弃活下去的希望。

现在她不得不仔细回忆自己溺水的经过，以证清白。

“这是个误会。”夏知意苦笑，“我看起来像轻生的人吗？我是被……”

由于早上的事情过分诡异，她一时间想不到好的措辞。眼下，虽然肇事者逃跑了，狗也不见了，宋之涵那个脸盲症患者完全无法做证，但她的的确确是被人挤下去的啊！

“怎么？”陆经年歪头看她。

“总之我真的很热爱生命，没有一丝一毫轻生的念头。”夏知意信誓旦旦。

“这样就太好了！”陆经年松了口气，露出轻松的笑意，“我还以为大大你是因为房租涨价，感情不顺，生活压力大，失去创作灵感，所以才跑去护城河边散心的。”

“你想得真全面。”夏知意默默为他竖起了大拇指，并出于私心，着重解释了自己还是一只卑微“单身狗”，没有任何感情问题。

“对了，我朋友有说她什么时候会来吗？”

陆经年摇摇头，拍着胸脯保证：“大大别担心，在你朋友回来之前，我会好好照顾你的。”

“陆经年。”在现实生活中被人称为大大确实有点儿羞耻，夏知意一脸无奈地喊他名字，“大大这个称呼听起来实在太奇怪了，我本名就叫夏知意，你可以直接叫我名字。或者，你随便换个称呼，叫知意姐什么的都没问题，我应该比你大不少。”

“好的，小意。”长得年轻的陆经年并不想在夏知意面前装弟弟，所以挑选了一个自认为无比合适的称谓。

“咳咳咳……”夏知意甩了甩头发，遮住自己有些发烫的耳朵，有一种被人占了便宜却很爽的错觉。

这称呼，应该也没毛病吧？

两人相处了一上午，天南地北地聊着，最后都能回到陆经年那一句“所以，你要继续努力画漫画”上。这让夏知意更加有理由怀疑今天发生的一切都是她的编辑亲自导演的一场戏，陆经年就是编辑派来的卧底，目的就是向她输出美男计，逼她按时更新《上古纪事5》。

直到午饭时间，宋之涵打电话说她下午就回来，夏知意觉得自己铺垫得够长了，吞吞吐吐几个来回，终于整理了一套不尴尬又不失礼貌的完美措辞，企图挖出陆经年就是编辑同伙的证据。

她问道：“陆经年，今天实在太麻烦你了，看你这衣服，像是

A大的？”

“对呀，我们学校马上就要办百年周年校庆了。”

承认了第一步，是好事情。夏知意继续问：“你一定还在上学吧？在这里照顾我会不会耽误你很多时间呀？”

“不会，我大四了，课少。”

马上要毕业了，正是找工作的时候，保不齐他就是未来的软钉子编辑啊！

夏知意又问：“方便问一下你的理想职业吗？我知道有几家文化创意公司福利挺好的，有兴趣可以介绍给你。”

陆经年削苹果的手微微一顿。

她问他职业是什么意思，难不成刚刚他对着鱼缸说话真被她听见了？她一点点地套话，摆明了是在怀疑他的身份呀！

记得他从河里出来，准备融入现代生活的时候，小助理鲇鱼精千叮咛万嘱咐，像他这么帅的男孩子，出门在外一定要保护好自己，跟陌生人保持距离，万万不能透露自己的身份。

不想惹麻烦的他这些年与人相处时一直谨记着这些话。

他试图回忆刚刚跟鲇鱼精的通话内容，脑中却混沌一片，想着干脆随口搪塞过去好了，但看到面前的女孩睫毛微颤，一下又一下，一副很想知道又不太聪明的样子，他心里有些动摇。

这不是陌生人，是他心心念念的作者大大啊！编谎话骗人有被拆穿的危险，到时候还要一个接一个地圆谎，太费脑子，不如一开始就实话实说的好。

最后，陆经年成功地说服了自己。

“小意，这件事我偷偷告诉你。”陆经年将削好的苹果递给她，压低声音，神神秘秘地说道，“其实，我就是你漫画里的那个河神。”

夏知意愣住了，这难道就是年龄差距产生的代沟吗？

“你不信我？”陆河神明知故问，无辜地眨眨眼，静待小姑娘走进自己的套路。

“怎么会？”夏知意慌乱地摇摇头，佩服他做卧底的职业素养，“你开心就好。”

第二章

大小姐的硬核操作

“叮咚——”

病房的门铃响了，陆经年开门，门外是来送午餐的护士。

折腾了小半天，夏知意肚子早就咕咕叫了，不知道这种私立医院的伙食怎么样？夏知意乖乖打开小桌板，期待满满地看到护士摆上桌的是清蒸鲫鱼、干炒西蓝花，还有苦瓜汤后，脸色一点儿一点儿绿了下去。

等护士离开，陆经年和她隔着小桌板，面对面坐下。

出于想给对方留下好印象的虚荣心理，夏知意自认为没有表现出对菜品一丝一毫的不满意。她拿着筷子，夹起一块西蓝花放进嘴里，一边嚼，一边暗自叹气，带刺的鱼和苦味的蔬菜，人生最讨厌的两类食材居然凑齐了，还真是不容易呢。

干了两百年基层工作，深谙察言观色之道的陆经年轻而易举就看出了夏知意的挑剔，计上心来，打算抓住机会好好拉近跟作者大大的关系。

“这菜有些凉了，对胃不好，我出去给你买些吃的吧。”他放下碗筷，及时提议，不等夏知意跟他客套一番，就带着手机出门了。

无事献殷勤，非奸即盗啊！夏知意望着房门的方向，目光更沉了。

一会儿的工夫，夏知意看着重新摆在桌上热气腾腾的海鲜粥、开水白菜、香煎三文鱼，惊喜得除了“哇”一声，都不知道该说些什么，那些小怀疑、小猜忌也都被她暂时抛到九霄云外去了。

“我挑的都是清淡的，小意你快尝尝合不合胃口。”陆经年说着，周到地将筷子递到她面前。

现在的年轻人都这么贤惠的吗？就算是编辑派来的卧底，这服务也太细致了吧，要给多少钱才请得起啊？夏知意一边喝粥，一边忍不住反思自己，是不是退出江湖太久，已经失去了职场竞争力。

刚吃完，夏知意手机微信的提示音响了，是编辑发来的消息：“知意啊，宋之涵给我打过电话了，签售会的事儿不用操心，你这几天先好好休息，照顾好自己呀。”

紧跟在消息下面的，是一个饱含爱意的红包。

世上怎么会有这么善良的编辑姐姐，夏知意有些感动，点开红包，欣然接受了编辑价值十块钱的问候。

谁能想到，下一秒，编辑连发三次“哈哈哈”的表情，还说道：“你既然能玩手机，证明没什么事了，明天中午是约定好的交稿时间，不许趁机拖更！”

人与人之间为什么不能多一些真诚与信任呢，夏知意感慨道：“我觉得你这样是不对的。”

编辑回复说：“不许找借口，拖更我就截图发你粉丝群哦！”

夏知意挑了挑眉，简单粗暴地回复：“我脑子进水了，画不出来。”

编辑：“……”

聊完天，夏知意基本确定她家编辑智商不够，害她落水的另有其人。当然，穷编辑也肯定请不起陆经年，他确实是个清清白白的路人。

之前误会了他也挺不好意思的，正好手机在手里，她主动提议道：“陆经年，刚才辛苦你帮我买饭了，听送餐的护士说，我的住院费是你垫付的，我们加个微信，我把钱一块儿转给你，可以吗？”

原本正在收拾餐盒的陆经年顿了顿，转身红着脸憋出两个字：“好呀！”

当真就是一副被女皇帝翻牌子的娇羞模样。

加了微信，夏知意就感觉到屏幕上一股淡淡的中二气息扑面而来，陆经年的微信头像就是她漫画里的河神形象，微信名字跟她的笔名一样通俗易懂又不怎么走心——我是河神啊。

还完钱，夏知意顺便浏览了他的朋友圈，还真是一个标准大四学生的朋友圈——几张跟同学们聚会的照片和一大堆求赞领内推名额的招聘信息，确实没什么看头，不过她不得不感慨，这年轻人真是她粉丝，每一条朋友圈的配图都是她的漫画，这种执着让人挺感动的。

陆经年知道夏知意在翻他的朋友圈，为了保持一个成熟男人的形象，他强忍住发朋友圈炫耀的冲动，只是在粉丝群里小小地嘚瑟了一把：“我和知意大大加了微信！”

粉丝 1 号：“这是什么逆天的运气！”

粉丝 2 号：“恭喜副会长成功跻身柠檬供应商行列。”

粉丝 3 号：“我酸了，你凭什么？”

……

一天之内，这个原本关系和谐的粉丝群炸了两次，甚至激发了某种恶意攀比的风气。最后，群主做出了明智的决定，将陆经年禁言一周，轻轻松松化解了群内的矛盾。

宋之涵赶到病房，一进门就瞥见夏知意和陆经年各自盯着手机傻乐，不明所以的她嫌弃地轻咳两声。

“宋宋，你回来啦。”夏知意率先抬头，傻笑道。

“嗯。”宋之涵应了一声，走到陆经年跟前，语气平淡，“谢谢学弟在医院照顾她这么久。”

“学姐不用客气。”陆经年识趣地起身，对夏知意淡笑着说，“既然小意有人照顾，我就不打扰了，改天再来看你。”

夏知意跟宋之涵是同龄人，可陆经年却固执地叫她小意，这小子别有用心啊。

夏知意心底一片清明，可当着宋之涵的面儿，还是有些不好意思。她摸了摸脑袋：“你放心，我会好好画漫画的，不让你等……”

“不麻烦陆先生了。”夏知意还没说完，宋之涵就坐到床边，挡住他们对视的目光，“我刚才问过医生，说夏夏没什么大事儿，我们明天就办出院手续。”

“也好，在家休养总归自在些。”陆经年表示赞同。

“不要嘛。”夏知意低语，拉起宋之涵的手，撒娇道，“我想还是在医院多住几天比较保险。”

“听话。”宋之涵的语气不容商量。

“好吧，好吧，你别生气呀。”夏知意耸耸肩，“那我去送送陆经年。”

看着陆经年出了病房，宋之涵快步上前挡在门口，揽住夏知意的肩膀：“不想回家是因为舍不得他？”

夏知意反驳道：“陆经年只是我的一位非常优秀的读者，你不要凶他。”

“那为什么不回家？”

“我落水了，留在医院观察更安全。当时你怎么不第一时间下来救我？”

“我……”

“你来不及第一时间救我也就罢了，还放跑了那个腿脚不灵活的老人家。”夏知意无奈地摇摇头，“宋宋啊，你变了，你当上了副总监后就抛弃了曾经英勇果决的优秀品质了。”

“你先别着急给我扣帽子。”理清思路的宋之涵企图夺回话语权，“我之所以让你出院，是因为今天发生的事太过离奇，尤其这个凭空出现的陆经年！”

“什么意思？”夏知意示意她接着说。

“我下河救你的时候，很慌张，不记得有没有人跟我一起跳下来过。但他给人的感觉就像凭空冒出来的一样，而且他救人的手法很奇怪，衣服干得还特别快。还有，我当时手忙脚乱的，没给你叫救护车，不知道是不是他叫的，不过也可能是看热闹的市民叫的吧。”

“所以你怀疑今天的事情是陆经年处心积虑为了接近我？”

“不然呢？”宋之涵留给她一个意味深长的笑容。

“我觉得不对。”夏知意否定了她的推测，“陆经年没有问题。”

她通过自己这半天的敏锐观察，总结了陆经年身上的几个特质——朴实勤快、真诚温和、不挑食、懂察言观色，把这些关键词串联在一起，脑洞大开的夏知意基本可以确定，陆经年就是那种男频小说里经常写的“穷人家的孩子早当家”的男主类型。哪怕现实再苦再难，他也会不卑不亢，就等着一遇风云便化龙了。

他在她心里，算是男主落魄期的见义勇为。她喜欢这种单纯因为缘分而引发的相遇，毕竟二十多年了，带着目的晃悠在她眼前的人实在太多，多得她不敢轻信。

“这就叫美色误国啊。”

“不是的。他除了催更的意图鲜明，其他方面简直是无欲无求，联系方式都是我主动给的。”夏知意虽然混迹职场的能力退步了不少，但是看人的本事可是自幼在豪门圈里练出来的，“放心吧，他只是一个简简单单的小朋友好不好？”

“既然你觉得没问题，那你留在医院就是为了享受简简单单的小朋友的追捧？”

夏知意白了她一眼，没理会她的揶揄，继续说正经事：“这里是距离护城河最近的私立医院，我是早上 8 点半左右落水的，如果有人这个时候打电话叫救护车，走最近的线路，也要经过二环道的早高峰，来回最快也要四十分钟。可是就诊单上显示我 8 点 57 分就被送到医院了，时间几乎缩短了一半！”

“有这么快？”宋之涵觉得不可思议，“我当时没注意时间，只是感觉等了很久。”

“那是因为陆经年把我提前救上岸了。”夏知意轻笑，“我猜测如果没有陆经年，而是你把我带上岸，那么救护车到的时间就会很准确，不会让人怀疑。但是，我被救的时间提前了，只是吃了几口水，如果他们还不及时出现，我就该醒了。”

“有道理。”

“这明摆着是不想我死，但又偏偏要我落水。能这么清楚掌握我的行踪的，你觉得会是谁？”

夏知意怎么说都是名副其实的京华集团嫡系大小姐，个人消息都是保密的，除非是……

“你的意思是你家里人盯上你了？”

夏知意没否认:“京华集团是这家医院的大股东，在自家医院里，他们盯着更容易一些，我们也犯不着躲。回家的话，保不齐他们又惹出什么幺蛾子。你就踏踏实实回家去，悄悄地在家里多装几个摄像头，知道吗？”

“听你的。”宋之涵妥协了，她都快忘了，如今貌似心里不装事情的夏知意曾经也是个处心积虑的腹黑女啊。

夏知意向来讨厌家里的钩心斗角，如今却不得不采取措施保护自己，虽说心里已经有了对策，但气氛一度有些低沉。

宋之涵开玩笑道：“你说，会不会是咱们想多了，事情的真相其实是你画的漫画恶意篡改神话故事，惹到了某位神仙，这是他给你的警告？”

夏知意听了她的话，拍手赞同道:“不愧是宋副总监，我觉得你说得非常有道理，要拿小本子记下来，当作明天应对编辑催稿的理由。”

“啪——”

夏知意转身，笑容僵住。

明明只是门口垃圾袋落地的声音，她却仿佛听到了一个少年心碎的悲鸣。

“陆经年？”她支支吾吾问道，“你怎么回来了？”

“我想着可以顺道把垃圾扔了。”他说着，弯下腰去收拾散落一地的垃圾，“你好好休息，我就不打扰了。”

将地面收拾干净后，他头也不回地离开。

看着陆经年离去时刻哀怨的眼神和愈加沉重的背影，一股罪恶感在夏知意心中陡然涌现，她拽着宋之涵的衣角，急急忙忙说：“宋宋，拜托了，快回家帮我把画画的平板和笔拿过来！”

远去的陆经年听着夏知意急不可待的腔调，露出了一丝不易察觉的微笑。她们刚才的对话，他听了个大概，一面侃侃而谈，一面惊慌失措，他粉上的作者居然是个反差萌，真的太可爱了！

六个小时后，准备上床睡觉的夏知意再次收到了编辑的微信消息。

编辑：“太难得了！你居然提前更新了！是我锲而不舍的努力感动了上苍，还是你终于良心发现，痛改前非？”

夏知意：“呵呵，你想太多了。”

编辑：“快告诉我真相吧。”

夏知意：“我要一个十块钱的红包。”

编辑：“满足你！”

夏知意点开红包后，满意地在屏幕上打出一行字：“我是为了祖国的下一代。”

编辑：“……”

夏知意：“就知道你这样的人体会不到我伟大的理想。”

编辑：“【微笑 jpg.】”

翌日，天朗气清，惠风和畅，全国河神工作交流会在西海龙宫顺利召开。

陆经年面无表情地听着鲇鱼精给他分析接下来如何回答工会主席提问的述职要点，周围一圈儿又一圈儿的河神无不化成“柠檬精”

酸酸地盯着他。

做神仙也是要守些规矩的，比如从地仙升入天界，就得通过总工会的数据考核和最终任务测评。一般情况下，各位河神都是规规矩矩地刷数据，磨时间，偶尔有个小漏洞，大家也睁一只眼闭一只眼。只不过，这次陆经年刷分刷得太明显了吧！天君的儿子也不能这么干啊！又不是独生子！

小半场述职会下来，鲇鱼精急得直冒冷汗："大人哪，您怎么不按我教您的说啊，只要您好好走流程，很快就可以升职回天界了。听话，好好表现一次吧。"

"谢谢你，可我不需要升职。"

陆经年说"不需要"的时候分外平静，仿佛一切都是身外之物，毫不在意。鲇鱼精活了千余年，也给不少河神当过助手，从业这么久，第一次见到这么不在意升职的河神。

有时候明明是同一件事，但用不同的方式说出来就会有不同的效果，偏偏陆经年什么都懂，却故意分外平静地阐述那些对他不利的事情。

"我是二百年前下凡的，对，我近一百多年都没什么工作。"

"神界十大青年？都是我刚下凡不久的事情了。"

"去人类社会生活不是因为好奇，是觉得做河神太无聊了。"

"没错，夏知意是我这一百年来唯一亲自救的一个人，其余的，都是我助手救的，他真的很不容易。"

"十万绝对不可能，我应该还没救够三万人，是你们的数据计算失误。跟我父亲没半分钱关系，他不会理我的。"

工会主席听得汗流浃背，最后问道："你是不喜欢天界吗？"

陆经年瞳孔漆黑，似乎有阵清风拂过他的记忆，吹散了厚厚的尘埃。三十三重离恨天上，万载不败的海棠树下，眉目恬淡的神明张开双臂，叫他过去。她拈起落在他肩头的朱色花瓣，奇怪，明明海棠无香，他闻到的空气却都是香甜的……

时间太漫长了，他终于再也想不起那个神明清晰的模样，也再想不起后来的点滴温情。

许久，他笑了："主席，我不讨厌天界。"

这是一个让人意外的答案。

在场的河神们面面相觑，不知道陆经年到底在干什么。鲇鱼精急得不行："大人，回到天界，您想怎样都成。在这儿，咱们真的不能放浪形骸了。"

陆经年不语。

"既然还留恋，早一点儿回去不好吗？"

陆经年低着头，慢慢说道："留恋的东西已经不在了，在这里和在天界，没什么差别。"

至少在这里，他不期待任何人的在意，也不害怕被任何人忘记。

鲇鱼精似乎想到了什么，开口道："大人莫不是怕最终考核任务过于困难？其实，我之前已经打点好关系了。这次的任务是替司命星君收拾他醉酒后胡乱编造凡人命数的烂摊子，你只要负责在这些凡人命簿中选一个，消除他潜在的黑化值就够了。只要不动用高级法术，方法您定，慢慢感化也好，等他黑化的时候，杀了也好。"

"杀了？"陆经年顿住。

"就是制造个天灾什么的，因果报应，屡试不爽嘛。"鲇鱼精解释完后，觉得有戏，继续补充道，"要不大人您看看这些人的命簿，当是看个话本打发时间了。”

鲇鱼精把六七本命簿影印版整整齐齐排开，陆经年兴致恹恹地扫了一眼，却再也移不开了。

他看见了夏知意的名字。

夏知意居然有潜藏黑化属性？

他难以置信地翻开那薄薄的本子，上面是司命星君在反人类人格迸发的情况下为夏知意编造的命运。本来淡泊的小姑娘，被家人逼上绝路，失去一切，不再相信社会美好，绝地反击，成功夺权，后来还涉足违禁生意，成为让人闻风丧胆的罪犯。

三两下翻完，陆经年气得想回天界打死司命星君，却碍于众人围观，咬牙跟鲇鱼精保证：“我会好好说。”

后半场述职会，陆经年明显配合多了，按着鲇鱼精的思路说了很多有利自己的发言。为了确保自己能顺利地拿到夏知意的命簿，说到最后，他提供了一个账号：“这些年，我在人间漂泊，学会了不少能耐，也赚了一些钱，本就是要做惠民之用的，现在交给总工会处理，统筹后分给各个辖区，改善一下基础设施。账号密码是123456。”

主席接过一看，好家伙，那个账号里有九亿！

河神们都惊呆了，为什么这个本来就是个“仙二代”的河神还这么努力赚钱？

陆经年在众人惊愕的目光中走向主席台，拿起夏知意的真命簿，问道：“这个有具体操作指导吗？”

主席从袖口中掏出一个手环，恭敬地递过去：“戴上它，就会自动绑定拯救对象。如果对方有危险或是黑化值有波动，手环提示灯会亮起的。”

这不就是个翻版护城河警报器吗？陆经年嫌弃地将它套在手上，卸下原来的警报器丢给鲇鱼精。

主席提醒：“任务持续时长是一年整，如果届时任务失败，总工会会自动处理那些黑化的凡人的。”

陆经年点点头，问道：“还有其他注意事项吗？”

“没了。”

“学校下午有场篮球赛，请问主席，我可以走了吗？”

主席看着电子屏幕上的账户余额，连连点头：“可以可以，您请便。”

清晨，宋之涵踏着曦光，早早就上班去了。夏知意也难得展示出了工作狂的一面，从上午9点起床后就窝在病房的办公桌上画画，一直画到下午2点，这绝对是对手腕、颈椎和脑细胞的巨大消耗。

完成了一整天的工作，她倒在病床上百无聊赖地刷手机，微博上一条名为#京华集团继承人落水#的醒目热搜让她心里咯噔了一下。

完了，平静的生活就要结束了。

果不其然，下午4点多，两辆警车停在了私立医院大门口，是民警来跟夏知意了解情况。

“我不记得我有报案啊。”夏知意瞪着圆溜溜的眼睛看向宋之涵。

“当然也不是我！”

“抱歉夏小姐，我们有规定，不能公开匿名报案人的信息。”

“那我什么事儿都没有，可以撤案吗？”夏知意试探地问道。

“局长嘱咐这件案子一定要好好审理，还请夏小姐不要为难我们。”

公安局局长是夏知意父亲生前的至交好友，难免会对她的事情过分关心，但夏知意果断表示爱莫能助：“真的没什么好说的，事情的经过你们调监控就知道了，干吗问我呢？”

民警很无奈：“热心市民报案后，我们调查过现场，护城河区域的监控正好在维修，什么也拍不到。根据知情人士提供的资料，我们有理由怀疑推你落水的人接下来还会有所行动。”

夏知意有些为难：“我正准备出院，不如收拾好东西回去再说。”

民警很坚持：“只是做调查而已，不会耽搁您太多时间的。”

“毕竟在医院，别耽误了其他病人住院。”宋之涵在一旁附和，“等我们办完出院手续，有更充裕的时间方便您来了解情况。”

民警妥协了：“那好，我们在楼下等您。”

支开了民警，宋之涵回头看着慢吞吞地收拾东西的夏知意，问道：“不就是跟警察聊聊天嘛，组织好语言，不要怕。”

“我不是怕警察。”夏知意皱眉，难得严肃道，“我们没报警，没投诉，就流出了一张高糊照片，热心市民再热心也不会闲得查我背景吧，感觉一切都是事先设计好的。”

“如果你家人要害你，直接弄死不是一了百了？”

“不一定是害我，而是利用我害别人。”

“你确定？”宋之涵被她说得毛骨悚然。

“这两天，我难得智商在线，你居然不表扬我，还怀疑我！”

“那我陪你一起，提醒你不要说错话。”

夏知意没接话，默默地思考对策。

想来姑姑和妹妹都想利用她落水的事做文章打压对方，她要是跟警察说错了一句话，可能就已经不知不觉被利用了站了队，害了人。

这个调查她是万万不能参与的。

夏知意以要给自己多一点儿思考时间为由，放弃了乘电梯，而走楼梯，刚到楼梯口，她故作惊讶地拉起宋之涵的手，说道："宋宋，我的钱包好像落在病房了，你帮我去看看呗。"

"不会啊。"宋之涵拉开双肩包，"在这儿呢。"

"我的手机好像也没带。"

"在你右边口袋里。"宋之涵自信地笑了笑，"你的东西都是我收拾的，肯定一样都落不下，放心。"

"还真是辛苦你了呢。"夏知意露出一个不怎么开心的笑容，都怪自己平日里四肢不勤，太依赖宋之涵了。

"走吧，别担心。"宋之涵摇了摇夏知意的胳膊，准备下楼，却看她直勾勾地向自己身后望着，便跟着转过头。

没想到，她手上一松，夏知意脚下一滑，从楼梯上摔了下去。

"夏夏！"

A 大篮球场上，下午的阳光藏在层层云雾间，并不刺眼，正是个适合打球的好时间。

陆经年坐在队员休息区，指尖旋着篮球玩。

陈念换好球服，坐在他旁边，有些不安："老陆，我还是有点儿紧张。"

“都赢了快四年了，别担心。”

“可是这次的对手是可以跟国家队比拼的校队啊。”

不远处，有来看比赛的同专业学弟学妹们在夸奖陆经年的球技：“我跟你们说，咱们院的陆学长打球超级厉害，等一会儿就看他碾压全场吧。”

“真这么厉害？对手可是校队的啊。”

“你要对学长有信心。”

陆经年丢开手中的篮球，轻笑着拍了拍陈念的肩膀，自恋道：“你要对学长有信心，知道吗？”

陈念嗤笑了声。

啦啦队跳完舞，裁判口哨吹响，比赛正式拉开序幕。

第一个球被陈念抢到，他带球跑了几步就传给了陆经年。陆经年懒洋洋地接过，定点投掷，轻松进球，惹得场外一阵欢呼。

看来又是一场妥妥的碾压，陈念悬着的心也逐渐放下了。

这时候，陆经年的手环亮起了黄灯，他慵懒的笑意僵在了嘴角，身体也慢慢僵硬。

黄灯是夏知意有危险的信号！

随后，篮球场上出现了无比神奇的场面，校队成员迎面拦截陆经年，只是轻轻一个格挡，陆经年就摔倒在地，再也起不来了。

他装模作样地跟教练装可怜，说脚踝扭到了，没办法上场，然后一瘸一拐头也不回地离开，消失在拐角处，还连累撞他的球员被罚下场。

这真的不是明晃晃的碰瓷吗？

陈念心想：说好的对学长有信心呢？

滚下楼梯真的好疼啊，夏知意眉头皱成一团，眼眶中蓄满了泪水，额前不住淌下的血渐渐模糊了她的视线，视线尽头是宋之涵仓皇失措奔跑着去叫医生的背影。

这下不用做证了，真好。

夏知意还来不及舒展眉头，一瞬间就被人拦腰抱起。

那张白皙的脸上透着紧张，额间渗出细汗，他穿着宽松的球衣，露出修长的脖颈。

“是你啊……”她没力气喊出陆经年的名字了，也没力气去思考他为何会突然出现。

她安然地闭上了眼，笃定着所有事情都会按照自己计划的那般进行。哪怕耳畔尽是医院报警器尖锐的声音，她心里却是无比安静。

第三章

一夜回到两年前

窗帘的遮挡使得病房内的光线不够亮，偏偏一束漏进来的阳光洒在夏知意的脸上，她刚醒来不久，头疼得厉害，意识还有些茫然。

四周都是她熟悉的陈设，这一切仿佛游戏掉线后重启了一遍。

因为口渴，她走到桌前，倒了杯水，看着对面镜中的自己，头上缠着厚厚的绷带，显得有些狼狈。

“小意，你醒了。”拎着一袋子外卖的陆经年走进病房。

夏知意回头，满脸惊愕，迟疑半晌后才问道：“小哥哥，你是谁啊？”

“你不记得我了？”陆经年同样愕然地回望。

她摇摇头，茫然问道：“这是在哪儿啊？好熟悉的地方。”

陆经年看着她头上厚厚的绷带，怕刺激到她，轻声说：“醒了就好，我们在医院，我替你喊大夫。”

他按响了病床后面的呼叫铃。

医生很快就来到了病房，经过一系列检查，给出了一个无比狗血的结论：“夏小姐之前溺水受了惊吓，本来就有些精神恍惚，加上昨天从楼梯上摔下来，头部受创，有轻微脑震荡，可能会产生间歇性失忆的症状。”

夏知意失忆了，跟那种电视剧里什么都忘了的桥段还不一样，她只是失去了最近两年的记忆。

医生说，这种情况确实存在先例，不排除日后恢复记忆的可能。

但是如果要寻找什么医疗上的治疗手段，他真的是无能为力。

两年前，夏知意主动退出京华集团管理层，之后利用琐碎时间完成的漫画书处女作《终南渡》得了个最佳故事创意奖，从此开始了自由漫画家的职业生涯。那时候，她和宋之涵一起研究生毕业，搬到新公寓住在一起。那时候，她还没有很多粉丝，《上古纪事》也刚刚开始连载。

她本来就是记性好的姑娘，两年前的一切都记得清清楚楚，可惜她的两年前没有陆经年。

最近的事情夏知意半点儿都想不起来,民警也无法进行调查了。送走了警察，她躺在床上，摸了摸自己发出响声的肚子：“还真是有点儿饿了。”

陆经年抓住了机会：“我给你带了吃的，热一下就好。”

“医生说昨天多亏你把我及时送到病房，谢谢了。”

陆经年看着她头上的绷带,还是咽下了所有的好奇:“都是凑巧。我是来送外卖的，当时你碰巧从楼梯上摔下来了。”

“原来是这样。”小哥哥除了上学还要兼职送外卖，对人还如此体贴，真的太不容易了。

夏知意再次脑补了一番陆经年野蛮生长的经历，真是越想越带感。她最后佯装平静地客气道：“那也要谢谢你，还不知道你叫什么呢。”

陆经年一如往常，将筷子递给她：“我叫陆经年，是你的粉丝。”

夏知意看着那双星星眼，心底一动，差点儿就装不下去了，理智时刻提醒自己，自己正在假装失忆，在他面前要保持好淑女的矜持和成熟漫画家的风范。

她忍！

陆经年温和地笑着，递给夏知意一张会员卡："凭这个卡下次订我家的外卖可以打八折。"

"我记下了。"夏知意不好意思地笑了笑，没再多说话。

"失忆"的夏知意提防心更重了。陆经年很知趣，没再逗留，好歹把平安符幻化成会员卡送给了夏知意，心里踏实了一些。

回到护城河底，陆经年扎进书房，两耳不闻窗外事，翻阅着神界古籍。

鲇鱼精在一旁急得嗷嗷叫："大人，这几份流域治理的方案是隔壁市河神发过来的，说让您看完后大家一起线上讨论。"

"我没意见，让他们决定就好。"一个没有灵魂的声音回应道。

"还有线上讨论！"

"知道了。"陆经年捧着书，应付了事。

"大人可是遇到了烦心事？"鲇鱼精问。

鲇鱼精比陆经年年长，在神界也算是见识广博，陆经年难得虚心求教："你可知道有没有能让人恢复记忆的法子？"

"这世上多的是让人失忆的药，却从未听说过有什么能让人重拾记忆的灵丹妙药。"鲇鱼精若有所思，"不过，我听说太上老君那里有本《十全药典》，我去为大人借来，也许会有帮助。"

"没有用的。"陆经年失落地打开手机阅读界面，"我已经翻过了电子版。"

"大人不必忧心，塞翁失马，焉知非福。夏姑娘失忆了，或许是件好事儿，少了些年岁的积累，您能更快完成任务。"

“你怎么知道是夏知意？”

鲇鱼精笑而不答，陆经年也意识到自己问题的愚蠢，凡间之中，他在意的本就不多。

鲇鱼精的话倒是提醒了他，他随手翻了翻夏知意的命簿，看到这两年，夏知意命里有过好几次节点，想来是她姑姑和妹妹在背后搞事情。她如果把这些都忘了，心里会更平和些吧！

然而，夏知意的潜在黑化值依然居高不下，难道，他可爱的作者大大是个天生的腹黑？

陆河神疑惑了。

宋之涵在公司接到了夏知意的电话。

“你骗人说你失忆了？”

夏知意一边收拾行李，一边说：“都是为了生活啊。你千万别穿帮了，晚上家里见。”

“怎么突然要回家了？不是说医院更安全吗？”

“做戏要做全套，我现在可是两年前的我。你好好上班吧。”夏知意解释清楚后，还不忘给宋之涵打了一针预防针，“你凡事当心点儿，千万不要低估我家人搞事情的能力。”

宋之涵回到公寓的时候是晚上7点钟，进门看到鞋柜的时候，脚步僵住了，再一抬头，整个人都僵住了。

客厅里，并排站着六个男人，都是穿着黑衣服，一个顶一个的身高腿长，还戴着墨镜，好像是黑社会。

六位大哥的视线顿时齐刷刷落在她身上，空气一时间变得有些诡异。

这妥妥的是黑社会找碴现场啊！

宋之涵脑海中飙出一个巨大的标题：震惊！富豪千金及其闺密在家中被杀，原因竟然是……

为了不以这样惊悚的方式出现在电视社会新闻中，宋之涵当机立断，必须马上逃跑并报警！

“各位大哥，不好意思，我大概……走错房子了。”

她强忍着心悸的感觉，火速转身开门，打算逃离现场。

背后有人“哎”了一声。

是夏知意的声音，难不成她已经被控制了？宋之涵的脚步情不自禁地定住。

黑衣人左右各三个，整齐地让出一条通往客厅的路。只见夏知意坐在沙发上，手里捧着一本书，双腿交叠，好像坐上了龙椅一般，她开口说道：“宋宋回来啦！”

只不过配上头顶的一圈纱布，略显滑稽。

宋之涵强装镇定地走过去，努力控制着步伐，不能太快，不然会丢人。

“你这又是唱哪一出？”她刻意压低了声音。

“来，宋宋，我给你介绍一下，左边三位是我姑姑派来的保镖，这个气质斯文的是小赵，这个体格彪悍的是小钱，这个巧克力肤色的是小周；右边那三位是我妹派来保护我的，这个个子最高的是小李，中间这个没什么特点的是小吴，这个活生生的衣架子是小王。”夏知意一口气说完，还跟宋之涵眨了眨眼。

“你家里人真的好多戏啊！”宋之涵扶额，下班回家不但差点儿被吓死，脸盲症似乎还更严重了。

“说什么呢，这都是妹妹和姑姑对我满满的爱。”

“确实是亲戚才干得出来的事儿。”宋之涵点头附和，“我要去卧室休息一下。”

夏知意拉住她的手，眨眨眼：“宋小姐，去卧室不带上我吗？”

“呵！”宋之涵嫌弃地拉着夏知意回了卧室，在关门之前，还特地给守在外头的黑衣人们鞠了一躬，生怕他们觉得她冒犯了。

“吓死我了。”关好房门的宋之涵随手拿了个抱枕砸向夏知意，“我刚进来还以为你被黑社会给绑架了呢。”

“暂时应该没有黑社会敢惹我们家。”夏知意放好抱枕，去扯宋之涵的衣袖，“吓到你真是不好意思啊。”

“说吧，你跟我进来，又想干什么？”

“你难道没有东西要给我吗？比如合同？”夏知意期待地搓搓手。

宋之涵所在的公司青叶科技是一家游戏制作公司，游戏开发部前阵子和夏知意联系，有意购买她此前的完结漫画《终南渡》的游戏改编权，合同基本都谈拢了，就差了一条——原著作者执意要请大明星乔希诚来做代言人。

“说真的，乔希诚的形象太现代，不太适合《终南渡》。”

“你们不要太主观，乔希诚可是我画画时的原型，绝对合适。”夏知意摆出一副我不要听的姿态，“而且，你们总监已经联系过我，说他们同意了。”

“夏同学，你现在不是应该保持失忆的状态吗？这些事儿也是最近发生的，怎么记得这么清楚？不怕穿帮吗？”宋之涵从包里掏出合同，递给她。

夏知意爽快地签下名字："爱美之心，人皆有之。"

"就怕'颜狗'有文化啊。"

"我原谅你的浅薄，毕竟你个脸盲症，天生就少了一份欣赏美丽皮囊的乐趣。"

乔希诚是火了快五年的"饭圈顶流"，有钱人家里出来的孩子，身高一米八八，英俊又温柔，舞台表现力完美得无可挑剔，待人接物彬彬有礼，可谓前途无量。夏知意就是他千万粉丝中的一枚"铁粉"。

宋之涵忍不住反驳："你不觉得他星途太顺了吗？这才出道六年，就转型拍电影，还提名角逐影帝了！你就不想知道他背后的资本运作？"

"并不想。"夏知意看了看自己的手机屏保，"我们家哥哥实力雄厚，要身材有身材，要脸蛋有脸蛋，代言的产品一小时销量破千万。虽然不是科班出身，但他每部电影拍得都很感人啊！影帝这个名头，实至名归！他就是我心里的天选之子！"

"对对对。"宋之涵放弃挣扎，"他粉丝也挺好，不攀比不拉踩，贼捧场。"

"那当然。"

"我们跟乔希诚经纪人谈代言合作的时候，查过他以前的详细资料，他刚出道的时候，好像组过一个限定团吧。"

"对！"夏知意频频点头，"那就是我的初心啊！"

"我还发现，乔希诚出道后好像没有过什么绯闻，唯一的，就是六年前出道的时候跟限定团里面的一个成员炒过 CP。那个成员当时叫林晚，后来改名叫夏语冰。"

“那都是陈年往事了好不好，我们做粉丝的，要关注哥哥的当下和未来！”夏知意顾左右而言他，她并不想承认，年轻的时候，她居然真情实感地嗑过乔希诚和自己妹妹的CP！

“总而言之，我爱的是他破茧成蝶，浴火重生一般的经历，你这个肤浅的女人是不会懂的。”

“肤浅的女人需要静一静，请大小姐回自己的房间去睡觉吧。”

回到自己的卧室，夏知意仰面躺在床上，暗暗佩服自己是个小机灵鬼。

自从去年爷爷发病住院起，家庭内部就愈加不太平了。那些争财产的野心家都渐渐浮出水面，抱团壮大势力，姑姑和妹妹也不再维持表面的和气。爷爷出院后，就放权给一众亲信，自己跑去国外散心，并放话说，为期一年，谁干得好，谁就是继承人。

这一年之中，姑姑和妹妹共同管理京华集团，基本上势均力敌。眼看着下个月爷爷的七十大寿就是一年之约到期的日子，也怪不得她们纷纷想来拉拢她了。毕竟就像宋之涵说的，自己持有的股份似乎真的值几百亿。

现在她失忆了，姑姑和妹妹谁也没办法把她当枪使。她继续置身事外，井水不犯河水，多好！

为了让自己的失忆看起来更加真实，夏知意难得主动地联系了编辑。

夏知意：“请问您是谁？”

编辑：“夏知意，你又搞什么？你那些乱七八糟的拖稿理由骗不了我的。”

夏知意：“原来你就是我的编辑啊。”

编辑：“别闹了，好不好，自从负责了你，我的发际线都开始后移了。”

夏知意：“我失忆了，这两年发生的事我都不记得了。”

编辑：“？？？”

夏知意：“看了故事大纲也没感觉，我暂时想不起故事走向了。”

编辑：“？？？”

夏知意说完又觉得有点儿对不起一路支持自己的读者，尤其是像陆经年那样的。

她摸了摸兜里那张外卖 VIP 卡，把之前存好的几张番外长图发给编辑：“一周放一张，应该能撑一阵子，期待我慢慢恢复吧。”

发完消息，她忽略了编辑发来的一串又一串问号，果断地把《上古纪事 5》从连载模式改为停更！

之后的几天里，宋之涵每天早出晚归，尽量减少跟夏知意在一起的时间。理由很简单，她一看见那六个极为相似的保镖就头疼，这款“消消乐”她玩得一点儿都不快乐。

夏知意倒是优哉游哉，她本来就是个宅女，默默存了几章漫画稿子，闲了就刻枚橡皮章，插插花，喂喂鱼，在网上追追乔希诚的动态。偶尔出门买个口粮，有六个跟班帮忙拎东西，她也乐得清闲，日子过得很是自在，直到一个陌生号码打到了自家的座机上。

“您好，我是夏知意，请问您找谁？”

“我是夏语冰。”电话里头传来清清冷冷的声音，真是夏语冰！

“妹……妹妹？”夏语冰有些结巴，没想到夏语冰能直接打电话到她家落灰了整整两年的座机上，这说明对方已经把她查得清清楚楚了。

“姐姐原来记得我啊，听说你出事儿了，我特意来看看你。”

“好啊，你什么时候来，我准备准备。”

“我在你家门外。”夏知意轻飘飘地说，“姐姐不用拘束，该怎么样还是怎么样，把我当普通客人就行。”

“好。”

就这样，夏知意顶着头乱发，牙都没刷，就跑去开门，然后怔住了。

眼前除了夏语冰，还有夏语冰的助理、秘书和司机，看样子她是刚下班就过来了。

“怎么，姐姐不认识我啦？”夏语冰笑着跟她招招手，半开玩笑道，“还是，你跟姑姑一样，觉得我想害你，不敢让我进门呀？”

“当然没有。”夏知意的脑袋摇得比拨浪鼓还起劲儿。

她给夏语冰等人让出一条宽阔的路，这四个人进门，加上屋里的六个，要是宋之涵回来看到可又有得头疼了。

这么一大群人挤在她屋里，夏语冰还握着她的手不住轻抚：“姐姐，我咨询过医生了，这个失忆是暂时的，你有什么需求一定要告诉我。只要你想的，我一定给你办到。”

“妹妹太客气了。”

这“姐姐”“妹妹”的叫多了，也会让夏知意生出一种被丢进宫斗剧里的错觉，果然想象力太丰富并不一定是件好事儿。

“我今天过来，除了看看姐姐好不好之外，还想跟你商量件事儿。”坐到沙发上，夏语冰直奔主题，“我有个学长叫叶景弦，现在是叶氏集团的总裁，二十八岁，年轻有为，模样不输那些当红流量明星。所以，我想安排你们见一面，就当交个朋友。”

叶景弦？见面？这是要相亲的节奏吧！

“我觉得我暂时不着急考虑感情问题。”夏知意婉拒。

“只不过姑姑好像很急的样子。”夏语冰唇边勾起一抹笑，“听说她最近正在张罗你跟顾氏集团的顾回舟相亲呢，还说你和顾回舟是青梅竹马，感情坚固。”

顾回舟吗？

夏知意听到这个名字心下一冷。

——“真是个闷葫芦，你以后好好听话就行了。”

——“现在你相信了吧，除了我，谁愿意跟你做朋友？”

——“夏知意，游戏结束了，你怎么还认真起来了。”

如果说，青春的记忆很淡，那些擦肩而过的人就像老师写过板书后，黑板上掉下的粉笔灰，而顾回舟绝对是留在黑板擦上的那一堆怎么清洗都洗不干净的痕迹。

夏语冰察觉到了夏知意眼底一闪而过的阴沉，说道：“看来传言都是真的，姐姐跟顾少确实有故事啊。”

“没故事。”夏知意否认得很坚决，垂眸一笑，“总归是要相亲的，货比三家不是更好？”

夏语冰没想到她会答应得如此爽快，一时无话。

“怎么，妹妹以为我开玩笑？”

“姐姐果然是明白人。”

A 大男生宿舍，陈念洗完澡回来就看见了躺在床上颓废地喝着气泡水的陆经年。

“你不是在市区买好房子了，今儿还回来住啊？”

陆经年摇了摇头：“没有新鲜的漫画看，太无聊了，回学校找点儿乐子。”

“要不跟我去看话剧？你陪我的话，我就打电话不让学妹过来了。”

“也好。”

等陈念打完电话，陆经年又问：“你春招有结果了？这么放松。”

“我可是要自主创业的人。”陈念来了兴致，占了陆经年一半床位，掏出手机比画道，“这是我拟开发的新程序，现在已经快完成一半了。”

这是一款金融密码保护类的程序软件，陆经年看了看：“你以后要靠卖软件为生？”

“不能够。”陈念从桌上抽出一张证明，“看清楚，老陆，哥们儿现在也是公司法人代表了。你专业课那么厉害，要不要跟我一起？”

泡泡熊软件工作坊，注册资金一百万。

“你哪来的启动资金？”陆经年问。

“写游戏剧本挣的啊！你不知道，这几年为了攒钱，我写了多少个游戏剧本，简直头大。而且我是有坑必填，是业界出了名的良心制作人。”

陆经年还从不知道自己的室友是这么一个宝藏男孩。

“你倒是勤快，不像她。”

陆经年又想起了夏知意几天前在微博发布的动态——因为身体

状况，《上古纪事 5》暂时停更。

陈念也刷到了这条消息：“这不是你特喜欢的那个漫画家吗？她出什么事儿了？”

“失忆了。”

“敢用这理由拖稿，是个狠人！”

“是真的，所以最近都没有漫画可以看了呢。”陆经年把夏知意从楼梯上摔下去的事儿跟陈念讲了一遍。

“其实，漫画家都会有创作大纲的。”陈念十分负责任地说，“她电脑里肯定有，就是她给忘了。”

“这样的话……”陆经年开始用心思考如何真诚而不做作地让夏知意想起自己有“漫画大纲”这件事，不承想手环上的黑化值突然就飙升了。

他猛地想起，命簿上，今天的夏知意会离家出走，然后遇见许久未见的顾回舟。顾回舟表面帮她，实际上是想吞掉京华集团。

绝对不能让她见到老同学！

于是，陆经年再一次放了他亲爱的室友的鸽子。

陆经年刚出现在夏知意家门口，就看见她手脚麻溜地顺着根绳子从二楼窗户往下爬。

夏知意思考了很久，主动见顾回舟这辈子都是不可能发生的，那个叶景弦绝对跟夏语冰有交易，不见也罢。但这次，她真的没想出什么好办法，因为想要逃过相亲最好的办法就是她有对象。

时间紧，任务重，她决定逃出保镖们的监视区，火速找一个男朋友！

刚落地，警报器几乎也是在同一时间响起了。

夏知意瞬间被一股力量拽进了公寓旁边的杂物间。

狭小的空间内，夏知意宛如一只受惊的兔子，提心吊胆，瑟瑟发抖。

她察觉拉她进来的人并非保镖后，才渐渐放松下来，不动声色地把手中的塑料袋往身后藏。为了摆脱监视，她连手机都丢在家里了，现在可谓一穷二白，真的不能被抢劫了。

这种小动作怎逃得过陆经年的双眼。

陆经年向前跨了一步，伸手夺过了她手里的塑料袋，打开一看，他迷惑了。

三根香蕉、两个苹果、一袋小面包，还有几百块钱现金。

外面的脚步声越来越近，那些保镖都是受过专业训练的，肯定会对公寓附近进行地毯式搜索。若是刚才逃跑，出门就能幸运地拦下了一辆出租车的话，还能甩开他们；现在时机已逝，再想逃出去，怕是难了。

她仰头，视线顺着眼前人的衬衫纹理上移，结实的胸膛、宽厚的肩膀、凸起的喉结、棱角分明的下颌线……

再往上，虽然眼前的人戴着口罩，可她还是认出了那张脸，悬着的心落回原位。

她又乖又坏地踮脚，凑近他耳畔，轻声问:“陆经年，两个打六个，你行吗？”

第四章

豪门女配悲惨人设

杂物间里只有一扇小窗，透进来的光线恰巧足够陆经年清楚地看见夏知意的眼。

她倏地凑近惹得他怔了怔，心跳猛地加快了，又迅速恢复平静。看着呼吸徐缓的她就在眼前，原本带着友情催稿任务而来的河神难以置信地抬起手，戳了戳夏知意的脸颊。

不是幻觉，是真的！

陆经年一双眼里满是雀跃之意："小意，你认得我？"

夏知意忙不迭地点头："这么帅气无边的小哥哥我怎么会不记得呢？"

"你什么时候恢复记忆的啊？"

夏知意用轻咳一声的时间来思考头部创伤恢复的合理周期，目光闪烁道："大概八天前吧。"

八天前，恢复时间确实没问题，陆经年突然觉得不对劲："小意，你都恢复记忆一周了，居然还不更新？"

天哪，她只记着陆经年是个兼职送外卖的 A 大学生，居然忘了他还是个书粉！

原本和谐的场面在此刻变得有些尴尬。

"你听我说，这其实是一个美丽的误会。"

夏知意无比真诚地望着他，本想坦白从宽，争取获得原谅，但是，计划赶不上变化，还来不及坦言自己假装失忆的事儿，一个平稳而缺少活力的声音就响起了。

“大小姐，我们知道您在里面，您自己出来吧。”

是没特点的小吴。

“有人在追你？”陆经年问。

夏知意可怜兮兮地点头，跟他比了个噤声的手势，意味深长地看了他一眼，继而转身出了杂物间。

陆经年简单理解了一下她的意思：不要出声，待在这里，一旦局势有变，就杀出去，来个出其不意。

“大小姐！”

夏知意刚探出脑袋，就见六个保镖齐刷刷地站在她面前。

“跟我们回去吧。”

她退了几步，保持镇定：“我就是在家里憋得太久了，想一个人出去散散心，锻炼身体，你们在家等我就行。”

“大小姐去哪儿？我们跟您一起。”

夏知意苦笑着说：“如果我非要一个人走呢？”

“您别为难我们，得罪了老板，到头来大家都没有好果子吃。”

“她什么都不吃！”察觉到保镖要动手的陆经年迈开腿，破门而出，只身挡在夏知意身前。他戴着口罩和鸭舌帽，手里还攥着个塑料袋，像极了某工会的志愿者。

“同志，跟你没关系，少管闲事。”保镖们面色不善地渐渐聚拢。

“这不是闲事。”陆经年说着，把夏知意往身后罩了罩。

“大小姐，事情闹大了不好。”小赵提醒道。

夏知意谨慎地估计了一下双方的战力，陆经年就算身体素质再好，能以一敌二，加上她这个半吊子，最多也就能对抗一个人，对面那六位保镖都是人高马大，训练有素，怎么想他们两个都是胜算渺茫。

看来今天这出闹剧的结局是出师未捷身先死啊！

像陆经年长得这么好看的小哥哥，如果打不过对方，不但自尊心会受挫，而且还会受伤，那得多可惜啊，不划算，她如此想着，于是胡乱说道："算了，我就是闲得无聊，想测试一下你们的业务能力，你们真是棒棒的。"

她随手比了个点赞的手势，还不忘嘱咐陆经年："你真是个见义勇为的好同志啊！我们就是家庭内部小矛盾，你别误会，这都到中午了，赶快回家吃饭吧。"

此番言不由衷，这件事在不明所以的陆经年眼里，就是一群不怀好意的社会青年在胁迫良家少女啊！

作为一个两百年间视伸张正义、保护弱小为己任的河神，他怎么能眼睁睁看着心爱的作者落入这帮社会青年的手里？

看着渐行渐远的夏知意，陆经年大步流星地冲上去，一把拉住她，坚定地说："我可以的。"

夏知意瞪圆了眼，一时间没明白过来他的意思。

他拍了拍她的肩膀："二打六，我可以。"

"今天又给你添麻烦了。

"其实，我真的是有苦衷的。

"你今天路过那边是要送外卖吧？

"我肯定又耽误你的工作了。

"真的对不起。"

公交车上，夏知意正满怀真诚地跟陆经年道歉。

家里的事情，她很难解释清楚，好在他看上去一点儿都不好奇。

这时候，陆经年的手机响了，是陈念的电话。

“老陆，你是怎么知道顾回舟今天会路过南山路的？”

陆经年现学现卖，随口说道：“我乱猜的，试试你的技术。”

“我黑到了这一带的小区物业网络，在监控里看到顾回舟的车抛锚了，请维修工人折腾了半小时，现在离开了。”

这算是完美错过了吧。

陆经年松了口气，一边听电话，一边看向夏知意。

她头偏向另一侧，车窗半开着，丝丝缕缕的阳光好像被风吹进来，落在她的脸庞，像是覆了一层朦胧的金色。

他在不知不觉间轻松展眉，电话里的陈念继续道：“我的任务算是完成了吧？”

“好。我回头把话剧门票钱赔给你。”

“对了，明天就是 A 大一百周年校庆日了，我可是颁奖礼主持人哦。你就算不想亲自领奖，也不来给兄弟捧个场吗？”

“看心情。”陆经年很是傲娇地回答。

挂断电话，陆经年心情愉悦道：“都是碰巧，小意你不用放在心上。”

“总而言之，万分感谢。”

陆经年看着小姑娘一脸“无以为报”的模样，心下一动，开口说：“不如明天一起去 A 大逛一逛啊？”

“去 A 大？”

“是的，明天是一百周年校庆活动日。”

夏知意知道这件事，她也是从 A 大毕业的，前段时间还收到了参加校庆的请柬。不过，她也知道自己这个“知名校友”的头衔名三分天注定，七分靠家里，并不是实至名归，所以并不想去凑热闹。更何况，她现在主要矛盾还没解决，哪里有心情去逛校庆？

“真不巧，我明天约了人见面，可能去不了了。”夏知意故作为难道，“要不，换个时间，下个月？”

“没关系。”陆经年表示理解，摘下口罩，笑着靠在座椅上，不小心压到了伤口，有些吃痛。

作为一个神仙，如果打不过六个凡人，那也太掉价了吧。当然，在打赢之前，挂彩也是必然的。

夏知意想起刚才的打斗，瞬间紧张起来，她还真没想到，陆经年是个爆发型选手。

“下一站换车，我们去医院吧。”她塑料袋里的几百块钱，还够给他挂个号，买点药。

“回家擦个药水就行了，我又不是玻璃人，没事儿的。”陆经年拒绝道，神的恢复速度要比寻常人快得多，估计还没到医院他的伤就痊愈了。

夏知意见他神色如常，又想起自己下午的安排，为了省钱也没再坚持。

“正好这趟公交车顺路，要不先回我家，顺便避开他们？”陆经年趁机提议。

家里那六位锲而不舍的保镖肯定不会善罢甘休，陆经年只是个平平无奇的大学生，没名望没地位，刚才打架都没露过脸，查起来肯定特困难。

夏知意莞尔：“那就听你的。”

陆经年凡间的家在南津市三环外一个新建的高层小区里，离护城河有些远，地段僻静。

他带着夏知意上到第九层，掏出钥匙，用一秒钟的时间回想了一下自己家里应该没有乱丢的或是不能被看见的东西，然后开了门。

夏知意进门后，着实吃了一惊。

房子里家具齐全，黑白色调的装修，客厅里摆了个盛满水的大鱼缸，里面一条鱼都没有，阳台上还有一盆孤零零的海棠花，还真是过分简约呢。

“房子刚买不久，还没装修好。”陆经年怕她误会自己的生活态度，解释了一句，弯腰去开鞋柜，却发现家里只有一双男式拖鞋。

陆经年一个人几百年形单影只惯了，备用品这种东西对他来说很陌生。这房子买下来后也就只有大大咧咧的陈念来过，他根本没想过买拖鞋的事儿。

看着夏知意很主动地脱了鞋，陆经年硬着头皮把自己的拖鞋递给她。夏知意倒是不介意，让她换就换，也没多问。

他局促的神情松懈下来。

“陆经年，你家的药箱在哪儿呀？”想到他的伤口，夏知意有些着急。

“我来拿。”

夏知意抱着药箱坐到沙发上，看着他的伤口，又是一阵惭愧：“真的抱歉，可能有点儿疼，你忍一下啊。”

早已痊愈的陆经年此时刻意以法术维持着表面受伤的状态，声音低哑：“嗯。”

上完药，夏知意将药箱收拾整齐，这时肚子不合时宜地发出了声响。

陆经年看着脸色微红的小姑娘，忍住笑，问道：“想吃什么？我去做饭。”

“随便。”夏知意说着，把脑袋深深埋进药箱。

陆经年的做饭速度着实快了些，从他走进厨房，关上门，再到走出来，前后不过十分钟。好在夏知意从小十指不沾阳春水，并不觉得奇怪。

“尝尝。”陆经年摆好碗筷。

夏知意看着餐桌上的河鲜，咽了咽口水，动了筷子。

那味道，跟陆经年送的外卖一样美味。

看来小伙子不只是兼职送外卖，还兼职当大厨，实在是太辛苦了。

“你这厨艺太棒了，是哪儿学的呀？”

陆经年谦虚道：“是店主教得好。”

“对了，我都没问过你们那家店叫什么？”

夏知意想起了之前陆经年送她的会员卡，掏出手机，在某款点评软件上搜索到名字叫“河神私厨”的店铺。

看店面的装潢，就知道店主也是《上古纪事》的书粉。不过酒香也怕巷子深，这家店没什么宣传，销量很低，评价为零，确实可惜了些。

夏知意皱了皱眉，连发了好几条五星好评，才心安理得地放下手机，将桌上的食物扫荡一空。

幸亏提前做了个店铺页面，不然就露馅了，陆经年暗自佩服自己的先见之明。

饭后，夏知意摸着自己微鼓的肚子，后知后觉地回忆起自己刚刚吃饭的形象实在太不淑女了。她理了理思路，刚准备替自己辩解一番，就发现陆经年已经熟练地开始收拾狼藉的餐桌了。

这是哪里来的神仙读者啊！

"陆经年。"她叫住他，本想叫他歇着，却又觉得喧宾夺主，最后随口问了一句，"你家里人在南津吗？"

陆经年忙碌的背影顿了顿，夏知意方觉问题的唐突，本想扯开话题，却见他回头，勾唇一笑："他们都在天上啊。"

陆经年的回答很是诚实，然而双方理解能力存在差距，夏知意因为这云淡风轻的一句话，脑补出了一幕又一幕孤单又坚强的美少年成长的画面，难受的滋味顿时涌上心头。那几分感同身受促使她走进厨房，接过陆经年手中的盘子，丝毫不拿自己当外人，眼里闪着光亮道："一起收拾吧。"

时间静静地流淌，午后的光洒在她身上，勾勒出她专心做家务的身影。她动作不快不慢，神色安稳，长而密的眼睫毛不时抖动着，好像蝶翼。

陆经年的心跳不自觉漏了半拍，说不清什么滋味，只觉当下无比和谐。

两个人收拾好屋子，坐在沙发上，陆经年心情甚好地问："小意，接下来，有什么打算？"

这倒是提醒了夏知意出行的目的，她干脆利落地回答："去公益相亲角！"

陆经年的眼皮跳了跳，艰难地开口说道：“我想陪你一起去！”

公益相亲角，坊间也称大龄青年婚恋帮扶中心，是南津市政府贴心举办的惠民公益活动，地点在市图书馆第三层，内部是咖啡屋式的时尚设计，给年轻人们提供了一个相对自在的交流空间。

夏知意填好资料，拿到号码牌后，点了两杯杧果气泡水，带着陆经年找了个隔间坐下。没多久，第一位相亲对象就坐到了对面，是一个娱乐公司的法务专员，特别“能说会道”。

接下来的十分钟，夏知意和陆经年咬着吸管，哑口无言，被迫欣赏着法务专员的语言艺术。但夏知意此刻没有忘记自己今天要找到男朋友的任务，依然努力适应着对方的话语体系。眼看着对方的演讲报告就要结束了，听得头头是道的陆经年突然插嘴道：“那先生对霍布斯一脉的自然法学派怎么看呀？”

法务专员愣了一秒：“啊？是谁？”

“就是 Hobbes。”

“你说的是霍比特人吗？这个我知道……”

学法学的不知道霍布斯，就像是学文学的不知道莎士比亚，学历史的不知道希罗多德。陆经年无辜地看着夏知意，努力想证明自己学了一百多年的英文，发音是很标准的，这人听岔了，绝不是他的问题。

夏知意表示理解，随后开口打断了法务专员的表演：“不好意思，这杯我请，耽误你时间了。”

“我哪里做错了吗？”法务专员极不情愿地起身。

夏知意叹了口气：“我不爱看霍比特人。”

清档重来，刚续好第二杯气泡水，第二位相亲对象出现了。夏知意翻了翻资料，对方是一位博物馆策展员，模样周正，看上去低调又沉稳，夏知意松了口气。

策展员提问："听说过夏小姐是自由插画师，平时灵感都是怎么来的呢？"

"多逛一些展览，再看看书，其实也没什么特别的。"夏知意如实回答。

"夏小姐喜欢看什么书？"

夏知意知道这是一道刷好感度的问题，慎重考虑，把脑子里看过的书都过了一遍，投其所好道："我喜欢从《山海经》里找灵感，当然也不是凭空想象，还会翻翻高居翰先生、巫鸿先生的著作来参考。"

"夏小姐还关注艺术史啊！"策展员惊喜地追问，"不知道你对乾隆收藏的《石渠宝笈》有没有了解？"

夏知意察觉到他想要表现自己的心情，故意目光滞了滞，谦虚地说道："这个我不太清楚，您见识广博，不如讲讲。"

"夏小姐虚心求教是好事情。"策展员带着几分傲气回答，仿佛带着鄙视，"平日里还是要多读书的，不然画出来的东西也会过分浅薄。"

"您说得对，我以后一定多看书。"夏知意继续退让。

没想到，陆经年不干了，只见他三下五除二喝光了气泡水，出面解围："《石渠宝笈》是乾隆皇帝文治的标志，几年前故宫还出过特展，它既象征了清王朝中期的繁盛，也代表了统治集团文化层面的守成……"

河神陆经年活了几百年，古今大事自然知道不少。这番滔滔不绝不只是震慑了策展员，也惊艳了夏知意，没想到她真的碰上了这种有颜值却偏要靠才华的宝藏男孩。

稳坐十年冷板凳的策展员当然不甘示弱，两人又进行了新一轮国学知识的比拼。最终，策展员端起咖啡，擦了擦汗："你弟弟真的很不错。"

"我不是她弟弟。"陆经年被夏知意的眼神威胁，小声嘟囔。

"什么？"策展员没听清。

"没什么，他说他会努力的。"夏知意搪塞过去。

"年轻人不要太浮躁，潜心读书，日后必成大器。"策展员嘱咐了陆经年几句，又跟夏知意说，"夏小姐弟弟这么优秀，家学一定不错，我觉得咱们挺合适的，不知道你下一步有什么计划？"

"小意，这个人一副好为人师的嘴脸，我不喜欢。"陆经年侧身与夏知意耳语，语气略带埋怨。

那轻而低的声音扫过了她的耳膜，也扫在了她的心上。

夏知意心里明镜儿似的，只要好好回答最后一个问题，男朋友就有着落了。可惜陆经年的这句话成了她绕不过去的坎，几番思量，她自暴自弃道："一个人打拼实在太累了，等我的漫画完结，我就回去靠我爷爷帮我找个混吃等死的工作。"

果不其然，策展员听完后嘴角一阵抽搐，嫌弃地离开了。

两轮相亲接连败北，夏知意隐隐觉得这不是个好方法。为了不撞见第三个奇葩，她当机立断拉着陆经年离开了公益相亲角，一时想不到好去处，就随便找了个凉亭坐下。

不知不觉已近黄昏，天还未彻底暗下来，街道车水马龙，夏知意把随身带着的小面包和水果跟陆经年分了，有些惭愧道：“形势所迫，过段时间我再请你吃好吃的。”

正啃着面包的陆经年一脸疑惑：“小意，你怎么这么着急相亲啊？”

看着那双乌黑漂亮的眸子，夏知意目光微动，脑中渐渐有了新想法。

这不就是现成的相亲对象吗？

她虽然已经是二十六岁的成年人了，但是感情经验并不丰富，也没有那么厚的脸皮，主动开口让大学还没毕业的祖国小树苗假扮自己男朋友，所以，需要引导小树苗主动一把。

夏知意敢想敢做，一脸忧郁道：“人活一世，若非被逼无奈，谁不想做自己喜欢的事，爱自己想爱的人啊。”

陆经年点头。

夏知意捧着苹果垂下眼，半晌才露出一个微笑：“这是一个很长的故事，你确定要听吗？”

陆经年一脸真诚，继续点头。

“可能外人都觉得京华集团财大势大，其实我六岁以前都是住在外面的，上着普普通通的幼儿园，当个普普通通的小朋友。唯一特别的地方，大概是我的父母从不来接送我，更不会参加幼儿园组织的任何亲子活动。”

陆经年翻过夏知意的命簿，上面只记载着她人生的关键节点。他知道她出生在富贵之家，八岁时父母双亡，却不知道那期间她究竟过着怎样的人生。求知欲旺盛的陆经年问道：“那是为什么？”

“我也是长大后才知道的。”夏知意感慨万千，继续道，“我的母亲不是我父亲的合法妻子，我父亲发妻早亡，一直没有续弦，母亲跟了他好多年，哪怕在我出生后，他也丝毫没有要娶母亲过门的意思，甚至不想认我。后来母亲想开了，嫁给了一位欧洲小国派驻南津的领事，成了一名优雅的领事夫人。不过她确实福薄，没过两年好日子就生病去世了。”

“所以，你跟了父亲？”

夏知意温柔一笑，否认道：“不是我要跟父亲的，是母亲嫁人后不要我了，硬把我塞给了他。然而，我回到夏家没多久，父亲就再婚了，继母也算有家底，她是带着一个小女孩嫁给我父亲的，从此，我就多了新妈妈和妹妹。

“小时候我和妹妹相处得很好，但八岁那年，我和她分别被人贩子拐走，他和继母在去救妹妹的路上出车祸去世，我侥幸被姑姑救了回来。很多年以后，妹妹被找回家，但我们的关系已经亲近不起来了。原本家里还有个待我很好的爷爷，可惜我没有按照他的期待成为优秀的管理者，他对我很是失望，关系也日渐疏远。如今，集团出现财务危机，所有人都希望我以大局为重，去进行一场商业联姻。”

夏知意的故事编得二分真八分假，不过，陆经年也是个想象力丰富的河神，一边听夏知意说，一边脑补出了一场绝世大悲剧，仿佛他就站在泛黄的时光长河中，看着弱小可怜又无助的夏知意。

他看着她的母亲站在她身前，高了她好多，却不曾蹲下来与她亲昵半分，只是板着脸说：“夏知意，从今以后你就不是我的女儿了，你是夏家大小姐，和我一点儿关系都没有。你过好你自己的人生，我也要去追寻我自己的幸福了。”

从此，懵懵懂懂的小女孩就被推进了夏家大宅。

从小缺爱的她在豪门中孤独长大，被欺负、被忽视、被安排，好不容易长成了受人喜爱的温柔模样，如今还要被逼婚，是真惨啊。

陆经年心里堵得发慌。

“后面的故事，你还想听吗？”实在编不下去的夏知意挣扎着问道。

沉浸在故事中的陆经年揪心得狠，正直又善良的他不想再继续揭人伤疤，故而摇头：“我都知道了。”

“所以啊，我才这么着急相亲，总要为了自己反抗一次才对呀。”

如果可以，谁不想自由自在，随心所欲地过一生呢？

涉世未深的陆经年自觉体会到了夏知意的悲伤心情：“小意你放心，我会帮你的。”

“你怎么帮我？”她一双眼湿漉漉地看着他。

“给你这个。”陆经年拿出自己的身份证，“我愿意陪你反抗这一次。”

“这是？”

“如果你找不到相亲对象，我陪你演戏；如果你家里人给你施压，你就来住我的房子。你放心，这里绝对安全。不信的话，这个留给你。”

陆经年坦坦荡荡的语气让夏知意感到一丝羞愧，毕竟她刚才默默扫一眼陆经年的身份证，脑子里想到的是原来他二十二岁了，可以结婚了。

好在剧情走向跟她心里想的差不多。

她将身份证还给他："身份证就不必了，我百分之百相信你，就是不知道日后该怎么谢你了。"

把小姑娘拴在自己身边，就可以杜绝潜在的黑化因素，陆经年对这个结果十分满意："其实，我有一个小条件，真的特别小。"

夏知意清楚他顺杆儿爬的性格，抢答道："我明白！下周开始，我一定准时恢复更新，保证在今年完成《上古纪事5》，绝不拖更！"

就这样，夏知意跟陆经年达成了愉快的交易。

晚上9点多，宋之涵戴着墨镜生无可恋地打开了公寓房门，身后跟着六个低气压保镖大哥的她内心无比忐忑。

自夏知意公然反抗逃跑后，这六个人搜查无果，索性跟定她。不但让她在公司里成了一道亮丽的风景线,而且让她头晕了一整天。

她进门后发现公寓里的灯是亮着的，看到夏知意正在客厅里若无其事地煮火锅。

"朋友们，惊不惊喜，意不意外？"

保镖们："……"

"我都说了，只是出去转转，你们担心什么啊？"夏知意走到门口，挽过宋之涵的手臂，笑得如沐春风，"这一天工作都辛苦了吧，我特意订了火锅，大家坐下来一起吃呀。"

保镖们身上的戾气明显少了，宋之涵也没多说什么，抬手不打笑脸人，夏知意以退为进的策略取得了初步胜利。

吃过火锅，大小姐本想亲自收拾屋子，表达歉意，却意外接到了京华集团董事长的电话。

“你今天跟家里保镖打架了？”夏镇东愠怒。

“爷爷您都知道了呀。”夏知意故作乖巧。

“我怎么不能知道？你怎么想的，居然还跳窗逃跑，你当这是拍电视剧吗？让记者拍到了，我还不得被圈里其他几个老家伙笑话死。”夏镇东气急反笑，放缓了语调，毕竟她还是他最疼爱的孙女，“你说说你今天到底去了哪里？做了什么？老实交代。”

“我就是画画没灵感了，出去采采风，保镖大哥们跟着我会影响我思路的。”

夏镇东压根不信她的鬼话：“公益相亲角的奇葩应该挺多吧？一天之内找到个心仪的对象肯定有困难。”

“爷爷您说什么呀？”

“家里面的事儿我一清二楚，你放心，我敲打过你姑姑和妹妹了，在我回家之前不会有人再来烦你。”

从小到大，夏镇东对夏知意就是光明正大地偏袒，也曾明言她是自己内定的继承人，谁知道小姑娘居然在人生最关键的时候跑去画漫画了。

纵横商场几十年的夏董事长绝不认命，故而以退为进，想利用夏澄和夏语冰来磨炼夏知意，让乖孙女主动反击。没想到，夏知意根本没按照他预定反攻的路线走，反而选了一条安安全全的防御线。

夏知意对自家爷爷的洞察力表示佩服，撒娇道：“爷爷最好啦！我一定会乖乖在家等您回来，给您庆祝生日。”

“虽然你姑姑和妹妹这次做得很过分，但是你年纪也不小了，该考虑终身大事了。顾回舟那小子我看着长大的，心思太深，不合适。你听爷爷的话，千万别再理他了。那个叶景弦我见过几次，倒是个不错的对象，可以考虑。你妹妹把时间都约好了，我也同意，你就去见一面吧。”

叶景弦到底是何方神圣？居然入得了爷爷的法眼！

夏知意想了想还是拒绝道：“爷爷，其实不用麻烦，我已经找到男朋友了。”

“在外面随便找的男朋友，玩玩就好了，下不为例！”

这话听在夏知意耳里，无疑就是让她服从家族安排的意思。她向来是个嘴上很会服软的人，对夏镇东的话采取了不反驳、不抵抗的策略，叹了口气：“知道啦！”

祖孙俩又闲聊几句，结束了谈话。

夏知意躺在床上，望着天花板，思索良久后，起身开门，偷偷溜进了宋之涵的房间。

“夏同学，我今天并不想跟你进行夜话活动。”正在敷面膜的宋之涵简单粗暴地拒绝。

“宋宋，涵姐，总监大人，你不能见死不救啊！”夏知意开始了新的抱大腿战略。

宋之涵冷笑：“你都学会跳窗跑路了，跑了还不告诉我，你这么能耐，还需要我救？”

“对不起，我当时太着急了。”夏知意鞠躬道歉，“你想啊，我之所以没联系你，是明白他们都知道要去你那里守株待兔，要是联系了，我那窗户不就白跳了？”

宋之涵觉得有道理就没反驳，夏知意趁势继续说道：“你不想知道我今天去干什么了吗？”

“给你三十秒，长话短说。”

“我妹非要给我介绍对象，我觉得她别有用心，就自己去相亲了。货比三家之后选中了陆经年。”夏知意一口气说完，感慨一句，“我多不容易啊！”

“什么？”宋之涵惊讶得面膜差点儿掉了。

待了解了详细经过后，宋之涵才心平气和道：“既然学弟都主动让你占便宜了，你还有什么问题吗？”

宋之涵严重怀疑夏知意在跟她秀！

“正是因为学弟同意了，所以，有个相亲需要你替我去一下。”

“相亲？”

夏知意把叶景弦的事儿讲了一遍后，总结说：“总而言之，叶景弦跟我没有认识的必要。”

“为什么？”宋之涵一脸疑问。

“你想啊，连我爷爷都赞同的人，肯定是能给我增加竞争力的人，我又没兴趣跟家里人争财产，只要他们不故意整我，我就安分守己搞创作，何必给自己拉仇恨呢？所以不如找个人替我，一来能应付我家人，二来以后也不会有牵扯。”

“万一我露馅了呢？”

“不会，叶景弦刚从国外回来不久，我们没见过，你临场发挥就行，怎么讨厌怎么来，千万不用给我留面子，让他知难而退。”夏知意继续劝说，大打感情牌，“宋宋，你也知道，这么重要的事情，只有你帮我，我才会放心。我们做姐妹的，有今生，没来世，除了你，我不敢相信任何人了。”

宋之涵摘了面膜：“放心交给我吧！”

次日清晨，夏知意一觉醒来，刚进客厅，六个保镖就浩浩荡荡地走到她面前，深深鞠了一躬。

这么客气，难不成改走怀柔路线了？

夏知意揉了揉眼睛，狐疑地看着他们：“各位早上好！”

小王：“大小姐，我们是来跟你告别的。”

小钱：“刚刚收到通知，任务结束了。”

“这段日子真的是辛苦各位了，有什么不周到的地方，请多多包涵。”

应该是姑姑和妹妹接到了爷爷的指示，夏知意了然地点头，一通寒暄后，送走了他们。公寓里终于只剩下了她和宋之涵两个人，刚刚好。

解决了外界的干扰，总算可以做点儿自己喜欢的事了。她再次主动联系了编辑，难得积极道：“我都想起来了，我要复工。”

编辑：“这是我的错觉吗？”

夏知意：“当然不是。”

编辑：“那我们下周恢复更新？”

夏知意：“好。”

编辑：“一定要按时交稿啊！”

夏知意：“一定。”

编辑：“我们趁热打铁，把之前延期的签售会办了吧！”

夏知意：“没问题。”

编辑：“你真的是夏知意吗？突然这么好说话，莫不是被盗号了！”

夏知意：“我是本人。”

编辑：“给我一个理由。”

夏知意：“如果不是我的读者感动了我，我怎么会在愚蠢的你面前说这么多昧良心的话呢？”

编辑：“我信了。”

第五章
河神的危机感

A 大的学生活动中心正在进行百年校庆纪念的颁奖活动。台下汇聚着上千名师生，台上照例站着四位来自大一到大四不同年级的主持人，年纪最大的那个就是陈念。

舞台上的他化着略显夸张的舞台妆，但还是难掩五官的卓越，眉骨和鼻梁都很突出，显得眼神深邃，棱角分明。

“陈学长真的太帅了。”台下有小学妹偷偷拍照，“听说这次颁奖礼上能看到陈念和陆经年同框呢！”

“陆学长不是从不出席颁奖礼的吗？”

“他是今年的优秀毕业生代表啊，你看前排嘉宾席那个背影。”

顺着女孩手指的方向看去，陆经年穿着简单的白衬衫，脊背挺直，短发清清爽爽，安安稳稳地坐着，莫名多了一种老干部的感觉。作为一个大四毕业生的优秀代表，他的任务就是乖巧地坐在那里，等待上台领奖，接受学弟学妹们的瞻仰。

在凡间的这些年，陆经年对这种形式的活动司空见惯，没什么期待，心不在焉地刷着手机，直到微信提示音响起。

夏知意：“今天不是 A 大的校庆日吗？一起去看看？”

陆经年的眼中有了波澜，嘴角扬起微笑，内心仿佛有一只土拨鼠在尖叫。

他火速回复道：“好啊，你在哪儿？我去接你。”

好巧不巧，台上传来陈念抑扬顿挫的主持腔调：“下面有请信息学院优秀毕业生代表陆经年同学上台领奖！”

又到了考验他跟陈念的兄弟情谊的时刻啊，陆经年收起了手机，长叹一口气，迈着沉重的步伐走上台，心里默念：兄弟，我所欲也；漫画，亦我所欲也，二者不可兼得……

陈念贴心地为他递上麦克风，让陆经年按照台本要求，发表他那篇长达十五分钟的获奖感言。

在众目睽睽之下，闻名A大的陆学长偷偷关掉了收音设备，将金灿灿的奖杯递到陈念手里，顺便给了他一个有力的拥抱，亲昵得不像话。

不少女孩都激动地说："我追的CP终于发糖了。"

"同寝兄弟是真的啊！"

在台下的一片欢呼声中，陆经年匆匆离场，而负责颁奖礼主持的陈念一边佯装平静，站在镁光灯下侃侃而谈；一边忍住了即将冲出天灵盖的愤怒，强迫自己忘记刚刚没良心的陆经年说的那句话——

"老陈，作为主持人，考验你随机应变的时候到了。"

A大作为全国排名前十的高校，虽然没什么远近闻名的自然风光，但超强的学术能力和其独特的建筑设计风格还是吸引了无数的游客，尤其是在校庆这样的日子里，校园里的行人特别多，好在和煦的风吹散了白日里的闷热。

夏知意穿着简单的黄色衬衫和白色半身裙，抱着一摞书，漫步在郁郁葱葱的悠长小巷中，在来往的学生间，没有丝毫违和感。

"姐姐，你知道新的学生活动中心在哪里吗？"一个说话奶声奶气的小男孩牵住她的裙摆。

她蹲下身，看着孤零零的小男孩有些不放心："知道啊，那里离这儿有些远，要不你陪姐姐等个人，我再带你过去？"

小男孩转身高喊："妈妈，这个姐姐知道路！"

一身职业西装的女人小跑着过来，脖子上还挂着 2005 级校友的牌子。

夏知意微笑着说："新建的学生活动中心在露天体育场对面。"

"露天体育场在哪里啊？"女人有些不好意思，"这已经毕业十多年，校园里变化蛮大的，已经很久没有回来过了。"

"直走，再左拐，然后过一座天桥，再往右走……"夏知意比画了一通，还没说完，就被一个声音打断。

"在以前的明德路上，原来大气院教学楼的位置。"陆经年不急不缓地指明路途。

女人拉着孩子道谢离开后，夏知意抬头看他："你来得好快啊。"

"碰巧在附近。"

陆经年睁眼说瞎话，夏知意看着他额前的细汗没有多说，将手里的一摞漫画书递给他："送你的礼物，顺便跟你说个好消息。"

"你要开签售会了。"陆经年翻了翻手中这套带着特签的典藏版《上古纪事》。

"看来消息传得很快嘛。"夏知意知道自己有个神奇的粉丝群，也不奇怪，"我怕下周六时间太紧，还是先送你一套好了。"

陆经年收起了漫画书，笑着说："放心，不管时间多紧张，我都会陪着你的。"

夏知意看着少年真诚的目光，脸色微红。

两人在校园里逛了很久，从社团聚集的十字街到每十年都会翻新一次的校史博物馆，再到校园文创展示中心。夏知意看着不少东西都觉得新奇，陆经年忍不住问:“小意，你真的是A大的毕业生吗？”

是啊，连她自己都不觉得自己曾经是个A大的学生。上大学那会儿，跟顾回舟吵架闹得全校皆知。此后，她就把自己包裹起来了，除了宋之涵，谁也不理，后来两个人干脆搬去了校外住，她再也没好好地欣赏学校的风光。

“大概是当年沉迷于学习吧。”她随口答道，“哪承想，一转眼就错过了。”

陆经年听得心头一紧：“没关系，这里我熟，你想去哪儿，我带着你。”

“好巧啊，夏知意。”一阵刺耳的高跟鞋声之后，说话人戴着墨镜走了过来。

女人生得娇小而丰满，最新款的香奈儿套装穿在身上，上衣被刻意剪短，稍一抬胳膊就会露出一截细白发亮的小蛮腰。陆经年从穿着上就能看出她跟夏知意绝不是一路人。

她叫赵宁，安城地产的CEO，也是顾回舟当年寻死觅活都要在一起的“真爱”。

夏知意就知道来校庆百分百会碰到这些旧人。

夏知意不想跟她废话，碍于在公共场合，得保持涵养，只好说道:“好巧啊。”

赵宁淡淡地看了她一眼，别有用心地道：“没想到夏小姐离开了京华集团，还能以优秀毕业生的身份回学校。”

“我自知能力不足，只能另谋出路，当然不能跟赵小姐相提并论。”夏知意就猜到她会这样说，波澜不惊地顺着她的意思回话，脸上挂着淡淡的笑。

赵宁愣了愣，她没和夏知意正面打过交道，不清楚夏知意绵里藏针的性格，只以为这是个不谙世事好欺负的豪门大小姐，所以她不会轻易放过嘲讽夏知意的机会。

“夏小姐客气了。这是你弟弟吗？不会家里又找回来一个失踪多年的孩子吧。这一次，夏小姐又会找谁帮忙巩固地位呢？不会还是顾少吧？”

赵宁居然还敢主动提这个名字，夏知意的脸色暗了暗，想当初，都是因为顾回舟，她才会傻乎乎地替赵宁闯了一回鬼门关。既然赵宁想惹麻烦，她也没必要收敛了。

她抬头，笑容明媚，刚要开口，就被陆经年拉住。

“我不是她弟弟，我是她男朋友。”

低沉的声音里带着一股少年独有的张扬，那双琥珀色的眼眨了又眨。

从看到赵宁开始，陆经年清楚地感受到夏知意脸色不对，那个叫顾回舟的，也太可怕了吧，只是提了名字，夏知意潜在的黑化值就有上升的趋势。能把自家天真无邪的作者大大逼成黑莲花的，一定都不是什么好人。

“原来是男朋友。”赵宁打量了陆经年一番，完美的皮囊根本挑不出毛病，转身低声跟夏知意说道，“你万一被说成老牛吃嫩草，不是压力很大吗？”

这点儿声音自然逃不过河神陆经年的耳朵，他一把将夏知意拉到身边：“我刚认识小意的时候，还当她是隔壁艺术学院的新生呢，不像学姐一看就是好几年前的毕业生代表。”

这是在变相说她老。

未待赵宁发作，陆经年接着问：“还不知道赵小姐是学什么专业的？”

“西班牙语。”这个回答既礼貌又简短。

陆经年“哦”了一声，目光灼灼地瞧过来：“我之前认识一个西班牙语系的同学，他跟我说过一句话，我不知道是什么意思，想请教您。”

“请讲。”

“Eres una mala mujer.”陆经年眉眼含笑，一字一句，发音清晰，“赵小姐，这是什么意思呀？”

“你！”赵宁的愤怒有些绷不住了，她居然被这小子套路了。

夏知意的二外也是西班牙语，自然听懂了陆经年在说赵宁是个坏女人。

当年，夏知意替她挡了一次车祸，可没多久，赵家几位才俊在夏镇东的报复下差点儿丧命，赵宁也远走他乡，如今好不容易挺过来了，那个曾视她为“真爱”的顾回舟却说对她没感觉了，到底也是个可怜人。

在一旁看笑话的夏知意眨眨眼：“我想应该是你真漂亮的意思吧。”

这是她给赵宁最后的台阶了。

“原来小意知道啊。”陆经年顺着她的意思配合表演，“这句话跟赵小姐这么般配，就送给赵小姐好了。”

赵宁的视线落在夏知意明丽的脸上，藏在袖中的拳头攥紧又松开，只说了一句：“多谢。”

陆经年没再理赵宁，抬手替夏知意整理了额间的碎发，笑着说：“走，我带你去个好地方。”

陆经年说的好地方是一家名叫开心米粉的餐馆。他熟悉地落座，高声道：“老板，要两碗开心米粉。”

夏知意拦住他，有些为难：“我还没看菜单。”

对夏知意的饮食偏好了如指掌的陆经年回应道：“这家店我和陈念常来，味道很好，你尝尝吧，吃了会开心的。尝了后要是不喜欢，我们再换。”

看着少年热情洋溢的面容，夏知意也没再反驳。

小店上菜很快，一会儿的工夫，热腾腾的米粉就摆在了眼前。透过蒸汽，夏知意察觉对面的陆经年正看着她发呆。

她被看得不好意思，轻咳几声后，说：“不是你特别喜欢的米粉吗？干吗不吃？”

“要看到你开心才行啊。”

陆经年依然盯着夏知意，不吵不闹，只是那一双眼睛闪闪发亮，好像汇聚了世间全部的光彩，里面有她的倒影。

她低下头，安安静静地吃米粉。

片刻后，或许是被他的目光盯得不自在，她顺手将长发捋到耳后，却露出了两只红彤彤的小耳朵。她忽略了那发烫的体感，只觉是4月的晴天已经提前沾染了些许夏季的温度。

同一时间，南津市的另一头，一间第二十七层的高级餐厅里，一个栗色短发的年轻人穿着简单的文化衫，一双有力的臂膀抱着他那条名叫“比萨”的短腿柯基，下巴抵在柯基的脑袋上，薄唇弯成恰到好处的弧度，正好贴在狗的耳朵边。他的目光温柔如水，无声之中，就散发着魅力，迷得一干服务员神魂颠倒，频频出错。

他就是叶景弦，主业是个日理万机的总裁，副业则是某视频平台知名宠物博主。

蔡特助一脸严肃地坐在他对面，汇报接下来的行程："老板，您未婚妻已经到楼下了。今天除了跟夏小姐约会，暂时没有别的安排。"

"什么未婚妻，八字还没一撇呢。"叶景弦漫不经心地开口，含笑捏了捏小狗比萨的下巴，"走吧，我们去迎接夏小姐。"

"老板。"蔡特助上下打量了叶景弦一番，小心提醒，"这样去相亲是不是不太好？"

"不要在意这些细节。"叶景弦淡淡说道。

电梯门开了，宋之涵深吸一口气，压抑着心中的忐忑，面上露出标准的职业微笑，端庄优雅地走出来。

她迎面看见一个人，一身黑色西装，看上去确实像是资料里所说的年轻有为的模样。

他走到她面前，很是客气地说："夏小姐。"

她笑着伸出手："这位一定就是叶先生了，百闻不如一见，真是一表人才，气宇轩昂，风度翩翩啊。"

她的手在空中停了几秒钟，对面被误认成"叶先生"的蔡特助当然不敢伸手回握，只好推了推眼镜。

叶景弦在蔡特助背后打量着宋之涵，长袖衫配牛仔裤，他腹诽道：二十六岁了还敢这么装嫩，还故意把人认错，仗着自己长得好看就为所欲为，她以为她是天真无邪的小姑娘吗？

尴尬的时光总是很漫长，宋之涵的假笑都要凝固了，终于听见一声沉沉的闷笑声响起，随后一道身影从“叶先生”背后绕出来，握住她的手：“夏小姐真幽默啊，你好，我是叶景弦。”

宋之涵顿时生出一种不太好的预感。

她当然记不住眼前人的脸，只是看着那件互联网公司“程序猿”必备的文化衫，才反应过来，原来夏知意的这个相亲对象跟资料中的描述有出入啊！

叶景弦嘴角扬起笑：“我去换件衣服，夏小姐别介意啊。”

他说完，示意蔡特助带宋之涵去餐位。宋之涵刚坐到位置上，一个毛茸茸的小东西就爬了过来，使劲儿地往她怀里钻。

她双手捧着这个看上去不足一岁，长得胖嘟嘟的四脚兽，一时愣住了。

短腿柯基瞪着大大的眼睛，歪着头，抖抖耳朵，摇着尾巴，一脸无辜地看着她，仿佛在要抱抱。

什么东西，好萌啊！

随后，静谧的餐厅里突然响起一声惨叫：“这是狗啊！”

叶景弦换好衣服刚出来，就听见宋之涵大叫一声，还看见她把他心爱的比萨丢给蔡特助的一幕。

“夏小姐这是……有暴力倾向？”他摸了摸垂头丧气的比萨。

“没有，没有，叶先生千万别误会啊。”宋之涵连连摆手，反思自己不够冷静，明明出门前已经吃过抗过敏的药了，“一时激动，对不住啊！”

两人在窗边的位置坐定，叶景弦绅士地将菜单推到宋之涵面前：“夏小姐，点菜吧。”

宋之涵微笑着接过菜单，对着页面一通乱指："这些都来一份吧。"

她点完后，不好意思地笑了笑："我胃口有点儿大，叶先生破费了。"

叶景弦不甚在意，反正这间餐厅是他的，钱只是从一个口袋流向另一个口袋，谈不上破费。只是，"夏知意"的点菜量根本不属于胃口有点儿大的范畴了。

这么能吃，力气一定很大，他又心疼起自家的比萨来。

等菜的间隙，两个人坐在一起闲聊，宋之涵表现得异常主动："叶先生喜欢什么样的女生啊？"

"文静乖巧有爱心，喜欢小动物。"

"那可真是太遗憾了。"宋之涵一脸惋惜，无比做作地说，"你也知道我们家里，亲情淡薄，家人之间明争暗斗，经常吵架，真的一点儿爱心都没有。而且我这个人自私又懒惰，也不太爱养小动物。"

一番聊天下来，叶景弦敏锐地察觉出，这位"夏小姐"真的很积极地和他聊天，刻意套他的话。不过她不是为了了解他的喜好，而是故意往他的死穴上撞。

他喜欢的，她嗤之以鼻；他看不上的，她反倒兴致盎然。

事实证明，一个人想作死的时候，连老天都会借给她一份力。

此时的宋之涵正干脆利落地剥开一只小龙虾送进嘴里，却被蘸料呛到，打了个喷嚏，一不小心就把汤汁溅到了叶景弦的左眼里。

叶景弦眯起眼睛，气得差点儿拍桌子。宋之涵却视而不见，埋头去剥另一只虾。

事情发展到这一步，他再迟钝也看得出她是故意想毁掉这场约会。

想他叶小公子家境优渥，相貌出众，才华横溢，若不是摊上一对有居委会属性的父母，怎么会沦落到来这儿相亲的地步。

叶景弦是个恶趣味十足的人，见宋之涵越应付，他就越认真，清了清嗓子，开始发射爱的电波。

奈何土味情话讲了一堆，宋之涵也不为所动，很是为难地说："食不言，寝不语，叶先生专心吃饭，可以吗？"

一定是在欲擒故纵，他纵横人间二十八年，怎么会看不透她的小把戏！

叶景弦觉得这顿饭吃得很是窝囊，饭后，他十分自然地递出一只手："叶氏集团在南津营建的娱乐城开业了，可否请夏小姐赏脸一看？"

宋之涵心下一沉，额角一跳：难道自己刚才的粗鲁行为还是没能让叶景弦望而却步吗？这个哥们儿的容忍度也忒高了！

她垂着脑袋思索策略，心里的小算盘打得飞快：叶景弦就像是翻版的夏知意，他们这些大户人家出身的孩子必定早早就被生活淬炼得坚韧难摧了，所以想要击溃他的心理防线，就要使用一些非常手段。

宋之涵不动声色地调整战略路线，微微一笑："那就麻烦叶先生了。"

叶氏集团的娱乐城在全国都很出名，不过宋之涵倒是第一次来，这里不是想象中的灯红酒绿，反而有着几分别致。

两人下车没多久，迎面过来一位兜售纸玫瑰的小姑娘："哥哥，女朋友这么漂亮，买朵玫瑰花给她吧。我弟弟得病了，卖完这一枝，我就可以回家照顾他了。”

一般女孩子都应该喜欢玫瑰花吧，而且这也是助人为乐，如此想着，叶景弦很是豪气地大手一挥，掏出五百块钱说道：“这些我全要了。”

宋之涵看着那一篮子纸玫瑰，蹙眉与他保持距离。

“夏小姐，这是纸玫瑰，不用担心过敏的。”

宋之涵一脸看傻子的表情：“你看这周围，基本都是卖纸花赚零用钱的孩子，你买了第一个就会来第二个，哪有那么多悲惨身世的人。”

叶景弦感觉她是在变相嘲讽自己蠢。

“你不信，看那边。”宋之涵抬了抬下巴，叶景弦顺着她指的方向看过去，只见几个挎着同款花篮的小孩正盯着他双眼放光，跃跃欲试。

叶小公子倒吸一口凉气，在蔡特助的帮助下，他终于摆脱了那群小孩子。

宋之涵安静地啃着冰激凌，这时不服输的总裁大人把花了几千块钱买的纸花都丢进了垃圾桶后，叉腰说道：“不如去鬼屋吧。”

正所谓，恐惧就是反映本性的照妖镜，他倒要看看这个装模做样的“夏小姐”，在鬼屋里会不会被吓到花容失色，惊慌逃窜。

宋之涵点点头，反正她的脸盲症恰巧降低了她对“鬼怪”的恐惧。在鬼屋里，她懒洋洋地打着哈欠从头走到尾，对叶景弦精心安排的那些恐怖场景并没有多大反应。

倒是叶景弦自己被吓得后背发凉。一向爱面子的叶小公子绝不认输，佯装成有说有笑的样子带着宋之涵进入了一个漆黑一片的房间。

四周伸手不见五指，远方有星星点点的鬼火，突然有东西从头顶飞过，叶景弦闻声望去，迎面跳出一个半人脸半骷髅的女尸，阴森森地冲他们露出诡异的笑，慢慢靠近。

叶景弦毫无防备，当场吓得惊叫连连，形象崩塌。

宋之涵跟那个“女尸”四目相对，笑着点点头，反而把对方吓得一愣。

她淡定地往前走，没走几步，觉得背后大声尖叫的叶景弦实在太过聒噪，果断拉起他的手跑出了鬼屋。

没承想，灯光一亮，她发现自己拉出来的是扮鬼的工作人员，而身后的鬼屋里，还隐约听得到中气十足的呼救声。

这场约会最终还是潦草收尾了。

分开前，叶景弦十分果决地说：“夏小姐，我们真的不太合适，以后还是少见面吧。”

摆着一张厌世脸的宋之涵听到这话，露出了满意的微笑：“叶先生说得是，今天真的让您破费了，咱们以后再也不见。”

看着眼前判若两人的“夏小姐”，叶景弦翻出了二十八年来的第一个白眼。他武断地认为，她一定是在扮猪吃老虎，故意吸引他的注意。

事后，叶小公子在鬼屋的“壮举”传到了他老父亲的耳里，老父亲打电话来了解情况。他为了尊严，只好强行解释，颠倒黑白，声称是自己觉得夏知意不合适，又不好拒绝，所以找工作人员扮鬼把大小姐吓哭了，并表示蔡特助可以给他做证。

挂断电话，叶小公子回想着约会的细节，越想越不对劲，哪怕一个正常人都不会那样装疯卖傻,更何况是京华集团的千金大小姐。

事出反常必有妖！叶景弦便要蔡特助去调查一下情况。

虽然早有心理准备，但听到蔡特助给出的结果时，叶景弦的嘴角还是颤了一下。

“今天来相亲的人不是夏知意小姐，而是她的闺密，名字叫宋之涵。”

怪不得如此上不了台面，顶着别人的名字，别人的身份，自然可以为所欲为!

叶景弦问道：“她是做什么工作的？”

蔡特助有了一丝不好的预感，推了推眼镜，回答说：“青叶科技产品部副总监。”

“青叶科技。”叶小公子克制住怒火默念了一遍公司名字，别有深意地说，“我们叶氏也该开拓一下游戏行业了。”

正在公司加夜班的宋之涵对某位霸道总裁的心路历程一无所知,还信誓旦旦地在电话里头跟夏知意保证道:“你放心,我都解决了,除非那人心理变态，否则他绝对不会再来烦你的。”

早早回家画漫画的夏知意表示满意：“那你今晚还回家吗？”

“不确定，你不用等我了。”宋之涵一边核查着文档细则，一边说，“对了，那个漫画改编的游戏已经顺利进入测试阶段，公司马上要开新品发布会了。你要来吗？”

“什么时候？”

“下周六上午 10 点。”

“可是我下周六要开签售会。”夏知意难得把任务记得如此清楚。

宋之涵替她惋惜：“那好可惜啊，你要错过跟游戏代言人见面的机会了。”

“等等。”夏知意咬咬牙，“给我留个座位。”

周六清晨，阳光映着柳枝上的新绿。

夏知意早早来到了签售会现场，夹在忙碌布置现场的工作人员中间，一遍又一遍地复述着自己准备的发言稿，直到陆经年贴心地将早餐端到她面前。

看着饭盒里白白嫩嫩的灌汤包，夏知意却没什么胃口，只象征性地咬了几口。

陆经年知道她紧张，也不勉强，安慰道：“小意，放轻松。”

夏知意依旧忐忑，问道：“陆经年，你是不是也会觉得我跟你想象中的不一样呀？”

“确实不一样。”陆经年很坦诚，“我原以为你会是个洒脱又勇敢的人，而且模样应该很酷。”

“让你失望了。”夏知意说完，叹了口气，趴在桌子上。

“可你没必要跟我想象中一模一样。”陆经年摸了摸她的头，“你努力坚持做自己喜欢的事，这本身就是一种勇敢。来这里的人，都是为了你的故事而来的。”

“可我担心……”

“你做好自己就足够了。”

“你到时候就坐我旁边好不好？”夏知意还是没有底气。

“放心，全程我都会陪着你。在你之前来，在你之后走。”

“你不用对我这么好的。”夏知意有些不好意思。

“你是我女朋友啊！”

夏知意看着陆经年坚定的目光，暗自感慨，这是多么感天动地的友谊啊！

8点钟，签售会准时开始。当看到会场的座位都被坐满，围栏后还站了不少捧着书的读者的时候，夏知意内心很是惊讶。

她没想到，这么早开始的签售会，居然还来了上百人。看着粉丝们拿着印着她名字的手幅，她眉眼半弯，原来被人支持的感觉这样美好。她拿起麦克风，斟酌良久，开口道：“谢谢你们。”

创作分享和读者互动大概持续了半个多小时，之后，夏知意就开始了签名加合照的机械运动。看着时间一分一秒地接近9点半，她小声地对编辑说：“说好的一个半小时，我真的赶时间。”

编辑低声说：“你看读者热情那么高，你这样走掉真的会被误会成耍大牌的。”

夏知意连连否认：“我一个普通市民，哪有那本事。”

“《上古纪事》系列马上就完结了，你忍心看着它在最后关头掉粉？”编辑狠狠拉住她。

夏知意看着仅剩的十几个读者，确实不忍心。

他们来看她的心情，想必和她想去看乔希诚的心情一样吧。

萍水相逢，而后离别，终此一生，也许再也无缘相遇。可那一个名字、一张合影，却能够给一个陌生人带来一份鼓励，告诉他们生活很难，但也有希望，可以一起成长，可以获得幸福。

想到这里，夏知意摘下了手表，撸起袖子：“那就签完好了。”

不知过了多久，等最后一个读者捧着书走到她面前，他手上拿着她那本完结好几年的《终南渡》，露出凌厉的腕部线条和那条戴了六年都不摘的成团手绳。

夏知意看着眼前戴着口罩的年轻人，愣了愣。

明明他全身上下都裹得严严实实的，还戴了墨镜，但作为多年老粉，她凭着身形就能把自家偶像认出来啊！

这不就是乔希诚本人吗？

乔希诚看着夏知意的一双星星眼，知道她认出了自己，连忙对她做了个“嘘”的手势。

她点点头，乖巧地签好名字，心脏怦怦跳动，震惊得不行，原来偶像也是她的书粉啊！

签售会圆满结束，夏知意松了一口气。

待其他人都走远了，乔希诚才摘下了口罩，他眉尾斜飞入鬓，鼻梁挺直，唇线薄削，一张轮廓分明的脸极具冲击力，正是她追了八年的偶像！

“可以和你拍张照吗？夏小姐。”

“当然！”

夏知意站起身，特意整了整衣服。

乔希诚那副惊喜的表情跟陆经年第一次见到夏知意时相比，有过之而无不及。

哪里有我长得好看？坐在她另一边的陆经年对此情此景嗤之以鼻。

乔希诚：“我特别喜欢《终南渡》这部漫画，当年每一章都是追着看的。”

陆经年闻言，警惕地看着乔希诚，这个人喜欢的书跟自己不一样，很危险啊！

夏知意不好意思地笑道："谢谢你喜欢它。"

乔希诚问道："感觉它还有些故事没讲完，会不会有第二部啊？"

陆经年一脸惊恐地看着夏知意，生怕她回应一句"下周准时更新"！

夏知意抱歉道："本来计划是有的，但是因为大纲比较乱，所以就搁置了，以后有时间我会更新的。"

陆经年松了一口气。

乔希诚淡淡说："今天是《终南渡》手游的发布会，夏小姐要不要搭我的车一起去？"

开车算什么，他还会瞬间转移呢！河神又是一脸嗤之以鼻的表情。

夏知意看了看手表，9 点 47 分，很不矜持地蹦出一个"好"字，她想了想，又问："可不可以多带一个人？"

就这样，夏知意和陆经年搭着乔希诚的顺风车赶到了现场。

日头攀上高处，温度渐渐高了，赶到青叶科技公司的时候，夏知意脸上本来干燥的毛孔都变得湿润起来，这副狼狈相被在场的媒体记者拍了个正着，跟她身边两个光鲜亮丽的男人形成了鲜明对比。

发布会上，代言人和作者同时迟到，还同时进场，自然是引发了不小的轰动。好在乔希诚是见惯了大场面的人，回答记者的问题都是滴水不漏。

发布会后的午餐会上，夏知意自然而然地跟乔希诚坐在了一张桌上。奇怪的是，明明在座的人脸上都带着笑，她却感到十分不自在。

"这位就是夏知意夏小姐吧。"一位中年大叔满脸笑意地给她敬了一杯酒，"不知道这次的游戏开发，京华集团可有意向加入？"

果然是一群生意场上的人。

她刚想说自己不胜酒力，还没开口就被乔希诚拦下：“夏小姐是知名漫画家，又不是生意人，麻烦刘总多体谅。”

“你看，是我想得不周全，夏小姐忙了半天了，还是好好休息更重要。”刘总放下了杯子，乔希诚在娱乐圈的地位数一数二，总要卖个好给他吧。

“谢谢。”夏知意道谢后，开始闷头吃饭，降低存在感。

乔希诚不时给她夹菜，却又被陆经年夹到了另一个碟子里，淡淡地说道：“她不爱吃这个。”

夏知意扯了扯陆经年的衣角：“其实也没有那么不爱吃。”

略显尴尬的宴会过后，乔希诚很绅士地提议送夏知意回家，却被婉拒。

他也没恼，继续邀请道：“明天晚上的慈善晚会，夏小姐可愿赏脸同去？”

他的目光很温柔，或许因为连轴的工作，还带了一丝疲倦。

夏知意在心里咽了咽口水，刚想回应，就听见陆经年抢着说：“小意，你别忘了明天还有校庆活动呢。”

夏知意扶额，果然自己的粉丝和偶像不适合出现在同一个空间里。夏知意以商谈公事为由支开了陆经年，终于获得了跟偶像独处的机会。

女朋友不要自己了怎么办？

被支开的河神陆经年幽怨地在搜索引擎中打出了这行字。

陆经年浏览了半天，也没找到好的答案，于是干脆上 A 大的感情论坛提问，向广大校友征求意见："女朋友说好了陪我去参加校庆，结果遇见了她偶像，就把我支开了，我该怎么办？在线等！"

因为他没改名字，这个帖子发出去没多久，就冲到学校论坛首页最前端。

2L："我的天哪，为了偶像抛弃陆学长，女朋友眼瞎了吧！分手！"

3L："这个女朋友不太行！陆学长实惨！赶紧换掉吧！"

4L："陆学长不怕，你还有帅气的陈学长在身边！"

5L："陆学长看看我吧！我什么时候都选你！"

……

陆经年还没来得及看完满屏劝分手的答案，就接到了陈念的电话。

"你居然背着我谈了女朋友！不是说好了要一起当快乐的'单身狗'吗？"

陆经年一脸无奈地说道："事情发生得太突然了，我还没来得及告诉你。"

"所以，你直接一个帖子让全校都知道了！"陈念悠悠地开口，埋怨道，"我说你最近怎么没事儿就放我鸽子，原来重色轻友说的就是你！"

"真的很抱歉啊，以后麻烦你的时候还多着呢，你得多担待。"

"她都不要你了，你还惯着她！"陈念一阵疑惑，看来传言没错，恋爱中的男人果然会变成智障。

"她没有不要我，她只是把我支开了。"

"老陆，这样的文字游戏有意思吗？"陈念无比惋惜。

“陆经年！”是夏知意的声音。

陆经年闻声，转身回眸，他记得自己被夏知意支开之前不情不愿地问过她明天到底赴谁的约。

她当时说，如果她出来找他了，就一定会去校庆的！

在将晚的天色里，背后是车水马龙，前方是人声鼎沸，可他只瞧见她立于茫茫人海，双眸澄澈明亮地向他招手，那颗经历了大起大落的心突然狂跳不止。

陆经年再次不礼貌地直接挂断了陈念的电话。

“我以为……”他欲言又止。

夏知意笑着说：“你选了我那么多次，我当然会选你。”

坐上了回家的公交车，夏知意接到了宋之涵的微信：“你居然拒绝了你偶像？”

夏知意：“做人要言而有信。”

宋之涵：“你可得了吧，怎么没见你对我言而有信？”

夏知意：“那我总不能跟我妹妹抢男人吧！”

宋之涵：“什么意思？”

夏知意：“你有没有注意到乔希诚的那条手绳？”

宋之涵：“那不是官方定制的吗？有问题？”

夏知意抿唇微笑：“那是我妹送他的。”

宋之涵捧着手机，一脸震惊。

第六章
因为你是夏知意啊

Jingnian zhiwoyi

傍晚的天空被粉红霞光晕染，陆经年送夏知意回到家，发现她家门口停了一辆造型十分张扬的商务车。

夏知意看清了车牌，心里咯噔一声，拦下了陆经年，冷冷地说道：“就送到这吧。”

河神察觉夏知意脸色有异，识时务地点头。

她一个人走上前，在车边站定，轻声喊道：“姑姑！”

夏澄从车上走下来，一改平日里夸张的妆容，嘴角挂着和善的笑：“知意啊，我来看看你。”

这几天她和宋之涵都很忙，没怎么在家吃饭，公寓也就少了几分烟火气。

上楼之后，夏澄环顾四周，问道：“感觉有些清冷呀，你在外面住得还习惯吗？”

“一切都好。”夏知意陪着她在客厅坐下，给她倒了杯热茶。

“你爷爷下周就回国了。”

夏知意点头：“之前打电话有听说。”

“生日礼物备好了吗？”

“还没有。”

“你这孩子从小就是个慢性子。”夏澄从包里掏出一张银行卡，“明天有个时尚杂志组织的慈善拍卖会，这里有一千万，密码是你生日，去给你爷爷选件体面的礼物吧。早上我派司机来接你，礼服什么的都准备好了，你不必费心思，只需要美美地出现就行了。”

夏知意还来不及推托，夏澄继续道：“咱们怎么着也不能被夏语冰那个小丫头比下去不是？”

“都是一家人，姑姑何必分得这么清楚。”夏知意没接那张卡。

“知意啊，她跟咱们可算不上一家人。”夏澄拉着她的手，语重心长地念叨起那些陈年旧事。

夏知意一只耳朵进，一只耳朵出，自始至终保持着恭顺的笑意。

“叮！”

刚送走了姑姑，夏知意就收到了一条短信，是前不久刚从法务专员升职成为副董助理的小张发来的，短信上写着：“大小姐，夏董已经和顾总裁见过面了。”

她靠在沙发上，戴上一副蓝牙耳机，端详着那张银行卡，眼神寂寂。

一阵电磁波后，耳机里传来一个沙哑的男声：“事情办得如何？”

“顾少放心，明天知意一定会准时出席的。”清清楚楚，正是夏澄的声音。

“姑姑就这么肯定，万一夏大小姐不来呢？”

“她一定会来的。”夏澄轻笑道，“我可是从小疼她、爱她、保护她长大的姑姑啊。她最听我的话了。”

这一切还真是安排得滴水不漏啊。

夏知意缓缓抬手，关掉了耳机，她大概知道了夏澄的全部计划——

让顾回舟和她上演一场久别重逢，不论结局如何，只要媒体做了报道，为了防止顾家资本在京华集团做大，董事会肯定不会同意她接管公司。就算爷爷有心偏袒，也无能为力，还会因为她又私下联系顾回舟而生气。

想明白了这一切，她自嘲地笑了笑，究竟是从什么时候开始，她开始不相信姑姑了呢？大概是上高中住校的时候，她偷偷从学校跑回家，想给姑姑准备生日惊喜的那天吧。

躲在衣橱里的她，听到了姑姑和管家婆婆的对话。

“大小姐打电话说明天就会回来陪您。”

“我知道了。”

“您好像不太开心啊。”

“有什么好开心的，不过是大哥留下来的拖油瓶罢了，明明要提防着她随时会跟我抢东西，表面上却要笑脸相迎，温柔以对，想想都累。”

“大小姐没什么坏心思，您不要想太多。”

“咱们家知意啊，确实是个很傻很天真的小姑娘呢。”

这或许就是长大的第一课吧，亲情被成长的利刃无情划破，哪怕过了很久，伤口还是会有阵阵钝痛。

十七岁的她蹲在衣橱里哭得很委屈，后来，哪怕是顾回舟利用她，她也再没那么伤心地哭过了。

思绪回归现实，她掏出手机，拨通了一个号码，电话里标准的客服前台音:“您好,这里是A大财务室,请问有什么需要帮助的吗？”

夏知意眼中闪过一丝狡黠，嘴角上扬：“您好，我要捐款。”

陆经年家，他又在对着鱼缸做奇奇怪怪的事。

“大人，天界派人传信，让你回天界主持花神礼。”鲇鱼精透过河底的高清显示屏，将文书摆在他眼前。

“我是个河神，干不了花神的事。”

“大人，这也是天君的一番好意，毕竟您母亲……”

陆经年一个凛冽的眼神杀过来，鲇鱼精识趣地换了种说法：“毕竟花神礼百年一次，眼下天界局势不稳，您是天君之子，身份高贵，代表天君主持花神礼自然能让花界服众。”

“天君的儿子多了去了，你写封回信，让他随便抽签抽一个吧。”陆经年优哉游哉地躺在床上，“我要陪小意去给她爷爷过生日。”

“这不妥吧。”

“有何不妥？”

对于这桩事他家大人居然还好意思反问，分明就是揣着明白装糊涂。“大人，这眼看着任务时间都过半了，您怎么一点儿进展都没有呀？”鲇鱼精急得团团转。

“逆天改命这种事儿急不得。”陆经年看着手环上没有丝毫波动的黑化值界面，很是自信，“之前的波动频率很频繁，你看现在这么稳定，难道不是一种进步？”

鲇鱼精恨不得从鱼缸里冒出来吐他一脸水，继续忍着情绪劝道：“大人，这种盲目自信要不得。隔壁市的河神都已经完成任务了。”

“他们与我何干？”

“您那日走得匆忙，没听见工会主席强调的注意事项，每一批接受最后试炼的地仙都要等所有任务全部完成，才能一起升仙的。”

居然应用短板理论！

“看来天界这几百年为了解决众神消极怠工的问题，也出台了不少政策，真是为难那些老仙家了。”

“大人，您现在就是在拖地仙们的后腿啊！保不齐他们会来插手你的任务，替你赶进度！”

一经提醒，陆经年的面色有些凝重：“你的意思是小意会有危险？”

“此前并非没有这样的例子。”鲇鱼精调出了近三四百年间的卷宗，向河神一一展示。

陆经年看着屏幕上不断转换的画面，眼神渐渐冷了下去。

“大人需不需要采取一些非常之法，比如让夏姑娘忘记过去，重塑性格……”

“不必。”陆经年拒绝了鲇鱼精所有的提议，“大不了退出任务就是了。”

重塑性格？那还是夏知意吗？

家里的白炽灯很亮，可鲇鱼精还是看见了包裹在陆经年周身久久不散、从骨子里透出来的暗影，那是天神之子与生俱来的狠戾。

一念成神，一念成魔，便是如此。

“不管是谁，若是敢伤小意分毫……”陆经年垂眸笑了，可那笑容里藏着近乎病态的冷漠与执着，“千年万年，我都要替她讨回来。”

次日清晨，天空灰蒙蒙的，一副暴雨欲来的模样。

陆经年记得昨日跟夏知意约定好的，一起去看校庆文艺演出，故而很早就去自家小区外的公交站等她。

可惜，公交车来了一辆又一辆，他却一直没等到她的身影。

手机铃声骤然响起，他几乎是瞬间就接起来。

“对不起啊，陆经年。”夏知意万分抱歉，“我今天不能陪你去看演出了。”

“出什么事儿了吗？”陆经年的眉头一紧。

“家，家里的事儿。”夏知意搪塞道，她总不能冠冕堂皇地说自己要去瓦解一场蓄谋已久的豪门斗争吧。

他一如既往好脾气地说：“不着急，你慢慢处理，我等你。”

夏知意被按在化妆台前打扮，急急忙忙说道：“你先去学校吧，我怕来不及。”

说完，就挂断了电话。

南津美术展览馆，巴洛克风格的玻璃窗透出室内的通明灯火，参与慈善拍卖会的来宾陆续进场，或在展板前签名摆拍，或在闲聊。

忽地响起一阵骚动，众人相继回头。夏知意听见周围有人道了一句：“好像是顾回舟到了。”

原本还在做采访的记者都麻溜地放弃手头的采访对象，争相拥到红毯尽头的展板周边，挤成一团，闪光灯的咔嚓声变得急促起来。

顾氏曾经是和京华齐名的家族企业，不过六年前，正值壮年的顾董事长意外离世，集团发生了一次股权变动，具体经过她不清楚，只知道最后顾董的遗孀李女士被收监，顾氏形象大跌，顾回舟成了新老板。他只用了六年的时间，让顾氏从岌岌可危的状态摇身一变成了国际知名大企业。

夏知意远远望着人头攒动的外间，没去凑热闹，自顾自地坐在了竞拍席上。

没多久，众人悉数落座，拍卖师沉着冷静地主持着拍卖会，一切都风平浪静。

前几件拍卖品都是古董，夏知意没什么兴趣，开始低头刷手机，不知道过了多久，她听到拍卖师说道：“下面这件藏品名叫‘深海’，是品相极佳的月光石手链，由顾氏集团顾回舟先生捐出。起拍价十万。”

夏知意整理头发的手瞬间僵住，背脊也情不自禁地瞬间绷直。她脑海中闪过了顾回舟那张熟悉又陌生的脸。

他们是从小学开始就一起上学，直到大学时才因为学了不同专业而分开，陪伴彼此走过了漫长的成长岁月，然后却又各奔东西。

一个青梅竹马敌不过新欢的老套故事而已。

记得在顾回舟十八岁的成人礼上，夏知意将这条亲手做的月光石手链戴在他手上。

他问：“为什么叫‘深海’啊？”

她红着脸，拐弯抹角道：“因为深海波涛汹涌，海面却风平浪静，你不潜入深海，就永远不知道大海的心意。”

夏知意心想，他是打算物归原主吗？

该死，明明已经做好了心理准备的。

夏知意刚想举牌子，突然想起来，自己把姑姑给的钱都捐给母校了。她一个普普通通的漫画家，哪里出得起十万块钱买一条手链？

众人当然不清楚此番缘由，有相中者竞相跟拍，直到拍卖师开始重复：“六十万第一次，六十万第二次……”

“一百万。”在小锤子落下之前，一个沙哑而干脆的声音响起。

夏知意闻声望去，恰好顾回舟也往她的方向望了一眼。

他的目光穿过重重人群，仿佛带着冬雨的凉意，冷冽又遥远。

拍卖会结束，夏知意真的做到了一毛不拔，不过，依然有人奉承。

“夏小姐眼光高自然看不上这些。”

“夏小姐这件礼服很好看，是上周巴黎时装秀的最新款吧。”

“夏小姐这个包也是高级定制款吧。”

几道女声温温柔柔，丝毫没有掩饰歆羡，清一色的夸奖与吹捧。

夏知意一直没出声，虽然跟着轻轻弯唇，却不难看出她兴致不高，甚至有几分心不在焉。顾回舟毫无意外地迎面走来，依然是身形清瘦，眉目温和，跟记忆里的那个人像又不像，现在的他仿佛敛去了一身的浮躁和戾气。

他说：“夏夏，好久不见。”

夏知意神色平淡：“顾同学，好久不见。”

“夏夏什么时候也这么客套了。”

“我们十年同窗，怎么会见外呢。”夏知意打趣道，“难不成，我一见面就要说顾少脑子坏了吗？自己将价值十万块钱的手链捐出去又花了一百万块钱买回来。”

顾回舟轻笑着，意味深长地说道：“没办法，都怪我自作自受，突然就舍不得了。”

夏知意并未在意：“顾少果然是有钱任性，我是比不了的。”

“夏夏这话就不实在了。”他眯着眼看她，继而话题一转，“久别重逢，我特意为你准备了礼物。”

顾回舟从西装口袋里掏出一个精制的盒子，里面是一条跟“深海”一模一样的手链。当然，夏知意分得清他手上戴着的那条才是真正的“深海”。

“夏夏，喜欢吗？”

“价值一百万的礼物，怎么好随便收呀。”夏知意保持着得体的微笑，直接婉拒了，随手拿了杯红酒，一饮而尽，留下一句“失陪了”，便迈开步伐，不带走一片云彩地离开。

顾回舟看着她渐行渐远的背影，握紧了盒子，目光晦暗不明。

一别六年，她的变化太大了。

在场的其他大小姐们都暗自松了一口气，夏知意再不走，她们可真不知道还要吹捧些什么了。

初夏时节的雨总是绵长。夏知意没打伞，也没叫司机，穿着那件价值几百万的礼服淋着雨漫无目的地走着，鬼使神差地坐上了终点站在陆经年家附近的那辆公交车。

她下车的时候，雨已经停了，空气里多了一丝泥土的微腥味。街上的路人少得可怜，也没人会觉得她的打扮奇怪。

她自顾自地笑了，没走几步，却有一件外套披在了她的肩膀上，外套的温热驱散了暴雨带来的寒意。

“陆经年？”夏知意辨认了好一会儿，几乎不敢相信自己的眼睛，“我不是给你打电话让你先走了吗？”

陆经年琥珀色的眸子里漾出些许光彩：“我说过，会等你的。”

雨过天晴，A 大礼堂 B 会场中，在陆经年的陪同下，夏知意走过长长的台阶，安然地坐在了嘉宾席上，眉眼弯弯，眼神明亮，看上去年轻又美好。陆经年在她身旁自然而然地坐下，就像是她的一条小尾巴。

舞台上，动漫社的成员们正在上演为校庆准备的特别剧目，陆经年饶有兴致地为她介绍着。

有些眼尖的人认出了夏知意，无不惊讶。夏知意感受到周围的好奇目光，有些不自在地说：“我先去下洗手间。”

“我带你去。”陆经年说着就要起身。

夏知意拦下他：“我曾经也是 A 大的学生，不会走丢的。”

离开人群密集的 B 会场，骤然而来的静谧让夏知意有了片刻放松。她也不是真的想去洗手间，就是想找个角落躲一躲，她感觉头脑昏沉沉的，大概是淋了雨的缘故。

不远处的休息区，几个挂着志愿者名牌的女学生正围坐在一起喝奶茶，聊八卦。

“刚刚跟陆学长一起进去的那个女人真的是个富家千金！”

“你们看，新鲜出炉的热搜，她在拍卖会上拒绝了顾氏总裁的示好。”

“她跟陆学长是什么关系啊？”

“陆学长不会是被富婆包养的小白脸吧？”

“我觉得有可能，你看陆学长在她面前也太温顺了吧。”

她不是故意听墙脚的，只是想找个地方歇歇脚。年轻女孩们随便说的话，她也就随便听听。

“那些话，不要放在心上。”头顶传来了陆经年清朗的声音。

“你怎么过来了？”

“担心你迷路啊。”

她当然不介意。只是，女学生们的话，让她突然意识到一个问题，陆经年从来没跟她生过气。他什么都不在意，是因为他从来都没对她抱有期待吧。只是一个单纯的粉丝遇见了他喜爱的作者，所以才会小心翼翼地呵护。

她蹲坐在角落里胡乱想着，把手机热搜推到他眼前：“她们说得也没错啊，我和顾回舟的故事，你不想听吗？还是……”你对我没有任何期待，所以丝毫不会在意。

她没能说出后半句。

陆经年看到她一双含笑的眼，瞳孔里却有化不开的浓墨，心里隐隐生出几许不安。

果不其然，手环上的黑化值上升了。

“小意，地上凉，我们回去说好吗？”陆经年轻声哄着她。

“不好。”夏知意摇摇头，嘴角始终挂着笑，“我和顾回舟从小就认识，我曾经一直幻想着，他会同我日久生情，没想到他早就对其他人一见钟情了。他一直对我很好，不过是因为他担心他继母有所动作，为了混淆视听，拿我当靶子，去保护他心爱的女孩。

“我昨天给A大捐了一千万，钱是我姑姑出的。她一直对我很好的原因，不过是为了放长线钓大鱼，坐稳她在京华的位置。

“我前半生遇到过很多人，漂亮的、帅气的，他们对我都客客气气的，不过是不敢驳了我爷爷的面子而已。

“所以啊，陆经年，你又是为什么才会对我这么好呢？你想要的是什么呢？”

她垂下手，眼睛一眨不眨地望着他。

陆经年沉默良久，他有太多答案可以告诉她，可他又怕词不达意。从他来到人间到如今，他看过无数图画和文字，她不是那个画得最棒的作者，也不是故事讲得最好的作者，可她笔下角色的孤独感偏偏引起了他的共鸣，让他透过图画，想去拥抱她。当他真的遇见她之后，她便是这人世间他唯一想要偏爱的存在啊！

“因为你是夏知意啊。”他叹了口气，温柔地回答。

这明明就是个很苍白的答案，夏知意一抬眼正好撞上了陆经年那和煦的目光，不知怎的，她鼻子一酸，眼泪突然就掉下来了。

陆经年瞳孔猛地一缩，紧紧扶着她的肩膀，连声问：“小意，怎么哭了？小意，你说话啊，到底出什么事了？”

夏知意从来没在外人面前这般失态过，好奇怪，心里明明一点儿都不委屈的，明明最糟糕的时候都挺过去了，可是此刻看着他的视线却模糊得一塌糊涂。

她抽抽搭搭地说：“我没事，我就是……就是……哭一哭就好了，就一会儿。”

陆经年没再说话，只是单膝跪在地上，轻轻抱住她。

直到下场卸了妆的陈念找了过来，满脸疑惑地问道：“你们这是……”

太丢人了。

夏知意擦了擦眼泪，把头埋得更深了。

在礼堂后台化妆间里，三个人面面相觑，陈念一时间确实不知道该不该叫夏知意一声“学姐”。

陆经年率先开口：“这就是刚才台上表现最差的主持人，我舍友陈念。”

夏知意这会儿已经想不起刚刚突然崩溃大哭的原因，眸中水光微闪：“陈念你好，我是夏知意。”

她哭过的嗓子略哑，带了点儿鼻音。

这个小哭包原来就是陆经年无数次抛弃他的理由啊！原来他放荡不羁爱自由的舍友喜欢这一款女生。

陈念饶有兴致地看着夏知意，很是讨好地说：“学姐好，老陆要是有什么不对的，你就跟我说，我保证帮你把他收拾得服服帖帖的。”

夏知意眨了眨水灵灵的眼睛，脑子里一片混乱地回答：“他已经很好了。”

当夜，陆经年辗转反侧，他一闭上眼，脑袋里就是夏知意委屈大哭的可怜模样。

到底是谁惹她哭了？

明明她是被他捧在手心里的宝贝，当时才离开他多久，就有人让她伤心了。

此时的河神陆经年尚不能想到夏知意是因为压力过大而崩溃痛哭，忍着怒火施了一个召唤术。不到两分钟，鲇鱼精出现在鱼缸里，鲇鱼精马上问道：“大人，何事？”

“跟天界那边说，花神礼我来主持，但我要一样东西。”

“大人要何物？”

“乾坤镜。”

乾坤镜是上古至宝，可晓天地之全貌，可探六界之前尘。

第七章

人设崩了

夏镇东七十岁的生日宴是在老宅里办的，其实也就是商圈大佬们的一次聚会。

这样的场合，若是不和相熟的人待在一块说笑，难免会显得格格不入。

不过，夏知意从来没有这种烦恼。

从小到大，别人参加聚会的时候，她就窝在角落里搭乐高，靠着出身取胜的她，向来都是被宽容谅解的对象，更何况这是在她家。

即便她不合群，也没有谁敢非议什么。

此刻，夏镇东正在一群商界大佬的簇拥中指点江山，谈笑风生。夏语冰和夏澄都在门口迎接宾客，偶尔还会难得和睦地相视一笑。

真是难得的太平日子。

夏知意心满意足地收回视线，依照说明书摆弄着茶几上的乐高，没多久却走神了。距离她在陆经年面前大哭一通这件事，已经过去一星期。

整整一个星期，陆经年都没有联系过她，朋友圈也没有更新。难不成是没见过她哭，更没见过她这么狼狈的样子，所以把他吓着了？

夏知意越想越觉得有可能，忍不住腹诽：没见过世面！

她翻了翻手机，想着要不要跟陆经年解释一下，那天的风雨交加是因为她眼睛里进了沙子，怎么弄都弄不出来，所以才急哭的。

这么矫情的理由，陆经年会不会信？

这是个问题，他如果不信的话，她又该怎么忽悠？

夏知意正沉迷于自己的世界不可自拔,忽然听见周围喧哗起来，她回过神，见大家都看着一个方向。她顺着目光看过去，原来是顾家大少爷来贺寿了，她兴致索然地收回目光。

不承想，顾回舟偏偏向夏知意的方向走过来，在场众人纷纷露出吃瓜的神色。

“好久不见。”顾回舟淡淡开口，说了句万能开场白。

夏知意很不给面子道：“明明不久前才见过，顾少年纪轻轻怎么这么健忘？”

顾回舟在她身旁坐下，看着茶几上没拼完的乐高，笑了：“你这打发时间的办法还是老样子啊。”

“前天回家发现以前没拼完的，干吗要浪费呢？”

“看来比以前节俭了不少。”

“自己的东西总得爱惜才是。”

顾回舟低头，用只有两个人才听得见的声音说：“夏老爷子这个寿宴明明就是为了你摆的，怎么不见你争取一下？”

“别人都是越长大越佛系，没想到顾少是反着来的。”

“你这样等着，就不怕什么都等不到？”

“我愿意等就是因为知道我等得到想要的结果啊。”夏知意抬眼去看墙上的时钟，放下手里的零件，“顾少喜欢玩就继续，我该去给爷爷祝寿了。”

宴席上，在场的人无不谈笑风生。夏知意保持着她“内向腼腆”的人设，安静吃饭，直到有人谈起了“重孙子”的话题。

“夏家的两个孙女真的是人中凤凰，日后有了孩子，准是讨人喜爱得紧呀。”

夏镇东听到后连连吐槽：“前阵子，我安排知意和叶家那孩子见了一面，不过他们俩不合眼缘啊。叶靳那浑小子还特意打电话跟我道歉，说他儿子顽劣，在娱乐城装鬼把我孙女儿给吓哭了。”

这都是颠倒黑白，早就从宋之涵那里了解到事情真相的夏知意连连摇头。

“现在的年轻人想法真挺多的，跟我们那时候不一样喽。”

夏知意的一位叔父道：“京州程家的小少爷最近调来南津了，我觉得那孩子不错，不知道知意可否赏光见一面？”

这话一出，所有的视线都聚集在夏知意身上。计划中，她今天本应带着陆经年一块儿来堵住悠悠众口的，但现在，只有靠她自己了。

“叔叔就别为难姐姐了。”未待她回应，夏语冰就笑嘻嘻地端起酒杯，“嫁女儿不都图个平安顺遂吗？哪能送她去参与那些官海沉浮，钩心斗角的，更何况我姐姐还是个大画家。”

这话虽不怎么好听，却没有半分损夏知意的意思。

夏语冰这是在帮自己？

夏知意顺着夏语冰的话岔开了话题：“妹妹抬举我了，我只是个名不见经传的画漫画的，各位叔伯不嫌弃和我坐一桌才好。”

“怎么会呢？听说知意的漫画都已经是大 IP 了呢，夏董有这么省心又聪慧的孩子，我们几个别提多羡慕了。来，我敬知意一杯！”

“叔叔太客气了。”夏知意点点头，突然发现自己的果汁不知在什么时候被换成了红酒。

顾回舟挑了挑眉，坏笑着说：“喝饮料不够有诚意啊，大画家。”

夏知意向自家爷爷看去，夏镇东也开口道：“放心喝吧，爷爷不会生气的。”

夏知意看着跟前的红酒，蹙眉不语。

在夏镇东看来，夏知意一直滴酒不沾是因为他家教甚严，自家孙女听话乖巧。但实际上，夏知意知道自己酒量很差，在高中毕业聚会上还闹过大笑话。这些事儿爷爷不知道，可跟她青梅竹马长大的顾少爷怎么会不知道呢？

想到这里，她微微一笑，端起酒杯，一饮而尽。

醇厚的酒液滑过喉咙，一杯接着一杯，直到宴席结束，夏知意清楚自己醉了，放下杯子，目光淡淡，一如往常。

宾客都在相互攀谈，她便想着从后门出去透透气。

走廊上铺着厚厚的地毯，上面烦琐的花纹看得让人眼晕。夏知意拐过几个弯，一个踉跄，撞倒了一个花瓶，差点儿朝着地上的碎片扑上去，却被一只手及时拉住了。

她顺着手望过去，是顾回舟关怀备至的脸。

廊灯昏黄，像极了回不去的旧时光，他身上浅浅的香水味熏得她如坠梦中。

夏知意半晌才回过神来，抽回手，扶着墙说道：“谢了。”

“不能喝酒就别逞强。”

夏知意抬头笑着看他：“抱歉，让你见笑了。”说完，扶着墙继续往外走。

“夏夏，你觉得没了你爷爷，京华集团还能撑多久？”顾回舟叫住她，“六年前的事情，我可以给你一个解释。”

“那些跟我有什么关系啊？”夏知意低头看地上的碎瓷片，笑容中带了一丝冷冽，“我什么都不想知道，我只需要过好自己的人生就好了。”

月明星稀，虫鸣不断，如水的凉夜让夏知意清醒了不少。她揉了揉脑袋，给宋之涵发了条信息：“我在滨河北路公交站等你，下班记得来接我。”

她收起手机，打算去公交站，一抬头就撞到人了——一个背着书包的小男孩。

她连忙蹲下身子，把他扶起来：“对不起，对不起。”

男孩拍了拍身上的灰尘，奶声奶气地问：“你咋不看路呢？”

夏知意：“……”

她为什么听出了一股浓浓的东北腔？

男孩见她不说话，从书包里掏出一个保温杯递给她：“你身上酒味太重了，要不要喝蜂蜜水？解酒的。”

夏知意摆摆手，二十六年的生活经验告诉她，夜深人静的时候，陌生人的东西不能随便要，哪怕对方是个小孩子。

男孩倒是有耐心，放下保温杯，把小手掌往前一伸，拍了拍她的肩膀，说：“有啥事儿别在心里憋着，想哭就哭出来，我肩膀借给你靠，行不？”

这小孩中二病病得不轻啊！

借着路灯，夏知意认真地看着他，一副意气风发的模样，微卷的头发格外柔顺，小脸精致而白净，有特色的内双眼皮，一双琥珀色的眼睛炯炯有神，像极了缩小版的陆经年。

陆经年是真的神仙吧？以前一看见他，她就觉得心底的阴霾都没了，现在见了个长得像他的小孩，也觉得被治愈了。

她突然好想他啊！

她抬手捏了捏小男孩白净的脸颊："你长得好像我朋友啊！"

"咦？"男孩眨眨眼，警惕道，"你知道我是谁了？"

夏知意如实回答："我应该不知道吧。"

"我要去滨河北路公交站，你陪我一起吗？"

夏知意点点头说："正好顺路。"

到了公交站，两个人并排坐下，男孩捧着保温杯说道："说了这么久的话，好渴啊！"

夏知意迷迷糊糊道："那你喝水啊！"

"一个人喝多不好意思啊，做人得懂分享。"

"有道理，那你再忍一忍，回了家，跟你爸爸妈妈一起喝。"夏知意保持着最后一丝理智。

真是油盐不进啊，男孩无奈地摇摇头。

没多久，夏知意靠在站牌上睡了过去。

这会儿，空中突然起了雾，能见度不高，一辆黑色汽车在迷雾中横冲直撞地朝这边开来，像是一支离弦的箭。

"这不会就是传说中的酒驾吧？

"这车想跟我们同归于尽？

"呜呜呜，妈妈，我害怕！"

男孩一脸惊恐地拉着夏知意胡乱说道。

夏知意打着呵欠，睡眼蒙眬地望去，只见冲过来的车子骤然减速，完成一个炫酷的甩尾后，稳稳当当地停在了十米开外的地方。

副驾驶的车门被打开,先映入眼帘的是落在地上的黑色马丁靴,往上是一条修身的卡其色工装裤，再往上，是被风吹起的白衬衫和若隐若现的挺拔身材，最后，她看到了陆经年的脸。

夏知意觉得自己出现幻觉了,不然她怎么会在这里看到陆经年!

是的，来人正是陆经年。

阔别两百年后，陆经年第一次回到九重天。

这里的一切陈设都没有太多变化，他打烂过的宫墙都被修葺得与之前一模一样，明镜台上依然放着两个完好无损的琉璃盏。就连那株因为花神离世而瞬间枯萎的海棠树都重新开了花，好像什么都没发生过一样。

这次的花神礼是为了庆祝新花神的诞生，这样一算，他母亲也离开几百年了。当年就是在这里，神族内战，他母亲不幸殒命，他的父亲无能为力。他也只好眼看着母亲最后一丝灵识散尽，天界芳菲尽数凋零。

如今，他一袭白衣，长身玉立在宫殿中央，以天君之子的身份宣读了对新花神的封赏，算是与过往达成了和解。

烦琐的仪式刚结束，一声稚嫩的童声就在背后响起。

“哥哥！”

那是他的胞弟，雨神赤松子，一个从小听着陆经年反叛故事长大的小迷弟。

陆经年微笑着摸了摸他的脑袋。

“我听鲇鱼精说，你凡间的任务都完成得差不多了，这次回来就不走了吧？”

“花神礼结束，我就离开。”陆经年语气很坚定，“你不是来给我送乾坤镜的吗？”

“凡间有什么好的，你都不想家了吗？”赤松子背过手去。

看来几百年前母亲的离世和他跟家里的反目，都给天君带来一些触动，改变了天君对赤松子的教育方式，把赤松子培养成了一个人情味十足的神仙。

陆经年没有回答他的问题，向身旁伸出一只手：“手机给我。”

“大人别急啊。”鲇鱼精此刻幻化成人形跟在他身后，将手机递给他，“您刚宣读完天君的旨意，花界这边还要准备回礼。天君说了，领了回礼，就将乾坤镜给您。”

陆经年只得作罢，天界的信号太差，都来不及跟夏知意说一声自己在忙。

又过了几炷香的时间，赤松子终是不情不愿地把乾坤镜给了陆经年。

乾坤镜里，夏知意被顾回舟拉起的一幕正好落在了陆经年的眼中。

还好被接住了。

鲇鱼精松了口气，抬头却看到板起脸的陆经年像极了孤傲的高岭之花。

“真是有惊无险啊！”鲇鱼精深吸一口气，清了清嗓子道，“夏姑娘是个有福气的凡人，大人不必担心，还是去向天君复命要紧。”

“你速去禀明天君。”陆经年把花界的礼单往随行侍卫手中一扔，继而吩咐道，“去备一辆车，不然突然从天而降，会吓到小意的。”

没想到，陆经年前脚一走，后脚赤松子也跟着去了凡间，还先他一步见到了夏知意。

“陆经年？”夏知意被吵醒了，睡眼蒙眬。

原本目光微冷的陆经年快步走到她身前，关切地应了一声：“我在。”

赤松子心想着，这真是刚才那个耍酷霸气的哥哥吗？

“你迟到了呀！”夏知意笑着指了指他的鼻子。

陆经年听见她软糯的声音心底一暖，声音也轻了几分：“处理一些家事耽搁了，抱歉。”

夏知意晕乎乎的，双手挂在他的脖子上，摇摇头，看着陆经年被夜风吹乱的头发和有些发白的唇色，好心疼啊！

家里有事还特意赶过来，太感天动地了！

“有事情一定要告诉我，不要一个人扛，很累的。”这句话，她是说给陆经年听的，也是说给她自己听的。

陆经年听着她断断续续的话，心口微微一窒，唇角弯成好看的弧度，像是能驱散所有的雾气。他再也控制不住情绪，伸手一把将她抱在了怀里，脸埋在她的脖颈处，贪婪地、深深地吸了口气。

夏知意顿了顿，没有推开他。

陆经年久悬在嗓子眼的心终于落了回去，恢复跳动，并且越跳越快。

他喃喃道：“夏夏。”

也许老天都不会知道他在天界待得多心急，明明在天界才过了几个钟头，可这该死的时差让他朝思暮想的姑娘等了一个星期。

终于……终于他又看见她了。

陆经年心疼地问道：“这一天累坏了吧？”

夏知意看着他好看的脸，迷离的眼睛根本不舍得离开，狂点头：“好累，好累！”

她像一只终于见到主人的小奶猫，乖巧可爱，平日里的端庄人设瞬间崩塌。

陆经年纵容地笑了笑：“走吧，我送你回家。”

他扶着她站起来，她还是觉得困，往陆经年怀里扑去，眉头紧锁，撒娇道：“头好疼，我不想动！”

陆经年没想到喝醉了的她这么可爱，拍了拍她的背，温声哄着，暂时把赤松子抛到了脑后。他伸出食指，抵在她的太阳穴上，一股清凉的灵力传了过去。只见她的眉头渐渐舒展开，沉沉睡去。

陆经年小心翼翼地将她抱上车，关好车门，终于挪了点目光给自家弟弟。

他弯了弯眼，语气上扬：“赤松子，你怎么偷偷溜出来了？”

赤松子握紧了手里的保温杯，心里有些疑惑，是自己的错觉吗？为什么总觉得自家哥哥这个笑容里全是杀气？

正在车里看戏的鲇鱼精叹了口气，他很想负责任地告诉赤松子，那不是错觉。

陆经年脸上的笑意渐深，一步一步向赤松子走过去。

“亲爱的哥哥呀！”赤松子一边后退，一边瞪大眼睛，冲他露出洁白的牙齿，笑得那叫一个天真无邪，“你别这样瞅着我了！好像我做了什么对不住你的事似的，怪吓人的。”

他为了掩饰紧张继续念叨：“我这都是在帮你啊，完成任务你就可以回家了。难不成你真想留在凡间继续管理下水道啊？”

“你那杯子里装的是什么？”

“就是……就是蜂蜜水啊。”

“那你喝了吧，喝光了我就相信你。”

保温杯里装的当然不是蜂蜜水，而是梦华露。饮下之人，意识会陷入梦中，肉身则成为傀儡。

赤松子小嘴一撇，带着哭腔道：“哥哥，她给你讲的故事都是骗你的，我这么做都是为了你，你不能厚此薄彼。”

陆经年：“你的撒娇对我没用，老实交代。”

刚才那个恋爱脑哥哥呢，谁能把他还给我啊！

最后，赤松子还是不情不愿地做了一个诚实的好孩子。

陆经年把夏知意带回了家，宋之涵赶到公交站牌的时候自然扑了个空。

她赶忙给夏知意打电话。

“喂。”电话里传来一个颇为耳熟的男性声音。

“你好？”宋之涵看了看屏幕，确定她没拨错电话，“你是哪位？我找夏知意。”

“学姐，我是陆经年。”

宋之涵惊讶得张大嘴巴：“你跟夏夏在一起？”

“嗯，她今天回家给爷爷祝寿，喝醉了，我刚接到她。”

“那她今晚还回来吗？你让她接电话吧。”

“她现在不太方便，”陆经年顿了顿，“我已经带她回我家了。学姐放心吧，小意不会有事儿的。”

喝醉了！不方便！回他家了！

宋之涵自以为听懂了什么不可告人的秘密，嘱咐几句后，愉快地挂断了电话。

另一头，陆经年轻手轻脚地把夏知意抱回卧室。皎洁的月光透窗照进来，为女子的脸增添了几分清丽，不知不觉，他已经盯着她看了大半个小时了。

身后的鲇鱼精和赤松子还在以猜拳的方式决定谁去提醒陆经年“正事要紧”。

陆经年从怀里掏出乾坤镜，正面对着床上的女子，施了法术后，他看到了夏知意的过往。

记忆开始于夏知意上幼儿园的那一年。

她是含着金汤匙出生的孩子，不过作为双胞胎中的姐姐，她模样没有妹妹精致，学东西也很慢，幼儿班的小朋友都喜欢围着妹妹转，大家都嘲笑她是个小笨蛋。每次姐妹俩吵架，人人都会说一句“你是姐姐，要让着妹妹啊”，这样的话使得她一度不知道如何与同龄人相处。

上小学的第一天，她怀着期待又激动的心，早早地背起小书包迎着晨光走了很久去上学。结果那一天妹妹发高烧晕倒了，父母都在外地出差，管家和司机都是会看眼色办事的人，通通挤在医院陪护妹妹。她被顾回舟的父母带回了家，等了一整夜都没人来接。从那天起，顾回舟就成了她唯一的朋友。她过着平凡温馨的校园生活，依然不知道如何去正常交友。

她八岁那年，发生了很多事。她父母在一场车祸中遇难了，她和妹妹被接回爷爷身边。没多久，姐妹俩就在参加野外夏令营的时候，被人贩子拐跑了。人贩子说要把她们弄成残疾人去讨饭，不听话就卖掉她们的器官。她听了妹妹的话，掩护妹妹逃跑，可她被关进小黑屋里好多天都没等来妹妹说的警察，幸好姑姑及时赶到把她救了，不然她的小腿就要被人砍掉了。从那时起，她就把姑姑当成最好的亲人，直到上高中才发现，原来姑姑一直是个“影后”。

之后的她，一直沉默寡言，把一切情感都寄托在陪伴自己长大的顾回舟身上，可是在上大学的第一年，顾回舟利用了她。

顾回舟在那一年跟她表白，于是青梅竹马的故事全校皆知。可是没多久，她就遇到了一起车祸，那之后她才知道，顾董事长去世，顾回舟和继母争夺财产，他之所以公开跟她的关系，都是为了保护他军训时一见钟情的女孩。那件事结束后，顾回舟出国了，而她几乎成了全校的笑话。

幸运的是，宋之涵一直陪在她身边。二十四岁时，妹妹功成名就回了家，她干脆利落地让出了自己在京华集团的位置，选择了一份自己喜欢的工作，从零开始，两年后，才在漫画领域渐渐有了一点儿名气。

乾坤镜中的画面渐渐黑了下去，陆经年看着床上睡意沉沉的女孩，轻声呢喃道：“真是个小骗子。”

“哥哥，我就说她是骗你的吧！”一点儿都不懂得察言观色的赤松子插嘴，“你好好完成任务，跟我回家得了。”

鲇鱼精一脸嫌弃，心想，赤松子这孩子没救了。

陆经年冷眼看向他：“你再多嘴，就把那一整瓶梦华露都给我喝了。”

鲇鱼精问：“大人，看样子夏姑娘这性子是从小养成的，阻止她黑化真的不太容易，要不咱们改动一下她的记忆吧？”

“木已成舟，往事不可追。”陆经年的眼神里满是怜爱，他用手轻抚夏知意的头发，仿佛在隔着时光安慰那个被禁锢在小黑屋里，跟世界失去了联系的孤单小女孩。

“那您的任务？”

“大不了就留在凡间，陪她这一生。”

鲇鱼精有点儿担心地问：“仙凡殊途，您打算这辈子都不把真实身份告诉她吗？”

“我会找机会告诉她的。”

“您旷工、偷溜，我都可以替您圆过去，哪怕是这次任务，我也可以替您除名，只是……大人，与凡间女子相恋是会触犯天条的。”

陆经年收起了玩世不恭的态度，面带严肃地说：“我知道，你放心，被革职、被雷劈、被发配去管理下水道，那都是我的事儿，我会一力承担。”

“那夏姑娘呢？”鲇鱼精缓缓开口，意味深长，“凭天君之力，当年都保护不了花神。大人，您能扛下一切，她能吗？”

陆经年记忆飘远，想着母亲的离世，半晌无话。

“再说，夏姑娘是凡人，人死灯灭，你与她相伴几十载后孤身一人挺过漫长岁月，她若真心待你，你会舍得吗？”

作为一个脱离了低级审美趣味的神仙，河神陆经年的追星历程基本可以概括为始于才华，陷于人品，忠于颜值。

相识以来，或许一开始是出于完成任务的目的，他一直尝试着去认识真正意义上的夏知意。在这个过程中，那种作为“粉丝”的喜欢似乎在不断增加，量变积累到一定程度后必然会发生质变，他心里却毫不意外，甚至决定让这份质变来得更猛烈一些。但他不能，他清楚仙凡殊途的道理。

他曾经埋怨父亲自私，保护不了母亲。可是现在不计后果一味要留在她身边的他，又何尝不自私呢？

枯坐半宿的陆经年想通了一些事情，夏知意用漫画温暖了他的孤独岁月，他也想用自己的方式帮她驱散心中的阴霾。只是如果没有办法给她幸福，就要学着成全她去追求幸福。

他起身跟鲇鱼精行了个礼："我知道该如何做了，这段时间辛苦你了。"

赤松子表示有点儿看不懂现在的陆经年。

鲇鱼精叹了口气，心想，像他们这样的贵族神仙，还是在天庭待着比较消停。

第二天一早，夏知意醒来，很意外竟没有宿醉的感觉，反而身心舒畅。她环顾四周，认出了这是陆经年家，再看到自己身上完好的衣服，心底浮起一丝感动。

她走进客厅，看见陆经年已经摆好了早饭，饭菜的香气，让人感觉很踏实。

昨天的记忆渐渐清晰，连梦里的内容都重新映入脑海。

夏知意的逻辑向来缜密，想着想着，就没了动筷子的心情。

"不合胃口？"陆经年问。

夏知意摇头："我昨晚做了个梦。"

陆经年并不惊讶地接话："梦到什么了？"

"我梦见我掉进护城河那天，你救了我，把我带到了海底，你跟我说你是河神，那里是你办公的地方。”

“嗯。”陆经年没反驳。

“我还隐约记得我昨晚遇见一个小男孩，他还跟你说什么回天界的事。”

“那是我弟弟。”陆经年嘴角噙了一丝笑意，他把自己的故事跟她娓娓道来，最后神色淡淡地说，“你梦里的和你看到的，都是真的，昨天算是一个正式的自我介绍吧。”

这巨大的信息量让夏知意身子一僵，回忆两个人认识以来的点点滴滴，他好像也没有刻意骗她，一直都是她自己想太多。

“原来是这样啊！”她尽量平静地笑了，“没想到我的粉丝里还真的有神仙这种生物存在。”

“其实我接近你，除了喜欢你的漫画，还有另一个重要原因。”陆经年顿了顿，开口道，“我在凡间的任职期就快满了，最后一个任务，与你有关。”

为了证明自己是来认真工作的，绝对没有非分之想，他将“消除潜在黑化值”的任务与夏知意和盘托出，并着重强调自己对她的好都是为了完成任务。

“我知道粉丝和偶像之间都该保持距离，如果让你误会了，真的不好意思。”

他说这些话的时候，字里行间都透露着冷淡与不耐烦。

听到如此刻意的语气，夏知意忍不住翻了个白眼：拙劣的演技，简直浪费了他那张好看的脸。她没有反驳，只是开玩笑般地说道：“我还以为河神的工作就是整天问别人掉了金斧头还是银斧头呢？没想到你这么高级。”

“时代发展了，业务内容是需要调整的。”陆经年顺着她的话说。

他本以为，知道了他的真实身份，她要么会打死都不信，骂他神经病；要么跑上来抱住他的大腿；要么就是刻意疏远。没想到，竟然是这样。

“所以，你打算怎么阻止我变成反派？”她继续问。

昨天晚上想明白一切，决定挥剑断情的陆经年冷漠道：“你放心，只要你乖乖地画漫画，不拖更，我就会好好保护你的。”

“除此之外呢？”夏知意难得主动。

陆经年故作镇定地摸了摸她的头，一派长者风范：“你放心，我一定会帮你牵线搭桥，安排好终身大事的。”

他这一脸老父亲的笑真的很诡异啊！夏知意瞬间有些害怕。

“那你呢？”

“我马上就毕业，凡间的日子体验够了，该回天界生活了。”

回天界！

夏知意攥紧了手中的筷子，半晌才蹦出两个字：“很好！”

第八章

别人家的旺桃花

Jingnian zhiwoyi

立夏过后，南津市的气温异常温暖，阳光正好，让人生出一种懒散的感觉。

比如青叶科技股权变动后的第二天，没有一位员工注意到了停在公司门口的那辆低调的奥迪 A8L。

俗话说得好，新官上任三把火，叶景弦刚刚成了青叶科技公司的大股东，自然得发个言、讲个话，然后还要给老员工们吃下一颗定心丸。不过，叶小公子从来都是不走寻常路的，一个心血来潮，非要微服出巡。

他故意没让蔡特助公布他的身份，还准备了一张安保部基层员工的工作证和一身安保人员的制服，乔装打扮后不动声色地去了产品部，谁知刚进去就被产品部李总监逮住了。

“哎哎哎，安保部的，你来这里干什么？”

叶景弦把工作证往前一递，昂首挺胸地说道：“随便逛逛。”

“我产品部什么时候成了你随便逛逛的地方了？没事儿赶紧走！别瞎转悠打扰我们工作！”

这是什么态度？说好的同事之间互敬互爱，亲如一家呢？

叶小公子长这么大，第一次被人如此凶地对待，正准备发火，就听见一个温柔的声音在背后响起：“总监，不好意思啊，他是来给我送东西的。”

叶景弦一回头，居然是宋之涵！

呵呵，她一定是认出他了，故意来帮腔攀关系的！

谁知，宋之涵把他拉到门外就问："我的快递呢？"

"什么快递？"叶小公子疑惑道。

宋之涵皱着眉头打量了叶景弦好一会儿，遗憾道："认错人了，你不是孙大鹏啊？"

叶景弦张了张口，还来不及说话，宋之涵就嫌弃地摆了摆手："算了，算了，你赶紧走吧，我还要去找孙大鹏拿快递呢。"

原来是认错了人。

离开产品部后，叶景弦特意去安保部看了看那个所谓的孙大鹏。看着那张被岁月洗涤过的面孔，叶小公子愤怒之余，更笃定这一切都是宋之涵的套路！

这个女人，戏真多！

翌日，他恢复身份，换上一身帅气西装，做了个新造型，二度视察产品部。果不其然，把产品部李总监吓得战战兢兢，四肢发软。

他在众目睽睽之下迈开长腿，很是张扬地走到宋之涵的工位前，笑得别有深意。

宋之涵一脸茫然地看着他，试探地打招呼："老板，早上好？"

叶景弦装得一本正经地说道："昨天你见义勇为，表现不错，值得表扬。"

宋之涵看了他好一会儿，为难道："老板，我们不是第一次见吗？"

叶景弦那如春风一般的笑容僵在脸上，怎么可能？他这么英俊的一张脸，宋之涵居然不记得！

叶小公子咬牙切齿道："既然你不记得，那我们重新认识一下吧，我叫叶景弦。”

叶景弦！

听到名字后，宋之涵瞬间瞪大了眼，满脸的问号一个接一个地消失了。

还真是人生无处不相逢啊！没想到那个冤大头富二代摇身一变就成了自己老板。他不会是为了报复她，才收购了青叶科技吧？

宋之涵不傻，自然知道得罪了叶小公子自己接下来的日子不会好过，连忙露出一个灿烂的笑容：“老板您太客气了，您风流倜傥，玉树临风，能给您打工是我的荣幸。”

“很好。”叶景弦接受了这份没有感情的吹捧，继而说道，“从明天开始，你就不用留在产品部了。”

“老板，您大人不记小人过，我……”宋之涵内心忐忑不安。

叶景弦不耐烦地打断她：“来做我的助理，如果工作出问题，我随时会炒掉你。你有意见吗？”

叶景弦刚说完，蔡特助就拉住了他的衣袖，慌张道：“老板，我哪里做得不好，您要找人来顶替我？”

“放心，你还是独一无二的你。”叶景弦拍了拍他的手，安慰道，“她就是个生活助理，不会威胁到你的。”

“老板，我觉得还是要人尽其才，物尽其用才好。”宋之涵礼貌地微笑着，委婉地表达了自己并不想去做生活助理的心思。

毕业后，她在众人羡慕的目光中来到青叶科技工作。两年来，她勤奋打拼，不舍昼夜，才升到了副总监的位置上，如今要把她调去当生活助理，简直没天理！不过对方是老板，胳膊拧不过大腿，此时此刻必须借助群众的力量，她果断向在一旁心惊胆战的李总监发出了求救信号。

李总监会意，于是说道："老板，现在产品部正在稳步进展的项目中，有好几个是之涵牵头和负责的，现在调动工作，确实有些突然了。"

"既然她这么能干，李总监，你是不是该反思一下你自己？"叶景弦眨着眼睛问。

李总监连忙补充道："我觉得年轻人去不同的岗位上体验体验，多一些锻炼也是好的。其实小宋她能力出众，相信兼职生活助理也是完全没问题的。"

不愧是李总监，这般圆滑世故，没有一定的人生阅历是绝对达不到的。

"你还有问题吗？"叶景弦望向宋之涵。

宋之涵的内心似乎经过了一番天人交战，如果答应了去做生活助理，她可能会被叶景弦折腾成一个没有感情的工作机器；如果硬气一点儿，狠狠甩一封辞职信在他脸上，这位脑回路清奇的公子哥，保不齐又会收购她下一家公司。在对比了兼职生活助理和辞职换工作之后，她如壮士断腕一般凝重地摇了摇头："没有问题，我接受公司的安排。"

叶景弦看着她垂头丧气的模样，满意地笑了起来。

另一边，《终南渡》手游进入内测阶段，应公司要求，夏知意也在游戏中注册了一个账户，开始默默升级。这是一款很典型的MMORPG（大型多人在线角色扮演游戏）手游，夏知意在机器人的陪练下，磕磕绊绊完成了新手村的试练任务，刚出村口，就收到了书粉发来的组队申请，心头不禁热血澎湃。

这么捧场，太感动了，这就是“真爱粉”吧！

然而，接下来的几场战斗，夏知意的战队都是以失败告终，她本人更是成为全队最大的拖油瓶，每次出场，撑不过三分钟就死了。

终于有粉丝忍不住在聊天系统中发言：“我们要不抓个小学生来组队吧。”

夏知意：“为什么？”

1 号粉丝表示无奈：“我们需要一个比你还菜的队员来转移我们的愤怒。”

2 号粉丝连忙阻止：“还是不要祸害学生吧，不然对知意的风评不好。”

3 号粉丝附议：“没错没错，就当是积德了。”

夏知意：“呜呜呜，我走！”

众粉丝因她的善解人意而流下了激动的泪水。

夏知意虽然退出了游戏，但她始终认为自己是有天分的天选之子，绝对有潜力，之所以打不好这个游戏，完全是因为不熟悉。想当年，她可是收集到了某换装游戏中所有的服装呢！

她下决心一定要让粉丝们发现掩藏在她菜鸟外表下的绝佳天赋，证明他们 pick（选）她的眼光没有错！

她打开浏览器，开始搜索游戏攻略，奋战了一个上午，还是被现实打败，默默感慨，这款游戏的设定太复杂，不友好。

门铃响了。

夏知意看了看时间，冷笑一声，随手将手机一扔，跑去开门。她边开门边说：“不是跟你说过不用每天来监督我了吗？”

自从陆经年跟她坦白了河神的身份，并承诺完成任务就离开后，她跟他的交流就逐渐变得阴阳怪气起来。

“小意，你这是？”陆经年见到她的时候，愣了愣，那原本好好的黑长直硬是被她挠成了鸡窝头。

夏知意回头，在门口的半身镜中看到了自己乱糟糟的头发，理直气壮道：“宅在家里玩游戏，这是工作需要。”

陆经年左瞧瞧，右看看，歪头笑着说：“玩什么游戏能把自己折腾得脸红心烦，头发一团糟呀？”

夏知意捂着脸让出一条路：“你先进来！”

他也不客气，径直走进厨房，忙活没多久，一桌丰盛的午餐就摆在了夏知意眼前：“小意，吃饭了。”

夏知意咽了咽口水，不停提醒着自己：这个家伙，除了厨艺高、颜值好，简直一无是处，她不能轻易妥协。

“我游戏还没打完呢，你自己吃吧。”她说着，拿起手机，缩回沙发上。

陆经年乖巧地坐到夏知意身边，看了看她的手机屏幕，说道：“原来是《终南渡》这个游戏啊。”

“你知道？”

“不信你打开手游榜单看看。”

夏知意半信半疑地登录游戏账号，只见“我是河神啊”这个名字稳稳地占据了竞技榜单第一名。

“这也太厉害了吧。”夏知意抬头看他，眨巴着眼睛，仿佛整张脸都在说求求大神帮我打游戏。

太可爱了，陆经年忍住想捏她的冲动，投其所好地回答：“我带你呀。”

一局游戏结束，夏知意终于赢了一次，这种开了外挂的感觉真不错，好想把游戏账号扔给他啊。

陆经年却安慰道：“不过是个游戏，不擅长很正常的，听说代言人也在玩这个，你可以趁机跟他多交流啊。”

夏知意摇了摇头：“我还是自己练习吧！”

“为什么？”

“不是你说的吗？粉丝和偶像要保持距离，每个人都是独立的个体，没必要走得那么近，太亲密会互相吞噬的。”夏知意呛了他一句，继续低头玩游戏。

阳光透过巨大的落地窗投在她的脸上，反射出淡淡莹润的光泽。沉浸在游戏世界里的姑娘，不施粉黛，也依旧眉目如画。

陆经年蓦地想起了昨晚梦境里她不修边幅的模样，那些被岁月偷偷掩藏的回忆让他理解了夏知意这种看上去就不会追星的人为何偏偏喜欢乔希诚。

六年前，顾回舟离开南津市的那天，夏知意才发现自己脑海中关于南津的所有印象，似乎都是用她跟顾回舟的回忆拼凑出来的。她一个人从城南走到了城北，又从城东走去了城西。直到天色渐渐暗下来，路边的霓虹灯闪烁着刺眼的光，她直挺挺地站在熙熙攘攘的人群中，才彻底接受了那个曾经会为她的存在而停下脚步的男孩子已经离开的现实。

四周热闹起来，街头巷尾的小吃店都开了门。她深吸了一口气，打算去吃一顿重麻重辣的火锅以毒攻毒。可她找了好几圈，却发现自己怎么都找不到以前常跟顾回舟一起去的那家地下火锅店，原来在最熟悉的城市里也会迷路啊。

她放弃了寻找，茫然地在一个地下停车位边上坐下歇脚。

没多久，一辆白色商务车驶进地下停车场，一个身材高挑、目光凌厉的长发女人踩着高跟鞋下了车，叫她离开，态度很不友善。

那是乔希诚当时经纪公司的经纪人，误以为她是私生饭，被吓得够呛，连忙下车驱赶。

车上因为训练累到极致，上车就睡的乔希诚是被经纪人的呵斥声吵醒的，他迷迷糊糊地睁眼去看，恰巧就看到了夏知意。她头发乱糟糟的，直愣愣地盯着前方，眼神空洞，没有焦点。车灯照过去，比鬼还瘆人。

乔希诚下车，示意经纪人安静。

他并不是什么乐善好施，有悲悯之心的人，但眼前这个女孩的样子看上去真的好绝望，让他不由自主想给她一些温暖和希望，起码让她肚子不会饿。

他隔着恰到好处的距离蹲下身子：“刚刚对不起啊。这附近有一家味道很棒的地下火锅店，今天三人就餐会打折，要不要一起拼个桌？”

女孩一点点抬头，脏兮兮的脸上看不出什么表情，好半天后，她木然地点了点头。

九宫格的红汤锅被端上了桌，夏知意窝在角落里，使劲儿咬着煮老了的牛肉，眼泪却悄悄流下来。

萍水相逢，乔希诚也不知道该如何安慰她，只好轻轻哼唱了一首歌。那首歌讲了一个人被世界百般蹂躏，却始终不想认输，不惜将生命踩碎、重组，然后茁壮成长的心路历程。

真奇怪，只是简简单单的一首歌，却给了她一些与过去告别的力量。

后来，她才在电视节目上发现，原来他叫乔希诚，是个练习生。当时她心想，让他出道吧，这个人蛮善良的，一定会是个很好的偶像。

陆经年想着在离别之前总要帮夏知意找到一个值得托付的对象，避免她兜兜转转后还是会掉到顾回舟的坑里。他仔细考量着夏知意生命中遇见过的人，也就只有乔希诚对她没有目的，没有伤痛。虽然两个人在生活中也没有多少牵扯，不过事在人为，没准儿经过他的努力，两人也可以成为彼此的双向理想型呢。

“我帮你练级，你答应我一个条件，怎么样？”陆经年开始实施自己筹谋小半天的计划，主动提议，“吃完饭，陪我去做个兼职。”

“好啊！”夏知意回答得很干脆，等她酒足饭饱后才觉得事有蹊跷。

这不是陆经年的风格啊！他不要他的漫画了吗？

她带着狐疑来到厨房，帮着陆经年刷碗。过了好一会儿，她还是沉不住气问道：“你说的兼职是什么啊？”

“送外卖。”陆经年诚恳地望向她，“你不相信我？”

厨房的窗户半开着，凉风习习，陆经年的声音就像是夏日里加冰的气泡水。

夏知意最后还是放弃了思考，凭直觉选择相信。当然，这冲动的信任在她看到停在家门口的越野车和车上的陈念的时候土崩瓦解。

“老实交代，你想干什么？”她问。

“乔希诚最近在南津郊外的风景区拍摄 MV，他们剧组凑巧订了我店里的盒饭。”陆经年委屈巴巴地低声说道，“你不是喜欢他吗？我就想着带你一起去。”

“你确定普通人能这么凑巧订到你店里的盒饭？”

知晓陆经年河神的身份后，夏知意渐渐摸清了他狡猾的本质。

陆经年轻咳几声，匆忙看向陈念。

“乔希诚也不是普通人啊。”陈念帮腔道，“学姐，真的都是凑巧，缘分嘛，就是这么奇妙。”

夏知意深吸一口气，一步一步逼近陆经年。直到他靠在车上，她双手抵在他肩膀两侧，冷冷地问道：“你确定要我陪你去送外卖？”

气氛一下子变得暧昧又危险，陈念识趣地关好车窗，把自己关进车里。

陆经年故作镇定地点点头，掩饰自己怦怦的心跳声。

“那就谢谢了。”夏知意翻了个白眼，松开手，火速跑回家里。不一会儿，她又眉开眼笑地跑出来，故作轻松道：“能去见偶像，我真的太开心了。”

观察入微的陆经年察觉她补了口红，内心很不是滋味，却还是被自己伟大的奉献精神感动得一塌糊涂。

乔希诚的 MV 剧组正在南津郊外一处偏僻的小山沟里拍外景，因为凭空变出很多份外卖的行为实在太诡异，而且陆经年没有凡间的驾驶证，出于安全考虑，他特意找来了陈念当司机。

车上，夏知意安安静静地坐在后排，望着车窗外淡蓝色天空中洁白的云朵发呆。

“小意。”坐在她身旁的陆经年摊开一只手，露出掌心的白色药片，另一只手递来一杯温水，说道，“要走好一段山路，吃片晕车药吧，怎么说也要见偶像，你得保持一个好状态吧。”

夏知意果断回道：“我不晕车，我没事儿，你不要理我。”

陈念帮腔道：“学姐，山路崎岖，很容易晕车的。”

夏知意不为所动，陆经年也没再劝她，只是依然把药和水都拿在手上。

立夏的午后风很暖，车窗外万千风景一晃而过，前方却还是曲曲折折望不到头的山路。几经颠簸，眩晕感越来越严重，夏知意犹豫了几秒后，飞快地拿起了晕车药，喝了口水咽了下去。

苦涩的味道蔓延在喉咙间，她撇了撇嘴，眉头皱成一团，眼前忽然出现一盒草莓味软糖。

“吃一颗糖果就不会苦了。”陆经年哄小孩般说着，言语间尽是柔软，惹得驾驶位上的陈念鸡皮疙瘩掉了一地。

怕苦的夏大小姐当然不会因为置气就委屈自己，连忙拿起一颗糖，塞进嘴里。等苦味散了，她含糊地说了声“谢谢”，就转头偏向另一侧去了。

耳朵里忽然塞进一只耳机。

陆经年淡淡地说：“听歌可以分散注意力，会好受一些。”

“啧，啧，啧。”陈念不停摇着头嫌弃他。

夏知意倒是没有拒绝，戴上耳机后，换了一个舒服的坐姿，闭上眼休息。

看着她略显疲倦的睡颜，睫毛随着呼吸颤动，陆经年有些后悔，早知道就该瞬间移动过去的。他一边自责，一边还不忘责怪陈念：“你开车稳一点儿。”

陈念瞥了一眼空荡荡的副驾驶位，还有后车镜里映出的陆经年，恨不得把白眼翻上天。

到达目的地，夏知意匆忙下了车，呼吸几口新鲜空气后，清醒了许多。

眼前就是拍摄场地。墨绿色的青苔爬满了旧砖房，屋顶的瓦片依然结实，房间内是粗糙的水泥地面，一盏白炽灯挂在棚顶摇摇晃晃。砖房外面是一个围着竹篱笆的小院子，院子中央有口井，井边趴着条小黄狗，还开着几株牵牛花。

一间普普通通的四合院，在朴实的山沟里显得别具一格。正在拍摄中的乔希诚更是有一种“行到水穷处，坐看云起时”的感觉。

聚光灯下身高一米八四的他，不笑就是高岭之花，笑起来又是温良无害的单纯美少年，可塑性超强。

夏知意看着他一遍又一遍仔细琢磨着动作，看他渐渐被汗水打湿的后脖颈，还有那柔顺漆黑的短发，内心感慨，不愧是被我粉上的人，无论何时何地都是这么敬业又帅气。

就在夏知意沉浸在欣赏中不可自拔的时候，乔希诚向她看过来，原本慵懒的神态瞬间绷紧，眉目间满是紧张，大叫一声：“小心！”

他匆忙跑过来，夏知意就这样猝不及防地被他拉到怀中，两人的目光在空气中交汇，片刻后都尴尬地别过脸。

刚刚夏知意头顶的摄影棚突然倒塌，时间仿佛停止了，在场的众人都倒吸了一口凉气，在一旁给剧组人员发盒饭的陆经年却对自己导演的这出戏很是满意。这就是激发爱情的终极武器——英雄救美！只要他不承认，就没人知道摄影棚是他用神力搞垮的。

因为这个不大不小的风波，拍摄组只能暂时停工整理道具。

“夏知意！”乔希诚有些惊喜地看着她，“你怎么来了？”

夏知意语无伦次地解释道：“我是来送盒饭的，真的不是故意来打扰你的，你别误会啊……”

“我相信你。”乔希诚拍了拍她的肩膀，“刚才吓坏了吧。”

夏知意回过神来，看着眼前的一片狼藉，连连鞠躬道谢：“刚刚真的太危险了，谢谢你。”

“不打紧。”乔希诚摆摆手，他到现在都很惊讶刚刚自己是怎么跑出比奥运短跑冠军还快的速度的，“剧组估计还得忙好一阵子，要不要我带你四处逛逛？”

“好呀。”

临行前，陆经年在夏知意身上挂了个背包，一边往她包里塞东西，一边认真地叮嘱：“到林子里要喷驱蚊水；如果太热就把这个小风扇打开，已经充满电了；保温杯也带好，不要贪凉；还有……”

夏知意呆呆地问道：“要不，你还是跟着我一起吧。”

“学业繁忙。”陆经年冠冕堂皇地辩解，听得陈念嘴角抽搐。

夏知意微微一怔，不知该作何反应。午后的日光很烈，可她整张脸笼罩在陆经年的阴影里，想着要不要再挽留他一次。

“你好好跟乔希诚相处，我就在车上等你。”陆经年没给她说话的机会，转身就上了车。

“那么舍不得，还让人家一个人去，你神经病啊？”陈念单手搭在方向盘上，慵懒地说道。

陆经年回过神，嫌弃道：“你一个单纯少年懂什么？”

这会儿在日光的映衬下，陆经年的脸部光影对比强烈，那双本该发亮的眼睛，如远处山峦一般沉寂，好像在期待着什么，又似乎在抗拒着什么。

陈念瞧着他这副模样，叹了口气，没再说话。

山野间的风景无非就是小桥流水，奇松怪石，树木葱茏，在喧嚣的城市间困得太久，总是会向往这样的自然。只不过，真的亲身来到这里，又会因坎坷的山路，成群的蚊虫而退却。一路走下来，多亏了陆经年的驱蚊水，两个人才能安然无恙。

乔希诚主动挑起话头，他问："你有没有觉得《终南渡》手游特别难？"

夏知意疯狂地点头："好难好难啊。"

乔希诚："我花了小半天才走出新手村，出村后就一直被虐，从没赢过。"

看来像陆经年那样的都是神仙水平，只有乔希诚的水平才代表了广大游戏小白的正常水准啊！

找回点儿自信的夏知意继续点头："我也是！"

乔希诚："要不我们找个时间一起打游戏吧。"

夏知意："我可以！我随时都可以！"

乔希诚："现在怎么样，你出新手村了吧，要不咱们组个队？"

"没问题！"夏知意毫不犹豫地应承下来。

不知不觉，两位游戏小白成功耗光了手机电量。乔希诚信誓旦旦地要带夏知意原路返回，结果，在他凭着直觉绕着小树林走了不下三圈后，夏知意终于开口问道："你确定你认得路？"

乔希诚有些心虚：“不着急，总会找到的。”

远处传来了脚步声,是一位挖了一大包野菜准备下山的老婆婆。

夏知意提议：“要不我们问个路吧？”

他清了清嗓子：“也好。”

老婆婆认得乔希诚，因为他是自家孙女喜欢的大明星。在乔希诚送了她几张演唱会门票后，她很爽快地答应带他们两个下山。两人跟在她身侧，沿着山间小路慢慢走，有一句没一句地聊着。

夏知意问：“你怎么会想到在南津开演唱会啊？”

乔希诚的回答很官方:“大概因为念旧吧,南津是我出道的地方,自然也想在这里留下辉煌的记忆。”

夏知意顺势问道：“如果你成了京华的代言人，这记忆岂不是更辉煌？”

乔希诚轻笑道：“只怕物极必反。”

听说京华集团最近有更换代言人的打算，乔希诚本就是京华的不二之选，不过，双方谈了一个多月，也没什么实质性的进展，问题原来出在乔希诚身上!

各方都想促成这次合作，只有乔希诚本人不乐意。

夏知意：“你这语气好像怨念很重啊？”

乔希诚转移话题：“你这一次怎么对自家公司的事情这么上心了？”

“当然是想看自己的偶像走花路啊。”夏知意总不能告诉他，是因为之前爷爷的生日宴上，夏语冰帮了她一把，她得知恩图报。

山路上杂草丛生，枯枝零落，夏知意正想着该如何劝说乔希诚签约，一时没注意脚下，被一截树枝绊倒了。乔希诚眼明手快，赶紧去扶她，谁知道她的手机就在这不经意间从兜里掉了出去，砸在了路边的石头上。

夏知意蹲下身子，看着那碎得颇有艺术感的屏幕，有些头疼。

平安回到了拍摄组，乔希诚为了安慰她，特意从道具组借来工具箱，当场给她换了屏幕保护膜，又从口袋里掏出了三张演唱会门票："下周五在南津市奥体中心有我的个人演唱会，如果有时间，带朋友一起来啊。"

夏知意确实被乔希诚的细心惊喜到了，连忙点头保证："我一定来！"

告别之前，她从背包里掏出那份特意回家翻出来的合同，这是上一次张助理跟她通电话汇报完公司近况后发过来的。

"乔乔，你真的不考虑一下吗？"

乔希诚摆摆手："知意，我们朋友见面就不必谈这些公事了吧。"

"也对。"夏知意也没勉强，收回手笑着说，"既然是朋友，那我打听一件私事，可不可以啊？"

乔大明星并不了解夏知意，只当她是个不谙世事的富家女，本就觉得拒绝了她有些愧疚，此刻的态度极为平易近人："你尽管问，我知无不言。"

夏知意踮起脚，在他耳边轻声说："你喜欢的那个女孩，是我妹妹吧？"

夏日的风是安静的，乔希诚的世界也在那一瞬间变得无声。

他突然回想起了十八岁时，在练习室里第一次见到教他跳舞的夏语冰的场景。

她穿着黑灰色的练习衫，扎着干净利索的马尾辫，素净的皮肤光滑而白皙，脸上还带了点婴儿肥。

她指导他的时候，并没有想象中的严厉，话不多，却句句关键。她就像是收起了锋利爪子的小猫咪，虽然一直板着脸，露出一副高冷态度，却还是可爱得一发不可收拾。练习结束后，他鬼使神差地开玩笑说："师姐，有没有人告诉过你，你笑起来特别甜？"

夏语冰有些错愕地抬眼望向他，许久，眼中浮现起浅淡的笑意："刚才的舞蹈，你再跳五十遍。"

夏知意的声音打断了他的回忆，她补充道："你手腕上的那条手绳其实是我妹妹送的吧，当年的限定团团综我真的有认真看啊，暗地里秀恩爱的事情，很符合我妹的性格。"

乔希诚的脑子一片空白，夏知意说对了一半，那条手绳是夏语冰送他的唯一礼物，但是应节目组要求，推托不得的结果。

他愣了半晌，叹了口气，笑着说："知意啊，刚才那份合同，拿给我看看呗。"

了却一桩心事，夏知意心满意足地离开。

落日余晖下，陆经年孤身一人在剧组外的停车场里等她。见她过来，他问道："聊得开心吗？"

"还算不错。"夏知意摸了摸背包里的合同，满意地点点头，"我们聊得很开心，你知道吗？乔希诚游戏打得比我还烂。他下周五有演唱会，还送了免费门票给我们……"

夏知意滔滔不绝地讲述着这小半天跟乔希诚相处的经过，陆经年保持微笑倾听着，努力抑制住满心的失落不去打断她。直到小姑娘从包里掏出一份合同，摆在他面前，显摆道：“最重要的是乔希诚签字了。”

“你开心就好。”陆经年并没有意识到夏知意今天来只是为了签合同，还沉浸在自怨自艾的情绪里不可自拔。

“天啊，今天忘了告诉宋宋我不在家的事情了。”夏知意有些懊恼地说。

陆经年迅速递出手机：“时候也不早了，你联系她一下。”

“你怎么知道我手机摔坏了？”

“我猜的。”

一阵沉默后，夏知意大概想明白了今天的所有，越看他越觉得窝心，扯着嗓子喊了一句：“当月老开心吗？河神大人。”

陆经年尴尬地摸了摸头，眼神恍惚，发现夏知意的鞋带散开了，利落地蹲下去，给她系好再次站起来后，他答道：“月老他打不过我，如果你喜欢，我可以换个工作。”

夏知意被他风马牛不相及的回答气笑了。

陆经年顺势转移话题：“下午陈念罢工了，我用法术送你回家。”

“就是那种原地跳一下就可以到家的法术？”夏知意好奇又激动地问道。

陆经年：“你想太多了。”

次日，#乔希诚约会对象曝光#的话题在微博的各大榜单上都稳居第一。

夏知意画完漫画，打开手机。手机上铺天盖地地都是昨天郊外的照片，照片里乔希诚深情款款地抱着夏知意，她也娇羞地回望他，真是宛如偶像剧的情节。

有图有真相，评论区的态度基本呈现两极分化，一方觉得他们门当户对，另一方认为夏知意不配。

夏知意对这种真事件假新闻向来嗤之以鼻，作为一个半公众人物，如果乐意还可以做在家混吃等死的富家女，跟无脑网友置气的傻事她小学时就不屑去做了。

宋之涵碰巧打来电话，夏知意连忙接起，自宋宋多了一份工作后，基本每天都处在加班状态，好久都没有理会她亲爱的知意小伙伴了。

宋之涵："听说你成了乔希诚的约会对象？"

夏知意："什么叫乔希诚的约会对象，我都不配拥有姓名的吗？"

宋之涵："那些照片谁发的啊？"

夏知意："不知道啊，可能是在拍摄组附近蹲点儿的狗仔吧。"

宋之涵："娱乐圈水那么深，那些乱七八糟的话，你别放在心上。"

夏知意："我当然不会，你打电话是为了安慰我？"

宋之涵："你想多了，我就是告诉你一声，我要出差一段日子，你在家里照顾好自己啊！"

夏知意："出差？一个人吗？"

宋之涵："不是，还有我老板。"

宋之涵在电话里跟夏知意大吐苦水，表示现在的她就是一只迷失在森林里的小白兔，叶景弦就是狡猾的大尾巴狼。他每天都会跟在她身后，伺机而动，一爪子将她按趴下，肆意蹂躏后再放开，周而复始，乐此不疲。

“太可怕了！”夏知意脑补出了一只泪流满面的小白兔脖子上套着绳子在挣扎，而牵绳的大尾巴狼正慵懒高贵地在后头散步的场景。

宋之涵:“你必须反思一下,我沦落到这个地步都是为了你啊！”

夏知意：“要不我给你报销出差费吧，挣双倍补助会不会感到快乐？”

宋之涵：“我觉得可以。”

挂断电话后，陆经年关怀地问道：“出什么事儿了？”

“宋宋要陪她老板出差，我们之间有些误会，我找个时间去解释一下。”

“你不陪她一起？”

夏知意摇头笑着说：“我又不是他们公司的员工，干吗要一起？”

陆经年听到夏知意的话，不自觉地皱起了眉头，命簿上记录的这次出差，夏知意和宋之涵是一起去的，她就是因为眼睁睁看着宋之涵被设计而出了车祸，导致高位截瘫，才会开始疯狂报复社会的。

难道有些事情已经被改变了？

陆经年回忆命簿上的事情，犹豫着要不要把真相告诉夏知意。左思右想，他还是放弃了。夏知意心思深，这些未必会发生的事情她还是不知道为好，还是由他在暗中保护宋之涵更靠谱。

夏知意不明所以，只是察觉到他神色有异，故而话锋一转：“这狗仔一定是乔希诚的粉丝，你仔细看这几张，把他拍得那么好看，把我就拍丑了，尤其这个角度，显得我脸好大啊。”

“不会啊，明明很漂亮啊。”陆经年接过手机看了又看，觉得照片里的乔希诚着实碍眼。

正在准备做饭的陆经年一不留神，单手切碎了一根苦瓜，再一不留神，做成了一盘苦瓜炒鸡蛋。

看来于他而言，成全夏知意去追求幸福依然道阻且长啊！

午餐时间，夏知意愁眉苦脸地看着那盘苦瓜炒鸡蛋，默默扒光了自己碗里的白米饭。

第九章

助人乃快乐之本

跟夏知意有关的微博热搜自然也吸引了京华集团各位高层的关注，不同于一般的吃瓜群众，阴谋论玩家总是妄想透过现象看本质，分析着他们集团大小姐搞出这么一出绯闻的意义和目的。

董事会上，夏澄联合几位董事声讨夏语冰，理由是因为她办事不利，累得夏知意都要亲自下场给集团制造绯闻了。

“夏小姐，你解释一下吧。”夏澄开口，不咸不淡的语气。

“最近集团在影视领域的支出庞大，考虑到经济成本，保守起见，我们不宜更换代言人。”谢助理替夏语冰发声。

“经过几轮品牌数据组综合分析，乔希诚确实是目前最符合我们公司定位的代言人人选。”老一辈的董事居高临下地提醒道，“之前根据夏副董的方案，京华试水影视行业的成果颇丰，而夏总裁一直专注的芯片开发领域收效并不理想，还希望夏总慎重考虑，促成这次合作。”

另一位堂叔也在一旁帮腔：“夏总，你之前在娱乐圈和乔希诚的恩恩怨怨都是私事，怎么能在关键时候因私忘公呢？”

“代言人就非他不可吗？”沉默良久的夏语冰悠悠开口，语气没有起伏。

夏澄冷声道：“夏语冰，品牌部的数据都摆在那里，还不够让人信服吗？如果你觉得办不到，不如退位让贤。”

“那好吧。”夏语冰嘴角微微勾起，打了个响指。

坐在她身旁的谢助理，马上调出了有乔希诚签名的电子版合同。

“这……”

在场众人看着那潇洒的签名字迹和乔希诚经纪公司的盖章，一时间鸦雀无声。

夏澄：“现在造假技术那么发达，我们怎么断定这就是真的？”

“啪——”夏语冰打出了第二个响指。

谢助理闻声而动，播放了一段自己和乔希诚经纪人季明川沟通代言合同细节的视频电话录像。

这一次各位董事都哑口无言，再没人站起来挑刺了。

“想必今天的会议可以结束了吧。”夏语冰站起身，抚平衣裙上的褶皱，戴好墨镜，“各位请便，我先走了。”

谢助理如释重负地收拾好东西，像块狗皮膏药一样跟在夏语冰身后，远离了董事会这个是非之地。

回到总裁办公室，关上门，夏语冰回身问道：“季明川对那份合同没有异议？”

谢助理说：“当然，在您发给我合同之后，我先联系了法务和经纪公司，核实了都没有问题，才敢跟季明川确认的。”

“季明川有说是谁劝服乔希诚的吗？”

“我问了，他只说可能是乔大明星自己突然想明白了，不钻牛角尖了。”

“真是这样？”夏语冰的神色沉了沉。

谢助理擦干了一头的冷汗，屁颠屁颠地跟在她身后，夸赞道：“总裁，您真的太厉害了，这就叫兵贵神速啊！”

谢助理本以为早上的会议是场鸿门宴，没想到他家总裁是有备而来。

夏语冰没理他，盯着手机里的匿名邮件发呆，半晌后，吩咐道：“去查一下这封邮件的来源。”

没多久，谢助理回复道：“总裁，是一家网吧，在南山路。”

原来是她啊。

听到地址的夏语冰放下心来：“谢助理，联系一下乔希诚的经纪人。”

谢助理不解地问道：“总裁，我们是去？”

“去给代言人应援。”

6月的A大，校园广播里应景地播放着 *The Sound of Silence*（《寂静之声》），温柔馨香的空气中弥漫着离别前淡淡的忧伤。一群穿着学士服的大四学生终于迎来了毕业时刻，拍完毕业大合照，同学们四下散开，各自辗转在校园中品尝着每个人的独家记忆。

陈念作为信息学院的出色代表，免不了要接受一群学弟学妹的欢送和祝愿，场面热闹非凡；而同为颜值担当，却一向“不善交际”的陆经年正坐在旁边的草地上专心致志地看漫画。

一个沉迷于陆经年的美色不可自拔的学妹鼓起勇气，将一套《上古纪事》漫画送到陆经年面前，最上面是一个牛皮纸信封，信封上别着一朵白色风信子。

陈念双手叠在胸前，挑了挑眉，一副看好戏的神色。

“陆学长。”学妹清脆的声音很好听。

陆经年继续盯着漫画书，没抬头：“什么事儿？”

“这是我送你的毕业礼物，希望你能喜欢。”

“不用。”陆经年瞥了学妹一眼，看到礼物后，语气柔和下来，“这么好看的漫画，你自己留着吧。”

“这是我特意买给你的啊。”

学妹端着一摞漫画书，没多久手臂就有些酸了。倘若换成另一个正常人，此刻出于怜香惜玉的心态，准会接下漫画。只可惜，陆经年是个一根筋的河神。

“不用了。”陆经年神采奕奕地打开手机相册，找出夏知意送他的那套漫画的照片，“我已经有了，还是特签版呢，你看。”

“这都毕业了，你真是一点儿都没让我失望啊。”陈念终于看不下去了，从他背后扑过去，顺便接过了女孩手中的漫画，“学妹你别介意，他这个人有病。”

“这叫专一。”陆经年顶了一句嘴，继续低头看漫画去了。

就这样，陆经年拒绝了大学时代的最后一封情书。

陈念安抚好学妹的情绪，把人送走后，他凑过来，靠着陆经年的肩膀仔细看了看，问道：“看来知意大大最近更新的速度很快啊！她是不是因为画漫画太辛苦才不来你的毕业典礼的？”

他从口袋里拿出两张乔希诚演唱会的贵宾票，分了一张给陈念：“她先去演唱会现场了，这张是给你的，感谢你那天开车拉我们去送外卖。”

陈念捂住耳朵：“你不要告诉我，你精心策划的毕业日庆祝活动就是带着你的兄弟去陪你喜欢的漫画家看她偶像的演唱会。”

陆经年温柔地笑了：“你真机智。”

“没兴趣。”陈念把票塞回陆经年手里，“我还是去跟数学系的系花搭档参加比赛会比较快乐。”

“最近好像没什么活动了啊，难不成篮球比赛已经可以男女搭档参赛了？”

“是电竞。”

“哦，那个比赛我听说过，好像一等奖就是一瓶洗发水啊。”

“呵呵！你做人怎么能这么肤浅呢？”陈念强行纠正道，“这种比赛，作为种子选手的我会在意它的奖品吗？再说，马上毕业了，我就乐意要一瓶洗发水做纪念，怎么了？”

陆经年频频点头：“你说得有道理，不过数学系一共就十个女生，系花含金量可能不太高哦。”

陈念原本执意离去的脚步顿住了，陆经年又把演唱会门票往他面前递了递：“一起去吧，演唱会上的追星女孩就不止十个了。乔希诚可是顶流明星，你录个现场版视频放到网站上肯定会增加不少关注度，回头我再送你一瓶洗发水，超大瓶的那种。”

“陆、经、年，”单身多年的陈念咬牙切齿地妥协了，“下次，你必须把我为你缺失的喝酒、唱K、看电影、玩密室逃脱的活动全都还给我！”

南津市奥体中心，陆经年和陈念在隔了几十米的马路边就听得见粉丝们的应援声。

“老陆，我有点儿害怕。”陈念一手抱着摄影器材，一手扯住要过马路的陆经年，“万一发生踩踏事故怎么办？”

“那就把我那份保险赔偿金也给你。”

两人结伴进入内场后，只见印着乔希诚名字的灯牌被粉丝们努力地托举着，形成一片金色海洋。陈念一门心思在找一个拍摄的好位置，不知不觉就和陆经年走散了。

夏知意坐在离舞台很近的位置，两边的座位都被热情的观众占满，不由得让她担心陆经年会挤不进来。好在陆经年发来了微信："小意，我在你 8 点钟方向。"

她放下手机转头去看，这时舞台上的主持人正激情满怀地宣布："本场演唱会将随机抽取一名幸运观众上台和乔希诚一同唱他的新歌——*Dream For Night*（《夜晚的梦想》），作为特别的粉丝福利！"

一时间，惊叫声和呼喊声此起彼伏，所有的光芒都集中在环形舞台的中央。过了好一会儿，乔希诚穿着修身的白色西装，从升降台上款款走下，宛如童话故事结局里守候在城堡外准备迎娶公主的王子。

人海淹没了夏知意的视线，手机发出振动声，她低头去看，又是陆经年的微信——

"你想上去吗？"

"什么？"

"我说，你会上去的。"

这时候，一束光打在了夏知意的身上，她长长的睫毛在眼睑上投下剪影。音乐被关掉，场内的嘈杂声也戛然而止，在全场瞩目下，埋头发微信的夏知意成了那个最幸运的粉丝。

乔希诚认出她，紧绷的神经也松懈下来，很是绅士地摆出邀请的手势。

她后知后觉地搭着乔希诚的手走上舞台。

主持人依着惯例问道："这位小姐怎么称呼？"

"我姓夏。"

“夏小姐成了我们今晚的幸运粉丝，有什么话想说吗？”

夏知意犹豫道：“其实……我不太会跳舞，要不……”重新抽一次还没被她说出口，乔希诚的声音就在耳边响起：“别紧张，我会一直带着你的。”

台下女友粉的酸度就快爆表了，夏知意只好拘谨地点了点头。

当音乐响起时，乔希诚迅速调整好状态，全身心地经营着属于他的舞台。他轻轻握着夏知意的手，引导她跟着节奏慢慢律动。台上的她穿着简单的白色T恤和背带牛仔裤，俨然是个平凡女孩的代言人。

粉丝大都有共情的能力，会将舞台上那个被乔希诚带着翩翩起舞的对象想象成自己。

夏知意不敢松懈，每一个节拍都踩得小心翼翼。

明明这么大的场地，这么热闹的地方，人山人海，一眼望去，视力再好也会看不清谁是谁。神奇的是，在她抬头的一瞬间，就如陆经年知道她在那里一样，夏知意也准确快速地找到了他，看到了他眉眼弯弯，嘴角微扬。

不知是乔希诚带得好还是陆经年又在背后搞了什么小动作，夏知意这才发现自己的每一步都跳得很顺利，姿态轻盈，动作流畅。渐渐地，她放下心来，开始用心享受这份幸运礼物。

演唱会顺利结束后，乔希诚邀请夏知意一起去吃晚饭。

那家餐厅在一个不怎么起眼的小巷子里，装潢很有格调，就是停车不大方便，需要费些力气和时间走路过去。

陆经年觉得这是给二人制造深入了解空间的好时机，刚想找个借口先离开，就接到了陈念的电话。

“老陆，我刚才去了个卫生间，然后就迷路了，你快来救我啊！”

陆经年很讲义气地快速回应：“我这就来，你等一下。”

“你又不跟我们一起吗？”夏知意嘟起嘴巴。

“我找到陈念就追上来。”陆经年迟疑片刻，坚定了信念，转而嘱咐乔希诚，“路上照顾好小意。”

后台休息室附近，正抱着单反相机东张西望的陈念神秘兮兮地将陆经年拉进黑暗的角落：“我一不小心就拍到一个关于乔希诚的‘大瓜’！就是放出来会让微博瘫痪的那种！”

陈念说完，打开了相机中的视频文件，里面是乔希诚上台前在休息室内的场景。

只见夏语冰敲开了休息室的门，落落大方地伸出一只手：“乔希诚，好久不见。”

乔希诚看了她半晌，眼中遮掩不住的炙热汹涌而来，他说：“夏总裁，不是你说我们以后都不见面了吗？这是反悔了吗？”

人年少时总是这样，不管怎么努力，爱意总是遮掩不住，就算说不出口，也会从眼神中溢出来。乔希诚练习了好久，也学不会用陌生的眼神看她。

夏语冰礼貌地笑了笑：“我今天不过是代表公司来谈工作的，顺便给代言人捧个场，你别多想。演唱会该开始了，我就不打扰了。”

“等一下！”乔希诚三步并作两步跨到休息室门口，拦住她的去路，“夏语冰，你到底有没有心啊？”

夏语冰慢条斯理地玩着戒指，说：“五年多不见，我以为你该向前看了。”

“你也记得有五年了，那你知不知道，五年来，我一如既往地喜欢你。”

夏语冰嘴角扬起冷淡的笑意：“真不巧，五年了，我一如既往地不喜欢你。”

言罢，她抽身离开。

这一幕恰好被陈念的镜头拍了下来。

“男艺人的伤情往事，老陆，你觉得这个标题怎么样？”

陆经年盯着单反相机的眼神渐渐冷下来，原来是他看错人了！

接下来的一分钟，陆经年脑补出了乔希诚暗恋夏语冰而不得，转而将夏知意作为白月光替身的狗血故事，并认定乔希诚是个渣男。他越想越恼火，一时间气血上涌，悔不当初，丢下陈念就往夏知意离开的方向追赶。

“小意！”

石榴花开的街角拐弯处，陆经年的声音无比清晰地传到了夏知意耳朵里。

她闻声回头，明明是炎热的6月，却隐隐觉得陆经年的神情里藏了冬日的冰凉。果不其然，他冲上来，一手拉过她，一手抡起拳头砸向了乔希诚。

南津市东城区派出所，一位上了些年纪的警察看着在场的五个人，问道：“有谁能说明一下到底出了什么事？”

四个人不约而同地低头不吭声。

反倒是报警的买菜阿姨老老实实地跟警察交代了事发情况：“是这个小伙子冲上来打了另一个小伙子，没一会儿又有一个小伙子赶过来了，还和这个姑娘一起拉架。但是这两个小伙子打得太凶了，怎么分都分不开。都是年纪轻轻的，这得有什么仇什么怨啊，才会当街打架。警察同志，你说是不是……”

警察打断了买菜阿姨的发挥：“好的，具体情况我基本上都了解了，那现在听听受害人的意见吧。”

他再一次望向在场的四个人，只见乔希诚英俊如常，陈念和夏知意毫发无伤，只有陆经年的眼眶和嘴角都挂了彩。于是，他指了指陆经年说：“受害人，你说说吧！”

买菜阿姨插嘴道：“不是他，警察同志，你不能被表象蒙蔽了啊，被打的，是这个小伙子。”

买菜阿姨伸手指向默不作声的乔希诚。

乔希诚刚抬头，就看见夏知意一脸歉疚地看向他，语气怯怯地说：“乔乔，真的对不起啊！这中间真的有误会……”

陆经年满怀怨念地插嘴了，坦言道：“警官，是我把他打了，没打脸是考虑到他是个公众人物，不能砸了他的饭碗。”

“你倒是诚实。”

等警察听完整件事的前因后果后，忍不住笑了笑，转头问乔希诚：“你有什么想法吗？”

他有什么想法？

他能有什么想法，他在一边听着都感觉惊呆了！

他只是约夏知意打游戏、看演唱会、吃饭，这都是出于朋友情谊，没想到被误会成了脚踩两条船的人渣了。陆经年到底还是个冲动的年轻学生，还不够稳重……

乔希诚刚想说什么，旁边的夏知意拉了拉他的衣角，小声恳求道：“不好意思啊，这都是场误会。”

陆经年拉住她：“小意，别道歉，他不配！”

乔希诚叹了口气，转过身，好脾气地摆摆手：“算了，大家都是朋友，一场误会，我权当是流年不利了。”

当事人都选择不追究了，警察也不好继续追究。看着众人乖乖排好队离开审讯室的背影，他开口叫住了夏知意。

“你是夏董的孙女吧？”

“您是？”夏知意眯起眼睛。

“之前你落水的案子就是我负责的。”

“麻烦您了。”夏知意怔了怔，“我以为那个案子已经撤了。”

“原本准备撤案了，但是夏董拜托我们要暗中查清楚，所以就没再打扰你。”

夏知意点点头：“那您叫住我是案子有什么眉目了？”

“不瞒你说，你落水的那天，护城河周围三公里的监控全都出故障了，在现场确实查不到什么。你的家人当日也全都有不在场证明，不过，在京华集团的员工身上，我们有一些发现。”

“哦？”

警察从抽屉中取出了一个文件袋递给她：“这里面是总裁助理谢凡先生近半年来的消费记录，上面显示在案发前不久，他曾购入一枚价值二十万的戒指，样式跟当时宋小姐给我们提供的很相像，但用途不明。我们调查了谢先生的人际关系网，他与夏家其他人并无交往，案发当日，也有不在场的证明，只不过，他的上司是你妹妹。”

“所以，您怀疑戒指是我妹妹叫谢凡买入，然后用来收买凶手的？”

“只是推测。另外，我们也调查了你姑姑的其他产业，发现她以一家服装公司的名义资助了南津市的一家福利院。那家福利院里的人我们都盘查过，都是些无牵无挂，没有亲属的老人和孤儿。这件事看上去和你落水毫无联系,而且夏澄女士平日就热衷慈善事业，但是这还是第一次以公司的名义捐助。我想有必要让你了解一下。”

“谢谢您。”听了他的话，夏知意长舒一口气，原以为落水事件会成为一桩悬案，没想到，还真是天网恢恢，疏而不漏。

出了派出所大门，乔希诚被经纪人接走了，陈念被他的父亲大人带回家教育，只剩下夏知意和陆经年两个人。

“神仙殴打凡人不会被处罚吗？”夏知意问道。

陆经年一脸认真：“我真的没有用法力，都是靠实力打他的。”

“为什么打他啊？”

陆经年义愤填膺地说道:“喜欢就是喜欢，不喜欢就是不喜欢，乔希诚明明心里就有人了，你之前探班的时候明明就问过他，可是他避而不答，还卖人设，主动接近你……”

阳光下的陆经年，脸上没什么血色，透着股虚弱的气息，整个人看上去有几分罕见的可怜，惹得夏知意的心脏紧缩了下，莫名地不太舒服。

“陆经年，”她打断了他的解释，“我跟乔希诚什么关系都没有，别再管别人的事情了好不好？”

“可是你之前说过你喜欢他啊！”

夏知意半开玩笑地说：“那你呢，你喜欢我吗？”

陆经年差一点儿就将喜欢二字脱口而出。

她没有等他回答，就从包里掏出一个卡通版的河神手偶，笑着说：“认识这么久，承蒙关照。”

“这是？”陆经年有些惊讶地接过。

夏知意眉眼弯弯：“毕业快乐。”

他抬眼，四目相对间，仿佛清风吹散了阴霾，一切烦心事都停在了前一页，有些答案已经在心里落定。

又是夏家每月一次的家庭聚餐，饭桌上，大家跟往常一样沉默不语，安静吃饭。可夏知意却嗅出了一丝不寻常的味道。

“知意啊。”夏镇东率先开口。

夏知意抱紧了饭碗：“爷爷，我在。”

“最近网上的传闻你不想解释一下吗？”

“我就是去片场送了个盒饭，体验了一下生活，爷爷您这么睿智，怎么会相信网上那些捕风捉影的事情呢？”夏知意诚恳地说道，眼神无比真诚。

“哪里学会的油嘴滑舌。”夏镇东被孙女这副模样逗笑了，“吃完饭来书房一趟。”

这是被爷爷约谈了吗？

夏知意眨巴眨巴眼睛，利索地吃完饭，进了书房。未待夏镇东问话，她就瞥见了桌子上那几张自己和乔希诚的合照。

求生欲极强的夏知意率先开口解释：“爷爷，我跟乔希诚真的没什么，我就是一个粉丝，他就是一个明星，我们毫无瓜葛啊！”

“谁要听你的追星故事了？”夏镇东瞥了她一眼，“代言合同是你签下来的？”

“爷爷不愧是爷爷啊！”夏知意认命地承认了。

夏镇东慢慢说道：“当我知道你在京华还有眼线的时候，心里还挺高兴，想着你总算想明白了，要出息了。没想到，你大费周章就是要给别人做嫁衣。”

夏知意凑上前给夏镇东按摩肩膀：“都是一家人嘛。”

夏镇东叹了口气：“老二的心眼儿不比你少，心肠又比你硬，你说爷爷要是有一天不能护着你了，你还不得被她们欺负？”

夏知意安慰地说道：“妹妹虽是个事业型女强人，但也是讲道理的。”

夏镇东又叹了口气：“你对别人倒是认知正确，那说说你自己吧。”

“我从小就跟在爷爷身边，我是什么样的，爷爷还能不了解吗？”

“爷爷当然了解你，不过，爷爷不是很了解他啊。”夏镇东拿起照片，指了指照片上那个充当背景板的陆经年。

夏知意的手顿了顿，内心感慨，爷爷真的很会抓重点啊！

“听说演唱会后，他把乔希诚给打了，当时你也在场吧？也难为季明川费了不少心思才压下了这当街打架的新闻。”

夏知意避重就轻：“爷爷，那就是个误会，乔希诚都说不追究了。”

“他不追究，不代表我们不追究了。”夏镇东缓缓站起身，每往前走一步，夏知意的神经就绷紧一分，“乔希诚是京华集团下个季度的代言人，如果他身体出了问题，耽误了代言广告的拍摄进度，影响到集团形象，这笔账怎么算呢？”

夏知意笑呵呵地说好话：“爷爷，闹上法庭的话，不单是打人者要承担责任，就连乔希诚也要遭受外界的流言蜚语。这本来就是个误会，何必闹大呢？要赔多少钱，您算算，我来付。”

“你觉得，我在乎的是让他赔多少钱？”

夏知意也没装傻：“爷爷有什么事尽管吩咐。”

“过几天，我那个叫叶靳的学生要来南津一趟，到时候要摆场家宴，会有记者出席。如果你好好配合，我就考虑把乔希诚被打的事情糊弄过去。”

夏知意来不及多想就频频点头，表示没问题。

“看来你跟这个年轻人很熟啊。”夏镇东压低了声音，“我派人查了他，除了在A大上学四年的经历外，其他资料都是一片空白，很是奇怪。”

夏知意擦了擦额头的汗，解释道：“他的事情我都清楚，只是不方便对外人说而已。”

她总不能告诉爷爷，陆经年是个神仙，经历空白很正常吧！

“这样来历不明的人还是不要接触了。”夏镇东并不相信夏知意的解释，在他的认知中，始终都怀疑陆经年对自家孙女别有用心。

“爷爷！”

“听话，改天我让助理去见他一面，多给他几千万，打发了就好。”

夏知意觉得谈话中似乎混入了某种奇怪的东西，必须及时阻止，情急之下，她脱口而出：“只是我单方面喜欢他而已。”

“你呀！”夏镇东嫌弃地戳了戳她的脑门，“审美太差了，一点儿都不随我。”

夏知意张口欲言，却在感受到夏镇东瞥来的严肃视线后识趣地闭了嘴。

和爷爷说完话，夏知意一个人在街上漫步。快到家门口的时候，有个窈窕的女人鬼鬼祟祟地在她前方走了好一会儿。拐进小巷后，那个女人猛地冲上去，抱起一个背着书包的小男孩，拔腿就要跑。

小男孩死死拽着巷尾的路灯杆子不撒手：“救命！有坏人啊！”

人群纷纷看过来，那女人抬头，模样标致，靓丽可人，众人看得一愣。

这个女人开口说：“别听他胡说八道，我是他姑姑！这孩子逃学被我抓了个现行！”

“她骗人呀！我才不认识她呢！”

周围的路人一时之间不知该如何抉择，夏知意本来也只是看热闹，可看清楚小孩模样的那一刻，她的脸色瞬间变了。

这不是陆经年的弟弟吗！难道这个如同一只天真无邪小白兔的年轻女人真是人贩子？

她走上前，掏出手机，抓住小男孩的胳膊，冷静地说：“你先把孩子放下，我已经报警了，你要真是他姑姑，就一起等警察来。”

“放手！这不关你的事！”女人说着，狠狠推了夏知意一把。

夏知意哪里肯就此放手，厉声问道：“如果是真姑姑，为什么会怕警察？你就是人贩子！”

这时不少路人纷纷上前拦住女人的去路。

女人眼神突然变得凶狠，竟然从兜里摸出了一把折叠刀，对着路人挥舞着：“都别过来！我真的是这孩子的姑姑，我不会伤害他，你们都走开！”

小男孩看见刀以后，哭得更凶了，鼻涕眼泪流了一脸，身体开始有些抽搐。那个自称是“姑姑”的女人一时没抱稳，将他摔了下来。

夏知意来不及多想，立马上前抱住小男孩。

“不许抢！”女人眼睛通红，竟没了理智，挥刀向夏知意扎了过去。

风将灰尘吹落在眼睑上，夏知意紧张得睁大了眼，准备伸手握住那把刺来的刀。刀尖锋利，足以将她的手掌扎穿，可她不能不管，她如果躲开了，那刀就会扎在小男孩身上。

就在这时，有人挡在她身前，接住了那迎面刺来的利刃，那修长的左手瞬间血流如注。那一刀，如果不是扎穿了他的掌心，就会扎在夏知意手上了。

她抖着嗓子喊道：“陆经年……”

陆经年垂着那只流血的手，冷冷地看向她怀中的小男孩和那个自称“姑姑”的年轻女人：“你们惹麻烦了。”

警车到了，夏知意托着陆经年那只受伤的手站在一边，担心地问道：“要不我们还是去医院吧？”

陆经年摇头：“没关系，很快就会好起来的。”

回到家里，哪怕知道陆经年的愈合能力极强，夏知意依然找出医药箱，给陆经年的伤口消毒、上药、包扎。陆经年安安静静地靠在沙发上，任由她摆弄，她花了好一番工夫才弄完。

她注意到他嘴唇有些干，便匆忙去厨房烧开水，而后久久没有动静。陆经年起身走去厨房，才发现夏知意蹲在角落里，双手紧紧按着腹部，整个身子蜷成一团，额头上不停冒着冷汗，一张脸白得吓人。

“小意！你这是怎么了？”陆经年顿时慌了，将人打横抱起来就要往外跑，“别怕，我们这就去看医生！”

“不用。”夏知意抿着嘴唇，摇摇头，在他耳边说了句悄悄话。

陆经年闻言后乖乖退了回来，将人安安稳稳地抱到床上。

相互对视的瞬间，两个人的脸都红得要滴血。

女人每个月总有那么几天，听上去有种隐秘感……

“怎么会这么疼呢？”陆经年大脑冷静下来后，将夏知意裹进被子里，犹豫了一下，一只手伸进被子里，隔着一层薄薄的布料轻轻贴上她的小腹，片刻后问道，“这样舒服些吗？”

小腹被温热的手掌包裹，夏知意的脸上渐渐有了点儿血色。

“真的不用看医生吗？”

“吃片止痛药，熬过这阵就好了。”夏知意将头埋在陆经年胸前，声音细细的，眉头微微锁着，露出几分痛苦的表情，喉咙间偶尔溢出几声忍耐不住的闷哼。

陆经年也没有经验，喂她吃过药后，见她难受很是心疼，手上的动作越发轻柔起来。没多久，止痛药发挥了药效，夏知意终于好受了一些，半躺在床上，声音在夜里越发低沉：“陆经年，今天那两个人你认识吧？”

“嗯。”

“这样啊，我当时还真的以为你弟弟遇到危险了。话说回来，我救他了，你是不是就完成任务了呢？你走了是不是就不会回来了？”

“小意，不舒服的时候，不要胡思乱想。以后别做这种危险的事了。”

“不过就算很危险，我还是会救他的，因为他是你的弟弟。虽然我知道慈悲为怀是你们做神仙的基本素养，我不过是你普度的众生之一，但是对我来说，你真的很重要啊，你就像个发光发热的小太阳……”

陆经年听着她的话，心里窒闷，有些无措地哄道：“你跟别人不一样，我说过要好好保护你，就一定会时时刻刻保护好你的。”

“陆经年，你做得够多了，我记在心里了，千万不要为了完成任务而骗我啊！”

陆经年哭笑不得，他的真情实感居然被误解了。

“不过还是谢谢你，在遇见你之前，我经历过太多不好的事了。以前我心上被人扎了刀子，话语也得先在心里过几遍判断能不能说，遇到你之后我说了所有想说的话，谢谢你让我觉得世上的苦难都离我很远……”

夏知意迷迷糊糊地念叨着，竟然就这么睡了过去。

“你也是我独一无二的太阳啊。”陆经年温柔地抚过她的脸颊，继而察觉到什么，冷声说道，“出来。”

“哥哥。”一直保持着隐身状态的赤松子乖乖走进卧室。

“齐葭她人呢？”陆经年瞥了他一眼。

“小姑姑觉得再见面可能会被你打，所以就先到天界的月老庙去了。”

“你们为什么要出现？”

“之前你跟凡人打架的事情都传到天界了，父亲大人让我和小姑姑来帮帮你。小姑姑就想到了这个办法，让我同她演出戏。如果夏知意无动于衷，那也没有拯救的必要；如果她来救我，那把刀上注入了解除契约的法力，正好可以帮你完成任务。”

“所以无论她救与不救，我的任务都会自动解除对不对？”

“哥哥，对不起。”赤松子扯了扯他的衣袖。

陆经年推开他：“你知道吗？她明明已经强大到不需要我来保护的，可是第一次让她差点儿陷入险境的，却是你。”

赤松子不懂，但他知道哥哥这回是真的生气了，赶忙端正态度，低头忏悔。

陆经年继续说：“她本来是不会来的。”

他知她凉薄，那孩子如果不是赤松子，她不会去救。

“以后，别再插手了。”

一觉醒来，已是第二天早上。

出差回来的宋之涵推门进来看见床上拥抱在一起的两人，惊讶得说不出话来了。

“宋宋，不要误会。”夏知意佯装镇定，掀开被子。

陆经年眼角一瞥，赶忙拉住她的手腕，扯回了被角：“等一下。”

宋之涵察觉气氛有异，三步并作两步跨过来，一把掀开被子，瞪着床单上一抹殷红的血迹，眼珠子都差点儿掉出来：“夏夏，我出差的这段时间里，你们俩可以啊！”

后知后觉的夏知意脸上迅速布满了红潮，急得跺脚：“夏夏，你相不相信，我们真的只是不小心睡着了！”

第十章

你们对神力一无所知

宋之涵回来后，夏知意找了个空闲时间向她和陆经年提起去福利院拜访的事情。虽然警察说那里都是些孤寡老人，但她隐隐约约感觉那里肯定存在对自己有利的线索。

宋之涵听说是去福利院，提前一周就开始准备要捐赠的物资，像个富有爱心的女慈善家。哪知道，出发当日，一大早她就接到了叶景弦的电话。

“你今天为什么没来公司？”

“老板，您忘了？我昨天就跟人事部请过假了！”

“我什么时候同意了？”

宋之涵不想耽误时间，顺着他的意思道：“老板，您有什么活儿尽管安排吧，我回来就做。”

“比萨吃多了，不消化，需要你带它出去遛弯儿。”

“要不我给您找个家政，让他带比萨遛弯儿吧。”

叶景弦眉头微皱：“你这急急忙忙的是要去哪儿？”

“福利院。”

还是个热心公益的好市民，叶景弦暗自笑了笑。

“老板，没什么事儿，我就挂电话了。”

“等一下。”叶景弦叫住她，“把福利院地址发给我，我跟你一起去。”

就这样，夏知意、陆经年、宋之涵、叶景弦和他的狗就搭伴来到了市郊的一家福利院。

福利院不大，掩映在重重香樟树林间，白墙上净是雨水侵蚀的痕迹，看上去有些败落。

夏知意提前跟院长打过招呼了，有志愿者在门口迎接他们。为了打探消息，宋之涵带着叶景弦去探望老年人，而夏知意和陆经年留下来照看小朋友。

夏知意跟着志愿者来到后院的时候，就看见几个小朋友正蹲在地上挖蚯蚓。

志愿者拍了拍手，柔声说道："小朋友们，这两位是今天来给你们送礼物的哥哥姐姐哦，一起欢迎他们好不好。"

小孩子们看到夏知意带来的礼物，眼睛一下子就亮了，乖巧地站起身，高兴地喊道："谢谢哥哥姐姐！"

"那你们跟哥哥姐姐一起玩好不好？"

"好！"

五六个小孩子凑上来将夏知意和陆经年团团围住，一时间好不热闹，夏知意便和陆经年商量着两个人分开来带。

陆经年将口袋里的糖果分给小朋友们后，便蹲下身子，参与到了他们挖蚯蚓的游戏中，一边玩一边讲故事，不时还会温柔地抱住他们，任谁都看得出他对孩子们的喜欢。

可夏知意就没这么顺利了，她学着陆经年的样子坐在地上，微笑着将糖果分给几个小孩子。只是她的目光依然是冷的，之后又不知道该做些什么，孩子们见她热情不高，也都各玩各的，不敢主动黏上来。

陆经年见状，带着围在他身边的几个小孩走过来，露出一口大白牙，笑着说：“这是知意姐姐，我们叫她一起玩好不好？”

小朋友们嘴巴紧闭不喊人。

夏知意无奈地摇了摇头，心想，自己大概真的是天生没有孩子缘吧，小时候没什么玩伴，长大了小孩子也不喜欢自己。她将口袋里的糖果一股脑儿地全倒给陆经年，安静地走到一边，拿起扫把，默默清扫起周围的垃圾。

她一走，小孩子们都放松下来，有个小女孩轻轻趴在陆经年耳边说：“哥哥，我不喜欢知意姐姐。”

旁边的小孩子附和道：“是呀，知意姐姐看上去好凶的。”

陆经年哭笑不得：“知意姐姐是个很好很好的女孩，只是比较慢热而已。”

一个小男孩问道：“那哥哥你会怕她吗？”

陆经年看着夏知意专心扫地的身影，目光温柔，勾起嘴角：“哥哥不怕，哥哥喜欢她。”

夏知意清扫了地面后，直接去了福利院的院长办公室。

“你是夏知意，夏小姐？”院长推了推眼镜。

夏知意点点头。

“夏小姐有什么想问的尽管说。”院长客气地请她坐下，“之前公安局的人都跟我打过招呼了。”

“院长您这边的受捐模式一般都是怎样的呢？”

“一般我们都会跟这里的红十字会保持联系，偶尔有资金困难的情况，就会在网上发布募捐启事。”

“那您这儿有没有近半年来收养的孩子啊？”

“刚刚收养的孩子倒是没有，不过有几个老人倒是来了还不到一年。”院长感慨道，“那几个老人身世都蛮凄惨的，一个姓周，是社工在街边发现的，之前应该得过脑梗，交流和行动都有困难，至今也联系不到家里人；还有一个老人姓杨，她儿子不孝顺，听说欠了高利贷，把乡下和城里的房子都卖了也还不上，她一个人无依无靠，也就住在我们这里了。对了还有一位姓孙的老婆婆，来的时候就没有提供什么亲属关系，没多久就得了阿尔茨海默病，呆呆傻傻的，日常生活都要依靠护工的帮助。”

看来还是要依靠宋之涵了。

夏知意打听好了消息，临走前伸手从包里掏出一张银行卡递过去：“麻烦院长好好照顾他们了。”

院长连连道谢：“夏小姐真是好心人啊。”

夏知意没解释，她不是院长口中的好心人，她只是觉得那些见过光明的人如果坠入黑暗，或许真的会感到绝望吧。

另一头，叶景弦正站在不远处拍摄最新的 vlog 素材。镜头里，头发花白的孙奶奶坐在人群中，一双眼睛呆滞地望着天空。宋之涵紧紧靠在她身边，一手牵着比萨，一手喂她吃水果，嘴里还不停讲着笑话。

这让他突然有了种岁月静好的感觉，索性掏出手机拍下一张照片。

突然，一个女生尖叫道：“那条疯狗冲破笼子了！”

福利院之前有个老人家养了条狗，老人车祸去世后，狗也没人照顾，许是沾染了什么病毒，那狗看起来很可怕。

一时间孩子们吓得四处乱跑，尖叫声连连。虽然是儿童区那边出了事儿，但老人们纷纷害怕得向后退了几步。比萨似乎预感到危险，迈着小短腿蹦进宋之涵怀里。叶景弦放下相机，快步打开活动室的房门，将老人们搀扶进去。

陆经年紧紧皱着眉，他并不怕那条狗，只是在众人面前不好施展法术，只好高声喊道："小朋友们，你们先别动，别出声，我把狗引开。"

他捡了几块石头朝狗丢去，那狗果然掉头，对着陆经年龇牙咧嘴，冲上来咬住了他的裤腿。

周围的孩子们吓得噤声,陆经年担心给孩子们留下血腥的阴影，于是冷着眉眼，将狗拖进角落里，没多久，疯狗渐渐没了声息。

夏知意刚从院长办公室出来，就撞见这番景象。

陆经年屈膝坐在地上，裤腿上有好几个狗咬出的洞，身边躺着狗的尸体，谁也不敢靠近。

所有人都知道，那条狗是有病的。他被咬了，哪怕是他救了这群孩子，也没人敢靠近他。

夏知意的心像是被淋了一桶冰水，她推开人群跑过去，眼眶微红："陆经年，对不起。"对不起，让你陪我来这一趟，对不起让你看到了人心凉薄。

陆经年看着惊惶的夏知意，突然就明白了一些事。

他一直费解夏知意为什么没能成为一个好人。可他却忘了，趋利避害是人的天性，没人保护的时候，哪里学得会舍己为人？何况她从很早以前就是个没有父母心疼的孩子了，在她成长的岁月里，从未被真正温暖过。

"没关系的，小意，没关系的。"他用干净的那只手摸了摸她的头。

叶景弦和宋之涵也赶到了儿童区，三个人一起将陆经年扶了起来。

等福利院的医生过来做过检查，证明陆经年什么事都没有之后，大家才松了口气，纷纷凑上来感谢。

临行前，叶小公子二话不说，留了一张卡给院长，并嘱咐道："照顾好老人和孩子啊。"

院长一天之内收到了两笔数额巨大的善款，千恩万谢道："谢谢你们啦！"

出差回来后，宋之涵在青叶科技公司的工位就被搬到了叶景弦的眼皮子底下，整层楼内除了她，还剩下三个会喘气的——老板、蔡特助和老板的狗。

最近产品部的工作都在稳步进展，没什么要操心的，不过身为生活助理，她还多了一份工作，就是在叶景弦逗狗的时候，帮他拍vlog，并完成后期剪辑。

这份工作并不容易，叶小公子那种典型处女座男人，对vlog的每一帧都要求甚高，简直是到了吹毛求疵的地步，故而宋之涵每天都要绞尽脑汁思考如何才能拍出一条讨老板欢心的视频。

美丽的星期六，作为产品部副总监的宋之涵本应放假在家里休息，可作为生活助理的她还要早早起床，来到公司打卡上班，坐到电脑前，给叶景弦拍的逗狗视频做剪辑。

结果宋之涵打个哈欠的工夫，一不小心，就把昨天叶景弦亲手拍摄的完美镜头给删除了！

几番思量后，宋之涵冒死敲开了总裁办公室的门。

她将剪辑后的样片播放了一遍，看到叶景弦的脸色一点儿一点儿黑下来，背后生出一层细密的冷汗。

“宋之涵，你这是对我的审美不满意？”

“我只是一时手滑，绝对没有半分质疑您的意思。”

“还学会顶嘴了。”

这些日子，宋之涵已经摸透了叶景弦得理不饶人的性子，认命地说：“老板，我错了，我愧疚，我主动辞职行不行？”

“这倒不必。”叶景弦关掉了那个“不完美”的样片，循循善诱，“想不想将功补过？”

宋之涵点头如捣蒜。

叶小公子嘴角扬起淡淡的笑意，打了个响指。原本在他脚边打盹儿的比萨应声而起，兴奋地围着他转圈，四只小短腿蹦来蹦去，很是滑稽。

他伸手拍拍它的脖子，安抚道：“比萨，别闹。”

叶景弦给狗套上项圈后，便把狗链交到宋之涵手里：“我现在去开会，三个小时后回来，你帮我照顾好比萨。”

宋之涵抿出一个官方微笑：“老板放心，我一定好好照顾它。”

叶景弦前脚刚走，后脚比萨就一个劲儿地往宋之涵身上扑。

说来也奇怪，明明第一次见面时，宋之涵就把它丢出去了，可这狗总还是没脸没皮地黏着她。

宋之涵腾出手戴上口罩，跟比萨拉开一段距离，企图跟它讲道理：“比萨啊比萨，你是女孩子，要有女孩子的矜持，懂吗？”

比萨呆呆地看了她几秒，还是左摇右晃地扑了上去。

宋之涵不是叶景弦，没办法抱着狗专心工作，只好带它来到老板在办公大楼天台开辟的花园。

玫瑰花开了满地，墙上还爬着几丛九重葛，如此鲜明的色彩冲击让宋之涵开始质疑叶景弦的审美。

宋之涵本来想“佛系”遛狗，让比萨撒撒欢，透透气。谁料她刚把项圈解开，比萨就把项圈叼回她的脚边，两只前爪扒着她的裤子，仿佛在说——遛我，快遛我。

“你不会是你主人派来故意整我的吧！”宋之涵一边吐槽，一边无奈地给比萨系好项圈,还特意上网搜索了一下正确的遛狗方法，然而理论与实践之间从来都隔着一条难以逾越的鸿沟。

比萨跑起来的时候根本不听使唤，哪里是人遛狗，分明是狗遛人。

叶景弦回来的时候，正好看见一人一狗在花园里纠缠。

比萨在前面跑得生龙活虎，宋之涵跟在后头步履蹒跚，还时不时如老母亲一般地高喊：“不能吃玫瑰啊！你会被扎到的！”

叶景弦忍不住嗤笑一声：“白痴。”

宋之涵闻声回头，看到叶景弦回来了，如释重负地问道：“老板，您还满意吗？”

“差强人意吧。”叶景弦蹲下身子，捏了捏比萨的脸，若无其事道，“今天蔡特助请假了。”

宋之涵不解其意，附和道：“老板说得对。”

“那晚上的饭局，就要由你陪我出席了。”

“这么突然……”

“你有异议？”叶景弦一双桃花眼眯起来，温和地补充了后半句，以彰显自己的宽宏大量，“尽管提出来。”

“当然没有。”

宋之涵没有想到，叶景弦说的饭局居然会是一场家宴，更没想到居然是在夏家。

夏知意看到叶景弦和宋之涵一同出席的时候，隐约觉得这顿饭有坑！

她这才想起来，前段时间爷爷说要热情款待的得意门生就是叶景弦的父亲——叶靳。

叶靳约莫五十出头的年纪，看上去不怒自威，圈子里的人都尊称他一声叶老，这次来南津，一是为了扩展业务；二是为自家儿子之前的莽撞行为，来向夏家赔不是。

人到齐后，菜陆续端上桌，夏镇东端着酒杯站着说了几句客套话，就招呼大家动筷子别见外，此后的主题无非就是两位商界巨鳄碰头叙旧，期待下一步合作。

宴席本该在融洽的氛围中顺利结束，可总有跳梁小丑要出面搅局。

“我今天是第一次见叶小公子，果然是年轻有为，一表人才啊。”夏澄含笑地端起酒杯。

“澄姨过奖了。”叶景弦回礼，举手投足间克制又谨慎，和平日里的不羁判若两人。

夏澄问道：“叶小公子和我们家知意不是第一次见吧？”

夏知意闻言，握着筷子的手一顿，看来姑姑是知道了她帮夏语冰的事情，开始找碴了。

叶景弦转头对夏知意说道：“上一次多有得罪，让夏小姐见笑了。”

“都是年轻人嘛。”夏澄温柔地望向夏语冰，“叶小公子觉得我们知意今天这身打扮怎么样？”

这明显是个圈套啊，夏知意就穿了个背带裤，可她身边的夏语冰穿得尤为正式。这要是认错了，她之前找人相亲的事情就该被扒出来了！还好她和叶景弦有过一次去福利院做义工的经历。

夏知意不动声色地看向夏语冰，只见她正学着自己的模样安静吃饭！这是铁了心打算看热闹了。

叶景弦算是看出了这家人的不合，自信满满地开口，避过了一个大坑。

可夏澄却并不善罢甘休，摆出一张照片：“我有个朋友在叶氏投资的娱乐城逛街的时候正好碰见叶小公子，当时你好像在买玫瑰花，你身旁这位宋小姐也在场。”

夏语冰瞥了眼照片，补了一句：“咦，我记得那天好像是我帮姐姐约好的相亲的日子啊！”

夏镇东马上问道：“知意，这是怎么回事儿啊？今天当着你叶叔叔的面，正好把误会解释清楚啊。”

叶靳也在边上帮腔：“小叶，你倒是说说，这是怎么一回事儿？”

叶景弦和夏知意同时陷入沉默，更让人好奇他们之前相亲的经过了，而打破沉默的人是宋之涵。

“都是因为我，那天是我故意打乱了知意的行程，让她没办法赴约，然后代替她去见了叶景弦。没办法，我又不是含着金汤匙出生的小公主，每天跟在她身边真的太自卑了，我也想找个金龟婿，过上随心所欲的生活。”

一边是至交好友，一边是顶头上司，这个锅由她来背，她也并不觉得吃亏。

“不……”夏知意刚要反驳，就被宋之涵投来的强硬目光震慑住了。

她继续冷冷地说道：“夏知意，你别把人想得太善良了，我不是为了你，我都是为了我自己。”

夏知意红着眼听她故意恶语相向，没有反驳。而宋之涵身旁的叶景弦也是一脸震惊地看着她，一时无话，场面一度无比尴尬。

宋之涵说完便主动站起身，向众人鞠了一躬：“给各位添堵了，抱歉。”

见她离开，夏知意连忙跟着跑了出去。叶小公子犹豫了三秒钟，还是屏蔽了来自父亲的凝视，紧随其后出了门。

一场饭局就如此不欢而散。

地下车库里，夏知意喘着气高喊：“宋宋，差不多行了，你再跑我就真追不上了。”

宋之涵停下脚步，回头得意地问道：“怎么样？我的演技不错吧。”

“真是为难你了。”

“不为难，不为难，你们家吃饭的气氛太压抑了，我找个借口溜走刚刚好。”宋之涵轻松说道，从包里掏出一个信封，“对了，你姑姑不是会拍照片吗？我这儿也有照片。”

夏知意打开一看：“是昨天在福利院的照片？”

宋之涵点头：“没错，都是叶景弦拍的，你看这个老人家手上的戒指，跟之前我提供给警方的一模一样。那个福利院真的穷得让人难过，可这位老人家戴着价值几十万的戒指让人觉得怪怪的。”

“你知道这个老人家是谁吗？”

“好像姓孙，还得了阿尔茨海默病。”

跟院长说的对上了！再一联想之前在公安局听到的消息，夏知意基本上猜出了事情的始末，她回过神来对宋之涵说：“我叫个司机送你。”

“不用啦。”宋之涵摆摆手，“看你这么平静，应该已经有想法了。快回去安心吃饭，我在家等你好消息。”

宋之涵得意扬扬地走出了夏家的大门，奈何天公不作美，天空下起了雨。

“宋之涵！你给我站住！”

如此中气十足的咆哮声，宛如平地里的一声惊雷，除了叶景弦，还有谁？

“跑那么快，你有伞吗？”

宋之涵朝叶景弦的方向看了过去，手忙脚乱地跑到他的面前：“老板？您出来干什么？”

叶景弦忍无可忍：“你的戏太烂了，我看不下去了，不行吗？脑洞这么大，干脆去写小说好了！你居然还一个人先走了，老板没走你就走，职业素养还要不要了？”

她明明是替他解围，居然还要被讽刺。不过不管遇到什么事情，先认错，准没错。

“老板对不起。”

叶景弦看着她的眉头皱成包子褶，确实是认真忏悔的模样，面色稍霁，撑开雨伞，闷头向前走了两步，又回过头吼道："还杵在那儿干吗？想当落汤鸡啊！"

"哦。"宋之涵应了一声，连忙跟上了叶景弦的脚步。

伞不大，两人撑着有些挤。

宋之涵想着叶景弦身娇体弱，但凡着凉，一定生病；但凡生病，一定世界大乱。作为一个称职的好员工，她主动将大半个身子露在伞外，想让他多遮一点儿。可她越是往边上让，叶景弦就越是朝她靠过来。

宽阔的马路上，两个人的足迹越发向一边倾斜。最后，叶小公子不得不展现出霸道总裁的本质，吩咐道："躲什么呢？快过来。"

宋之涵犹豫了一下，知道如果自己不如他所愿，他一定会跟自己对抗到底，于是乖乖地走到他的身边。

叶景弦大手一捞，将宋之涵搂进怀里。

一辆低调的跑车停在了不远处，车窗摇下，车里居然是蔡特助，还有叶靳。

叶靳问道："这就是小叶今天逼你生病的理由？"

蔡特助老实交代后，还不忘拍马屁："叶老果然料事如神。"

叶靳隔着雨帘，看着自家走姿别扭的儿子，哂笑道："这姑娘倒是不错，告诉小叶好好珍惜。"

夏知意回到饭桌上，才发现客人都已经走了。夏镇东黑着脸一时无话，没人敢从饭桌上起身。她自顾自地拉开一张椅子，吩咐道：

“去把家里四十岁左右的阿姨都请来。”

管家瞥了一眼夏镇东，看他默默点头后，立即照办。

等人都到齐了，夏知意继续吩咐：“每人帮我盛一碗甜汤可以吗？”

阿姨们一头雾水，却还是照做了。

夏知意默默地盯着阿姨们的动作，好像在发呆。直到一个阿姨将甜汤摆在她面前，她才慢慢伸出手，抓住了阿姨的袖子。

“我想就是你吧。”她笑得云淡风轻，可眼神却是冷的，“是你推我落水的。”

“大小姐！”阿姨慌乱地甩开袖子。

“宋之涵有脸盲症，所以见面时都会格外留心对方的穿着。虽然几个月前推我落水的老人穿着没什么突出的地方，但是宋之涵记得她左手无名指上戴着一枚宽戒指。”

“大小姐，我没有戒指啊！”

“我查过那戒指，说贵也不贵，就二十万的价格，戴的人也不少，还可能是个婚戒，所以当时我没怀疑。可是，戴戒指不一定是因为结婚，不一定是为了漂亮，还可能是为了掩盖特点啊。”

夏知意兀自说着，抬起阿姨的左手：“真想天衣无缝的话，起码该听姑姑的话去医院把手上的痣点掉啊！她都花了那么大一笔钱重修福利院，帮你照顾患老年痴呆的婆婆了，你怎么还这么舍不得花钱呢？”

阿姨的脸色瞬间白了，夏知意很满意这样的结果，继续道：“戴戒指这样的办法，一看就不是姑姑的风格，我妹教你的吧？那二十万的戒指，也是她找人买好送你的，然后，你又把它送给了被你丢在福利院的婆婆。”

夏知意说完，放开手，低头将面前的一碗甜汤喝干净。

本来打算烂在肚子里的真相终究还是被她说出来了。

“真是荒唐！”夏镇东了解了事情始末后，拍了下桌子，厉声道，“你们俩还真是臭味相投啊！”

“爷爷，气大伤身，看开点儿。”夏知意给他倒了杯热茶。

夏镇东揉了揉眼睛，端起茶杯：“我年纪大了，你才是当事人，就说说你想怎么办吧。”

夏知意莞尔，轻松道：“那就报警，公事公办吧。”

所有人都惊愕地看向她。

夏澄有些愤怒：“知意，我是你姑姑！”

夏知意放缓了语调：“姑姑？宋之涵是我的朋友，而且还是唯一的朋友啊。”

“你……”

夏语冰带着冷笑说道：“姐姐，事情闹大了，影响的可不只是我们，还有整个集团。”

夏知意对她们俩的话置若罔闻：“爷爷，您不是说这件事交给我全权处理的吗？”

夏镇东一心为了京华集团，此时也有些犹豫，便顺着夏语冰的意思劝道：“怎么说这都是件家事，家丑不可外扬，爷爷知道你受委屈了，这样吧，我明天就召开董事会，重新分配股权，让你姑姑和妹妹没办法再兴风作浪。”

“爷爷，当年顾家也是走过了低潮，才有了今日的辉煌。难不成，您觉得我们京华会比不上他们顾氏？还是您打心眼儿里就认定我夏知意不如顾回舟？”

夏镇东沉默半晌，一锤定音：“先开董事会，然后通知公安局结案吧！”

时隔两年，夏知意重新出现在京华集团的董事会上。

夏镇东请来了公证人，重新分配了京华集团的现有股权，颇有将夏澄排挤在外的意味。

他语重心长地说：“最近家里发生了一些事情，夏澄将不再担任京华集团的董事，一会儿她和咱们集团的总裁夏语冰将一同前往公安局接受调查，公司暂时交给副总裁徐朗负责，希望大家不要受外界流言蜚语的影响，共同维护好公司的正面形象，陪京华一起渡过这次难关。”

众人齐声回应：“董事长放心。”

夏镇东环顾四周：“如果没有问题，就叫警察进来吧。”

“等一下。”夏语冰平静地开口，她站起身，从文件夹中取出一封信，“去公安局前，我想辞去京华集团总裁的职务，望董事长批准。另外，我推荐夏知意出任京华集团总裁一职。”

这话一出，在场众人无不瞠目结舌，尤其是夏知意。她本是抱着看热闹的心态而来，万万没想到，居然会被推到风口浪尖上。

夏镇东扫了一眼夏语冰的辞职信，笑了笑：“关于总裁的人选，诸位意下如何呢？”

各位董事暗自揣度着董事长的心意，开始纷纷站队，没一会儿，同意夏知意出任总裁的一派就取得了压倒性胜利。

推荐人一号：“想当年，大小姐坐镇京华的时候，红利连年稳步增长，股东们之间也是一团和气。”

推荐人二号：“虽然大小姐做事情比较保守，但咱们这么大的集团，能守住也是不容易的。”

推荐人三号：“大小姐这几年在漫画界的名气不错，她出来掌权，大大有利于提升我们京华的企业形象啊！”

拍板定音的是夏镇东：“既然是民心所向，知意啊，你就不要推辞，回来上班吧。遇到问题不要怕，大家都会帮助你的。”

套路！都是套路！

夏知意无可奈何地托着下巴腹诽，在董事会上演一出黄袍加身的戏码，也亏得爷爷想得出！只是为什么夏语冰会配合爷爷演这出戏呢？

夏知意眉头一皱，觉得事情并不简单。她本想拒绝，可是眼下，姑姑和妹妹都要去公安局接受调查，她是京华集团唯一拿得出手的独苗宝宝了。

坐进新装修的总裁办公室，夏知意有种恍如隔世的错觉。

替她在夏澄身边卧底多年的张助理敲开了房门：“大小姐，恭喜回来。”

“张助理辛苦了，你放心，当年我父母遇到车祸后，你父亲因为我姑姑指证违规驾车的冤枉事，我会跟警方反映的。”

“让大小姐费心了。”张助理将接下来的日程表递给她，“大小姐，这是这两天要出席的活动，除了集团的各种例行会议，还有一个青年企业家论坛。”

“我会好好准备的。”

夏知意应了一声，打开电脑，准备埋头工作。只不过她刚打开浏览器，就发现各大新闻网站的头条都被京华集团的消息占据。

官方新闻说京华集团股权变动频繁，资金链出现问题，夏澄和夏语冰只是去公安局协助调查。而坊间小道消息则将其描述为京华集团继承人之战的落幕，顺便扒出了不少有关夏澄、夏语冰的黑历史。

夏澄在商界纵横二十多年，积累的人脉和势力都不容小觑，这点儿风言风语对她也没什么实质性的影响。倒是夏语冰，因为曾经在娱乐圈待过，一时间各种傍大款、拉踩同门、不择手段上位的黑料甚嚣尘上，个人形象确实受到了不小的影响，难怪她会主动辞职。

等这段风波过后，媒体的关注点或许就该转移到自己身上了，到时候该如何应对呢？夏知意有些头疼地关掉新闻，只见张助理又一次进了门，便问道："还有事儿？"

"大小姐，公安局那边派人来公司跟您了解情况，已经在会议室了。"

"我知道了。"

夏知意刚走进会议室，就发现来人正是演唱会那天见过的警察。

警察开门见山："夏小姐，现在证据已经齐全了，当日推你落水的人也承认了，我们这边已经可以顺利结案，就是来问问你的意见。"

"我的意见？"

"如果夏小姐要追究到底，我们可以进一步调查，追究所有涉案人员的责任。毕竟这是一场蓄意伤人案，甚至有谋杀的成分。"

夏知意愣了愣，她曾经想过如果姑姑和妹妹做得过分了，她一定不会善罢甘休，每个牵连其中的人都必须付出代价。可是这次，她完全没想过要追究责任，更不想牵连无辜。通知公安局，不过是为了给宋之涵出口气，替张助理的父亲讨个公道罢了。

说到底，她还要感谢那一场落水，让她在认清这个世界的同时也邂逅了美好。从前她一直以为自己永远都是被放弃的那一个，父母会为了妹妹放弃她，顾回舟会为了爱情放弃她，爷爷和姑姑为了京华同样会放弃她。可她现在知道，还是有人选择她的，比如会为救她跳进护城河的宋之涵和及时将她从护城河里捞上来的陆经年。

她并不是良心发现，也不是从今以后都要善良。她依然不太喜欢这个世界，这个让她饱含希望地出生，却又让她看遍黑暗的世界。她只是觉得，既然生命中还有这么多重要的人，自己总得珍惜。

半晌后，她问道："如果我不追究到底呢？"

"那我们就到此为止，涉案人主要是夏澄和你家里的阿姨，夏语冰顶多算是个知情不报。"

夏知意点点头："那就这样办吧，如果可以，还希望您关注一下十八年前我父母出事的那场车祸，那个肇事司机应该是被冤枉的。"

夏知意不知道的是，她做出这个选择的时候，河神的手环悄无声息地断开了。

泡泡熊软件工作坊迎来了公司成立以来的第一场面试，面试官自然就是公司大老板陈念，为了给自己壮胆，他特意叫上了多年的好兄弟陆经年。

因为是新公司，陈念此前就把招聘宣讲会开在了母校，因为前期宣传很到位，简历倒是收了不少，可是面试合格的却没几个。

又送走了一位陆经年的颜粉，陈念揉了揉眉心，一脸不爽地抬眼看向旁边正专注发微信的陆经年。

此刻他正跟鲇鱼精认真讨论手环断了的问题。

陆经年："黑化值还是百分之二十，但是它坏了，是不是你们设备质量不行？小意会不会有危险？"

鲇鱼精点开陆经年发送的图片，看着断掉的手环乐开了花："恭喜大人顺利完成最终测试。"

陆经年不敢相信："不，我觉得我没完成，你不要欺骗我。"

鲇鱼精："大人真是幽默。"

鲇鱼精甩出了一大串系统记录数据后，说道："任务规定，如果被拯救的对象连续做满五件善事，系统会自动判定其有控制潜在黑化值的能力，也算是任务完成。"

陆经年看着鲇鱼精发来的数据，上面记载着夏知意认识他之后连续做过的善事——给母校捐款、在路边拯救被拐儿童、去福利院做义工、得饶人处且饶人、替张助理主持公道。

陆经年蓦然想起了前阵子夏知意迷迷糊糊时说的话，瞬间明白了些什么。他一直信奉人性本善，想努力帮夏知意远离一切不美好，从而唤起她心底的善意，可他从未想过，如果一个人真的百分之百善良，他真的能在这个世界上存活吗？

生而为人，本性复杂，哪怕早就看透了世态炎凉，哪怕心上已经千疮百孔，依然可以与心中的阴暗面抗争，积极面对这个世界，这又何尝不是一种善良呢？

陆经年："我想我明白了。"

鲇鱼精："您的离职手续我都准备好了，您看什么时候办个交接？"

陆经年往椅子上一靠，没想到这一天竟来得这么快。虽然他已经完成了任务，心里却空落落的，他已经不想回天界了，只是不回去的话，偌大的人间，哪里还需要他呢？

"你这是……失业了啊！"不明所以的陈念凭着一条聊天记录，给出了推断。

陆经年点点头："职场竞争太激烈。"

"那正好，来我的公司一起干？"陈念抛出橄榄枝。

"我正有此意。"陆经年放下手机，表示肯定。

"那你还不好好表现，替我去面试，还在这里玩手机！"陈念抱怨道。

陆经年无辜地眨眨眼："人员安排这种事儿我哪敢替大老板您拿主意？"

陈念冷哼："那就炒了你，让你彻底失业！"

陆经年："真是个无情无义的人类啊！"

话虽如此，陆经年最后还是乖乖当起了面试官。

他面试的是位校友，男生名叫迟皓，视觉设计专业，来应聘原画师。

陈念看了一遍简历，暗自松了口气，这回总不会是颜粉或者 CP 粉了吧！哪承想，这是一位二次元发烧友！

专业问题问得差不多了，陈念在一旁听得也比较满意，谁知道陆经年突然话锋一转，问道："你最近还有看漫画吗？"

“当然，各大平台的热门连载我基本都看过。”迟皓跟陆经年滔滔不绝地聊起来，自然也说到了夏知意，结果两个人因为《终南渡》和《上古纪事》哪个更好看的问题争论了近一小时。

陈念忍无可忍地打断他：“陆经年，你清醒一点儿，后面还有人在等着面试啊！”

第十一章
月老的礼物

Jingnian zhiwoyi

天界月老庙，齐葭盯着电脑的时间有些长了，眼睛疼，便伸手揉了揉。结果她再一睁眼，就看见屏幕上映出陆经年那张放大的脸，吓得差点儿晕过去。

“小陆儿，怎么有空过来啦，真是好久不见啊，姑姑想死你啦。”

“我们前不久不是刚见过面吗？”陆经年提醒道。

“人生总是该有不期而遇的惊喜才对啊。”齐葭露出一个灿烂的笑容。

她是天界的老人了，主姻缘婚嫁，也就是位列人间十大知名神仙排行榜首位的月老。只不过，人间的故事里普遍把她形容成一个仙风道骨的老伯伯，实际上她却是天界首屈一指的美少女。

“我要看姻缘簿。”陆经年毫不客气道。

“哟！小陆儿长大了。”齐葭从椅子上站起来，一双杏眼亮亮的，“跟姑姑说说，这是喜欢上哪位仙友了啊？”

陆经年被她突然高涨的热情吓了一跳：“不是仙友，是夏知意。”

任务结束后，他以夏知意的终身大事还没有解决，自己作为一个神仙，答应别人的事情绝不出尔反尔为借口继续留在人间。

虽然这理由找得冠冕堂皇，但他总该做做样子，这才来了月老庙查看姻缘簿。

“小陆儿，你这不是在为难姑姑吗？”齐葭解释道，“你爸爸之前下了死命令，天界和人间，井水不犯河水，我已经不是几百年前那个能随便给凡人牵线搭桥的红线仙人了，干涉凡人的姻缘，那可是大罪！”

陆经年懒得废话：“你帮不帮忙？”

“小陆儿，你总是在触犯天条的边缘试探真的不行，多学学赤松子，做个乖孩子不好吗？”

“你不帮忙的话，不如我们算算之前在人间那笔账好了。”

齐葭双手不自觉地护住自己俏丽的脸蛋，结结巴巴道：“帮……一定帮，不就是……看姻缘簿嘛，有话好好说啊。”

推开姻缘阁的大门，扑面而来的，是积攒了近百年的灰尘。

齐葭念了个咒语，调出了一册书，递给了陆经年：“夏知意的名字就在这本姻缘簿上，你自己看看吧。”

陆经年捧着姻缘簿，心中有些忐忑。对于夏知意的姻缘，他既期待，又害怕。他无数次说服自己，无论看到何种结果，他都愿意拼尽全力给她美满的一生。可当他翻开簿子，便陷入了沉默，良久才问道：“这簿子上的人一定会在一起？”

齐葭点点头：“原则上是这样的，上面的每一对名字都有着天赐的缘分，你也知道，逆天而行都不会有好结果。”

陆经年心里抑制着，终于还是忍不住，“哇”的一声哭了。齐葭凑过去，只见那一页写着两个名字，一个叫夏知意，一个叫顾回舟。

每年9月，南津市都会举办一场青年企业家论坛会，一方面是给年轻人提供交流合作的机会和平台，另一方面是为提升下一年度的城市GDP做好规划。

夏语冰做总裁的时候答应过主办方京华集团会派人出席论坛会，

事到如今，也只有夏知意出面了。

黑色的汽车平稳地抵达会场门口，夏知意脚刚落地就被一只矮矮的“功夫熊猫”拦住了去路。

这是什么特别节目吗？

功夫熊猫拉着她的手，蹦蹦跳跳进了酒店花园里，初秋的风干燥又温暖。

“你是赤松子吧？”夏知意出声问，她本身就不是个有孩子缘的人，能主动来找她的小孩，也就只有陆经年的弟弟了。

“你怎么知道是我？”赤松子摘掉头套，头发乱糟糟的，看上去有些滑稽。

夏知意挑眉看他，没有说话。

赤松子盘腿坐在地上，仰头望着她：“我哥的任务完成了。”

“恭喜啊。”夏知意微笑地应答，看不出心情。

“你还有没有什么未完成的愿望？”赤松子看向她，坚定道，“我去帮你完成！”

她垂眸看他：“你哥哥人呢？”

“他好不容易完成任务，自然是回天界去了，齐葭都在天界等了他几百年了。”赤松子说完，怕夏知意不信，还特意变出一本影集，里面记录的是陆经年和齐葭在天界生活的点点滴滴。

夏知意翻开影集，那是关于陆经年的过往，在他们相遇前的百年岁月。她看到了一个会哭会闹还爱搞恶作剧的稚气少年，她看着他一点点长大，而陪在他身边的那个女孩叫齐葭，就是前阵子在街头与赤松子一起演戏的女孩啊！

怪不得他从来都不会对她发脾气，怪不得他一直撮合她和乔希诚，他守护她是为了任务，而齐葭才是被他放在心底珍藏的女孩啊！

赤松子见夏知意不作声，再次开口：“我哥哥和齐葭姐姐都是很好很好的人，明明任务已经完成了，可哥哥说答应了你，要帮你解决终身大事后才会回天界……”

“我知道了。”夏知意合上影集，打断了他的话，“你放心，我的生活，我来做主，陆经年很快就会回天界的。”

“那我们拉钩为誓，你不许告诉我哥哥。”赤松子举起一只熊猫爪子。

夏知意刚想伸手，不远处就传来了嘈杂的快门声和说话声。

赤松子匆忙戴上头套：“你记着就好，有人来了，我先走了啊！”

夏知意回头，只见顾回舟正向她身边走来。

“夏夏，怎么躲到花园来了？大家都在等你。”

他伸手揽住她的腰，把她往会场红毯上带。进门这一路，摄影机拍个不停，夏知意太久没生活在别人的目光中了，如今猛地暴露在镜头下，本就有些不自在，再加上顾回舟在身边，更是让她身子一僵，费了好大的工夫，才全程保持着端庄得体的姿态。

“恭喜啊，夏夏。”顾回舟落座后微眯着眼睛笑道。

夏知意懒得寒暄：“你又想搞什么名堂？”

“我们这么多年的情分，你想太多了。”顾回舟跷起二郎腿，“如果你乐意，我们还可以谈谈下一步合作。”

夏知意偏了偏身子：“我就是个没有思想的工具人，谈合作的事，爷爷没吩咐，我可不敢干。”

顾回舟扬了扬眉，伸手轻轻一拽，轻而易举地将夏知意拉回了身边。他俯身附在她耳边，压低了声音：“那我们谈谈我们的事吧。”

他挨得很近，温热的呼吸都落在夏知意耳根上。这样的姿势，外人看了总会想歪，还以为两人亲密无间。

有些事情总是要说清楚的，一味地躲避也不是办法，夏知意想了想，轻轻推开他，弯了弯唇："你说，我在听。"

顾回舟没想到她态度转变得如此快，顿了顿，才开口："你记不记得我出国的那一天？"

怎么会不记得呢？那一天，她明明已经知道顾回舟根本不喜欢她，明明已经替赵宁挡下了车祸，却还泪眼汪汪地给他送行，问出了那句可笑至极的"你能不能不走啊"。

顾回舟回忆着过去，那时候明明没感觉，如今想起来心里却软成了一团，只想狠狠扇自己几巴掌。

"如果现在，我跟你说我不走了，你会不会回头看我一眼？"

"我不是那种撞了南墙还会往前走的人，我是看到了南墙，就会回头的。"

"是啊，我怎么忘了呢。"顾回舟淡淡笑道，"不过，未来的日子还长，我有信心让我们重头来过。"

夏知意看着顾回舟，记忆中的骄傲少年和眼前人渐渐重合，却显得无比陌生。少年时候，她曾无限依赖着这个人，可时光更迭后，他终究变得可有可无。

"这么多年没见，顾少的情话说得还是这般好听。"斑斓的灯光下，赵宁穿着一身华丽的天蓝色长裙，妆容精致，嘴角微扬，让人看了勾魂动魄。

这三个人到底还是撞一起了。

"听说知意现在已经是京华的总裁了。"赵宁略带嘲讽地望着夏知意，“既然遇到了，总该敬夏总一杯才是，日后有机会还要多合作。”

“她不会喝酒，你是知道的。”顾回舟的声音清冷如冰。

“夏总不给面子，是不是还在记挂着那些陈年往事啊？”

赵宁的声音有点儿大，旁边立刻有人望了过来。

夏知意懒得多事，刚准备抬手，眼前那杯鸡尾酒就被人抢走了。

她一抬头，撞进了陆经年的眼中，她惊讶地问道：“你怎么来了？”

他清澈的眼中映着她的身影，低缓而虔诚的声音回荡在耳际：“替你挡酒啊，我的总裁。”

他总是这样突然出现，让她在遇到黑暗的时候看到光亮，可他不只是她一个人的光亮啊！

会场的温度仿佛在升高，空气渐渐变得暧昧。偏偏她在这时候拦下了他端起酒杯的动作，拿回酒杯：“陆经年，我一个人，可以的。”

如果明明知道没办法交付一生，那爱意怎么敢宣之于口，也许很多年后回头看，这些不过是一场有趣的梦罢了。

不过那杯酒终是没被夏知意饮下，顾回舟下一秒起身夺过她的酒，一饮而尽后，礼貌地等着赵宁的回应：“赵总，日后多多合作。”

周围的摄像机拍个不停，今夜的故事已然成了热搜的预定。

这一晚，陆经年做了个梦，不好的梦。

梦里他回到了古代，夏知意是一位大户人家的小姐，他是大户人家里的杂役。上元节那一日，他带着大小姐去街上赏灯，一不小心就撞上了皇亲国戚顾回舟。顾回舟对大小姐虎视眈眈，他很担心地将大小姐搂在怀里，可一个不留神，他和大小姐还是被人群冲散了。

他看见大小姐被顾回舟抱上了马车，心急如焚地想去追赶，却被一群蒙面人挡住。他气坏了，对着那些蒙面人拳打脚踢，可那些人好像永远都打不完，他只能眼睁睁看着大小姐离他越来越远，喊着她的名字直到声嘶力竭。

然后，他就从梦里惊醒了。

陆经年摸了摸被汗水湿透的睡衣，烦躁地脱下来扔地上，走进浴室洗了个冷水澡。

冷静下来后，他打开手机，刷了刷微博，看得让人头疼。

原来，青年企业家论坛结束后，夏知意再一次上了热搜，除了之前她与赵宁和顾回舟的老故事之外，也不知道是哪个想象力丰富的记者杜撰出了一桩四角恋的故事，主角分别是夏知意、顾回舟、乔希诚，还有他这个路人甲。

陆经年盯着手机里那些充满恶意的文字，又想到姻缘簿上的那对名字，头顶像笼罩了一团乌云。他费尽心思保护了这么久的姑娘，怎么能被旁人恶意诋毁？

没有什么是法术解决不了的！

他大手一挥，网络上关于夏知意的话题便全部彻底消失了，无论以文字、图片、视频，还是语音的形式，都无法继续讨论。凡是还在追踪这个话题或是恶意评论的人此刻都会难以置信地瞪大双眼，他们的电子设备为何都莫名其妙地死机了，页面怎么都恢复不了。不明所以的人们只会偷偷吐槽资本的力量无穷大，然后换个其他的关注点，渐渐遗忘了这场风波，除了，夏知意。

清晨，宋之涵敲开她的卧室，一脸哀怨："夏夏，你赔手机给我。"

"这是？"

"我昨晚三更半夜冒着脱发的风险替你跟无脑网友 battle（吵架），结果手机突然就黑屏了。你老实说，是不是花钱雇了黑客？"

"我打个电话问问。"

夏知意当下就猜到了这是陆经年的杰作，谁知，陆经年的电话拨了三四遍都没人接。她突然想到昨晚分开前，陆经年同她表达了就算完成任务，他也想继续留在人间的意愿，可她拒绝了。也许，这是他送她的最后一份礼物吧。

"怎么样？"

"那个黑客大概是打算做好事不留名了。"

神界有个规矩，为了保证天地之间的和谐，凡是在人间工作的神仙，不得使用高级法术，否则就会承受被法术反噬的痛苦。

陆经年在人间两百年，一直安分守己，直到这次"净网行动"，他才真正体会到了什么是骨头被折断的滋味。

赤松子和齐葭来人间给他送药的时候，都被他阴森的脸色吓了一跳。

吃过药的陆经年渐渐恢复了气色，只是一对黑眼圈依旧很明显，好好休息一段时间才能慢慢恢复。

"你们怎么来了？"他问。

赤松子打开了话匣子："几个时辰前，鲇鱼精给我报信，说南津市的地下水管道破了四成，他们修补不过来了，通知我最近不要让南津市下雨。我就很好奇，到了现场一看，能造成这么强的神力辐射的，除了哥哥你，也没别人了。”

陆经年：“那就多谢你的好奇心了。”

“听说你的最终试炼都结束了,现在南津市的河神已经换人了，你什么时候回天界啊？”

“我暂时没有回去的打算。”陆经年想避开这个问题。

“小孩子懂什么。”齐葭拍了拍赤松子的脑袋，示意他闭嘴，而后在陆经年身旁坐下，“既然不想回去就别勉强自己啊！”

陆经年有些惊讶：“你不反对我留下？”

“为什么要反对呢？”齐葭很是疑惑地勾起嘴角，“你们既然两情相悦，那就在一起啊！我身为月老，见过的仙凡恋情没有成千，也有上百。若是所有人在开始一段感情都前畏首畏尾，那你如今就听不到那些流传千载的爱情故事了。”

“昨天你还同我说，逆天而行不会有好结果。”

“小陆儿，你不试试，怎么会知道呢？”齐葭撇了撇嘴，念了个咒语，变出一段红线，“别说姑姑不疼你呀。”

“这是？”

“天宫月老庙里的红线都是有灵力的，我特意选了最坚韧的一根带给你。将同一根线分别系在两人的小手指上，保证能让两人情投意合，关键时候还能挡下灾祸。”

“这岂不是比丘比特之箭还厉害？”

齐葭点点头，又清了清嗓子：“不过友情提示啊，这些东西存放太久了，可能过了保质期。”

陆经年轻轻抬眸，看向窗外，外面已是阳光正好。

小区里的桂花树正在初秋的艳阳下，开出香气袅袅的花朵，多像他心里那个他小心翼翼试探着，却又不敢靠近的姑娘啊！

手机上有三四个未接来电，都是夏知意打来的，还有一条消息——“放心回去吧，勿念。”

他握紧了红线，叹了口气：“只怕强求不来，用法力控制的爱情，终究不会长久。”

齐葭赞同道：“所以才要用心啊！”

第二天，是中秋。

宋之涵难得放假，买了回老家的车票，打算奔向父母的怀抱。

夏知意送她进了高铁站，一回头的瞬间，因为瞧见了顾回舟的脸，后退两步，左脚绊到右脚，在大庭广众之下摔了个狗吃屎！

顾回舟伸手去拉她，哪知夏知意用力一拽，他也一起摔到了地上。

昨夜下了雨，地面还没干，两个人的外套都被糟蹋得不成样子……

一家洗衣店里，夏知意和顾回舟面对面看着。

夏知意问道：“你跟踪我？”

顾回舟不以为意地说：“我说是偶遇，你信吗？”

“你觉得呢？今天可是中秋节啊！”

“怎么那个叫陆经年的不在你身边？”

“他回家了。”夏知意的双眸暗了暗，自从关于她的热搜消失后，陆经年就没消息了，反正他本来就不属于人间，回去也好。

“那个人来历不明，你还是少联络的好。”

“可我的人生经验告诉我，最该小心的是知根知底的人才对。”

夏知意回呛，继而问道，“顾回舟，你今天又是来做什么呢？”

“中秋节，总该跟亲友在一起不是吗？我家里没什么人了，便想着来看看你。不如，我们中午一起吃个饭吧。”

或许是成长经历相似，夏知意多少有点儿感同身受，最后便答应了他的邀请。

他们去了一家苏州菜馆，顾回舟嗜辣，可夏知意口味偏甜，曾经都是她迁就着他，如今倒是反了过来。

饭桌上，顾回舟讲起他在国外的种种境遇，夏知意只是安静地听着，没有搭话。

之后他突然问：“夏夏，这六年，你过得好吗？”

“我很好。”夏知意拿筷子的手顿了顿，终于抬眸去看他的眼睛，“只是有一个问题一直没有答案，我可以问你吗？”

“你说。”

“顾回舟，你当年到底知不知道我喜欢你呢？”

她的小鹿眼中带着执拗的光亮，过了一会儿，顾回舟终于开口，声音略带一些沙哑：“我知道。”

过去好多年里，他都知道她是喜欢他的，却故意对她的一片热忱视而不见。她不挑明，他便装聋作哑，全盘接受着她对他的好，然后以朋友之名粉饰太平。

听到他如实相告，夏知意有些释然地笑了：“那些年，你也很累吧。”

“夏夏，对不起。”

她摇了摇头，放下筷子：“顾回舟，这一次，我换地方藏了，不麻烦你来找我了。”

那一刻，顾回舟想起很多年前的一桩小事。

星河璀璨的夜空下，几个小孩子常常聚在一起玩捉迷藏。

夏知意怕黑，不敢躲到太远的地方，就猫着腰藏在路灯旁的滑梯下，她总是会被第一个找到，大家都笑话她蠢，只有顾回舟看出了她的害怕，带她去了一间小仓库，他说："夏夏，以后你藏在这里，他们就找不到了。"

"可是这里好黑啊。"

顾回舟从口袋里掏出一个小手电，打开乱晃了几下，有些宠溺地说："你打开它，就不怕了，我会第一个找到你的。"

可后来有一次，第一个找到夏知意的，并不是顾回舟。

夏知意当时哇哇大哭，责备他不守信用。

他拧着眉，全然不解："不就是个游戏吗，你那么当真干什么？"

如今，他大概清楚女孩为什么会哭了，可惜，游戏已经结束了。

平静无风的午后，特意来给陆经年送月饼的陈念再一次参观了陆经年的新家。只见客厅边特意安了一大扇落地窗，屋子向阳，阳光倾泻下来，温暖了整个房间。

阳台上那盆海棠并未被丢弃，不过它周围多了一片小雏菊，一旁还有花藤秋千椅，上面摆着几个小巧可爱的抱枕。

鱼缸里依然没有鱼，却多了一些摇摆着的水草和奇形怪状的珊瑚。

玄关处特意摆上了几双拖鞋，其中最显眼的一双缀了呆萌的小熊猫图案。

陈念不禁感慨："老陆，你内心不会真的住了个小公主吧？"

陆经年："连你都这么想了，小意看了一定会喜欢的。"

之前，他跟她许诺过，如果她没有地方去，就来住他的房子。现在，他终于把房子装修成她喜欢的模样了。

"你这是无药可救了。"

"还有一间屋子你要不要看？"陆经年站在一面空白的墙壁前。

陈念疑惑地点头。

陆经年一挥手，眼前之景再次让陈念惊呆了。

这里有深沉的河底，有水草、鱼虾、体积巨大的河蚌，还有办公桌。桌上放着电脑，旁边是一排堆满漫画书的书架。

"这也是你的独家收藏？"陈念问道。

陆经年又是大手一挥，陈念眼前就只剩下了一面白墙。

"老陈，我告诉你个秘密。"他顿了顿，才下定决心，再次开口，"我不是人。"

听完河神的故事，陈念打开冰箱，接连喝了两瓶冰镇白桃酒，心情才渐渐平复下来，转身一拳捶在陆经年的胸膛上："好家伙，你居然骗了我四年！"

陆经年低声说："对不起。"

"没事儿说什么对不起啊。"陈念笑声爽朗。

陆经年有些不可思议地抬头，未待他开口，陈念继续说："我就说你怎么有时候会凭空消失，行为奇奇怪怪的，原来你真的有特异功能啊！"

"你不害怕？"

"怕什么？"陈念单手揽住他的肩，"这个很酷啊！我要记下来，以后游戏策划里可能会用得到。"

陆经年哑然，半晌笑出了声音。

无论是夏知意还是陈念，在他自曝身份后，都是坦然接受。他该有多幸运，在广袤的人世间遇到了如此珍贵的两个人。

陈念问道：“之前藏得那么好，现在怎么突然就坦白了呢？”

陆经年递给他一串备用钥匙：“我在人间最后的任务已经完成了，虽然暂时没有离开的打算，但我怕万一我突然离开后，小意会没有地方去！”

这种罔顾兄弟情谊的回答还真是陆经年万年不改的风格！

“如果你说怕我在你失踪后想念你我会更感动的。”陈念接过备用钥匙。

陆经年瞥了他一眼，说道：“也有一些担心吧，但是不重要，我不能如此虚伪地欺骗你。”

陈念把钥匙放进兜里，躺到沙发上，恰好压到了夏知意送给陆经年的手偶，陆经年瞬间奓毛。

陈念拍拍屁股起身:“你这样默默奉献可是打动不了女孩子的。”

“可除了这些，我也没什么能给她的了。”

陈念白了他一眼，故作高深地说道：“有些人啊，一出生就是带着枷锁生活的，脸上装作不在乎，其实心里非常瞻前顾后。如果没有百分之百的笃定，哪怕她再喜欢你，她也一定不会打扰你的未来，这种人的典型就是知意姐。你口口声声说要成全人家，可你连人家是怎么想的都不知道。既然做不到一别两宽，那就不如努力一把，哪怕会竹篮打水一场空，也好过蓦然回首之时一无所有，起码竹篮上还会留下水的印记。哎，你去哪儿？”

“去告诉她我一定会留下的。”陆经年说着，出了门，留下陈念一个人在河神精心布置的公主房里打扫卫生。

陈念打开一罐新的白桃酒，自我安慰道："没关系，反正爱情专家没有爱情。"

余晖漫漫，夏知意拐进一家看上去有些年头的书店。店开在街边，闹中取静，装修古朴，这是她少年时常来的地方，记忆里，每年中秋，书店都会给客人赠送月饼。

她在窗边的位置坐下，桌上还放着一本《一千零一夜》，许是之前离开的客人忘了将书放回原位。

老板笑容满面地送上一盘精致的月饼："小姑娘，中秋快乐。"

夏知意微笑道谢。

"快尝尝味道好不好？这可都是现做的。"

夏知意听话地尝了一口，甜而不腻，有淡淡的花香。这个味道熟悉得让她有些意外，于是问道："老板，你是换了供货商吗？"

"没有，这是今日来的临时工做的，你喜欢就好。"老板背着手离开了。

夏知意一边吃着月饼，一边随手翻开了桌上的童话书。

过了一会儿，有人在她对面坐下，轻轻唤道："小意。"

听到陆经年熟悉的声音，她愣了愣，才缓缓抬头，看见他身上还扎着条白围裙，便问道："月饼是你做的？"

"我跟老板说想借他的厨房给喜欢的女孩做个月饼。"陆经年望向她，嘴角挂着笑。窗外的天色渐渐暗下来，夜幕将至，四下静谧，可陆经年的神色却依然热切。

夏知意合上书，有些局促："我以为你走了。"

他认真地看了她好几眼后，像是下定了某种决心，语气坚定地说：“我想了很久，还是决定留在人间陪你……”

“等等。”夏知意打断了他，一双水汪汪的眼弯成月亮，“陆经年，你放心回去吧。”

“为什么啊？”陆经年委屈巴巴地看着她。

夏知意叹了口气，捧起了手边的书：“这里边有个叫《阿里巴巴与四十大盗》的故事，故事里说只要喊出咒语‘芝麻开门’，盗贼们藏宝的山洞就会自动打开。阿里巴巴知道这个秘密之后，取了一小袋金币就回家了，而他哥哥戈西姆却想着搬空藏宝洞里的金币，结果忘记了开门的咒语，被归来的强盗杀死了。”

“所以呢？”

“做人不能太贪心。”

陆经年没理解她的意思，有些疑惑：“照这么说，戈西姆不是死于记性太差吗？”

夏知意被他这话噎到了，白了他一眼，解释道：“可戈西姆一开始是记得开门咒语的，只是后来，他一心只想搬空藏宝洞的财富，只想着越多越好，却忘了太贪婪的人终究没有好结果。我这样说，你懂了吗？”

陆经年点头：“做人不能太贪婪，要知足才对。”

“所以呀，陆经年，能够遇见你，已经是我的幸运了。你回到天界去吧，去跟你喜欢的姑娘在一起。两情相悦，是多么不容易的事啊！”

“喜欢的姑娘？你说的是谁？”陆经年一头雾水。

“齐葭。”夏知意垂眸说出了这个名字，齐葭与他彼此陪伴了几百年，相互喜欢着，她哪里有理由劝他留下。

陆经年苦笑着说：“齐葭是我姑姑，我怎么不知道我喜欢她？到底谁告诉你的？”

夏知意有一瞬间是蒙的，马上又明白了过来，她咬了咬嘴唇，有些不好意思地说：“你弟弟。”

陆经年心里暗暗想着下次见面一定要把赤松子暴打一顿，这个小坏蛋给他造成了太多麻烦。他看向夏知意，异常笃定地说：“小意，我从来没喜欢过别人，我只喜欢你。你一直在讲戈西姆的故事，可你记不记得河神的故事呢？”

“知足常乐的人，都会得到一份幸运。”陆经年眼睛直直地注视着她，伸手，掌心放着齐葭给的红线，“这是月老送的礼物，她说被它绑住的两个人一定会情投意合。可我不想用法力困住你，我只是想让你知道，我不止喜欢你的漫画，还喜欢你。思想观念、生活习惯可以慢慢磨合，未来很长，我可以接受你的所有问题。”

夏知意听着他的话，心跳开始加速：“你……想清楚了？”

陆经年猛地点头：“你是我波澜不惊的漫长岁月中惊喜的意外。小意，你愿不愿意给我一个机会？”

夜色融融，他和她安静地对望。过了很久很久，夏知意轻轻唤了他一声：“陆经年。”

“我在。”

她舒展眉头，笑容恬淡：“我们试试吧。”

第十二章

神仙的心理治疗方案

Jingnian zhiwoyi

黑色星期一，京华集团公关部挤满了人，站在人群正中央的，便是夏知意。

原来，今早一条热搜凭空而降，说是娱乐圈当红小生谭非墨吸毒被抓。

一石激起千层浪，谭非墨不仅是京华集团此前的形象代言人，更是本年度京华集团投拍的一部估值上亿的影视项目中的男主角。

夏知意一脸严肃，质问道：“这种事情发生后，公关部为什么不在第一时间出台应急预案？”

公关部主任表情冷淡地说：“总裁，没有你的吩咐，我们哪里敢做决策。”

听了这番风凉话，夏知意才想起来，公关部总裁是姑姑的人，看来防人之心还真是不可无。

“你既然做不了决策，那就离开吧。”她冷冷说道。

“我为集团工作二十年了，未曾有错。”公关部主任震惊道，“你才当了几个月总裁，你凭什么开除我？”

“就凭你在集团面临危机时选择了不作为。”夏知意掷地有声地说道，“我经验尚浅，却也知道以集团利益为先。而你，作为京华二十年的老员工，公关部负责人，为了争权夺势，便放弃挽救集团形象，我为什么要留着你？”

她的这番话让在场众人无比震惊，两年前的大小姐，是个乐呵呵的老好人，一个谁都能拿捏的傀儡总裁；而如今的大小姐早就撕掉了伪装，她的精明与强势从不弱于任何人。

夏知意继续说：“眼下我们要做的就是及时止损，维护京华集团的企业形象和企业信誉。此前已经跟乔希诚签好的代言合约要第一时间发布出去，并公告我们会重新选定男主角，不惜代价重拍影视剧。”

众人没有异议。

回到办公室,夏知意端坐在办公桌前看着网上的新闻一言不发，她隐隐觉得事情不会这么简单。

半晌，她端起手边的咖啡抿了一口，悠悠道：“张助理，去查一下发布谭非墨新闻的源头，我要第一手资料。”

张助理马上回道：“明白。”

办公室外，谢助理端着一杯意式浓缩咖啡在靠近走廊的饮水台前不安地走来走去，内心焦灼。就在刚才，他不小心把自己添了点儿“佐料”的咖啡送给了夏知意。没到五分钟，夏知意果然一把拉开办公室大门，眉头紧锁着冲进了洗手间。

都说一朝天子一朝臣，按理说夏语冰离职了，谢助理作为前任总裁的头等心腹，肯定要被斩草除根。不过他命好，遇到了夏知意这样一个佛系新上司，谢助理不但安然无恙，还保住了饭碗。如果被人知道这杯咖啡是被他加了料，肯定会误会他这是明目张胆地打击报复。

谢助理越想越觉得自己的处境很危险，一时失了理智，居然趁着夏知意去洗手间的工夫，溜进了总裁办公室企图把咖啡换出来。夏知意回来的时候，刚好瞧见偷偷摸摸换杯子的他，她捂着肚子，一脸蒙地问道：“我需要一个解释。”

原来，谢助理最近工作压力大，肝火旺盛导致便秘，就去找老中医开了点儿泻药。单独服用泻药总是难以下咽，他干脆把泻药掺进了咖啡里，一个不小心，拿错了杯子，把有泻药的那一杯送给了夏知意。

相较谢助理的恐惧，此时的夏知意神色更加复杂，一肚子的抱怨不知从何说起，只能摆了摆手，有些无奈地说：“谢助理，这个老中医挺靠谱的，你回去喝药吧。”

“谢谢大小姐。”谢助理迈着轻快的步子关门离开，暗暗松了口气。

耽误了一早上，夏知意有些急迫，给自己进行了一番心理辅导后，她全身心地投入到工作当中。直到日落西山时，张助理敲开了房门：“夏总，楼下来了个送外卖的，说是要见您。”

夏知意这才站起来伸了个懒腰：“让他进来。”

果然是陆经年。

“我看到新闻上的消息了，你再忙也要顾及身体啊。”

夏知意看着他摆出的铁板牛柳和藕片炒虾仁，暂时不去理会工作的烦恼，笑着感慨：“厨艺这么厉害，你不开餐馆太可惜了。”

“我的厨艺只服务你一个人。”

这话让夏知意很受用，不过在公司里总要装装样子的，她岔开话题：“互联网公司不都是996吗？现在才5点，陈念居然让你下班了？”

“他当然不让，我出门的时候，他一直在背后嚷嚷说要开除我。”陆经年说着说着就凑到夏知意身边装可怜，浓密的睫毛眨巴着，不经意间拨弄着她的心。

“别怕，我包养你啊。”毕竟当了总裁，她总得找个机会膨胀一下。

“你打算怎么包养我？”陆经年有些期待地扯了扯衬衫领扣。

夏知意却只沉浸在他的盛世美颜中：“放心，我跟编辑商量过了，《上古纪事》完结后就会开新的一本！”

陆经年没有放弃，继续怂恿道：“你现在已经是总裁大人了，做事情要大胆一点儿。”

“我想想——”夏知意拖长了尾音，装作左思右想的模样，而后斩钉截铁道，“那就每周加更一章！”

陆经年顿时像泄了气的皮球，不再说话了。

之后的几天里，因为担心公司的股势，夏知意一直在京华集团加班。

经过了财务部几次核算后，她决定将集团购入不久的两块地皮低价售出，刚刚发布消息，就有买家约她见面，地点在 A 大附近的咖啡厅。

见面时，夏知意才发现，原来财大气粗的神秘买家是顾回舟。

深秋里浅淡的阳光照在他脸上，一双桃花眼藏着笑意，他说：“夏夏，你记不记得我们上次在这里平心静气地喝咖啡还是在六年前。”

夏知意在他对面坐下：“你真是来谈生意的吗？”

“我可以帮你。”他微微一笑，“京华那两块地皮并不抢手，卖价最多不超过六千万。就算我把钱给了你，对你来说也不过是杯水车薪。”

“总好过一穷二白吧，难不成顾少开始搞慈善了？”夏知意反问。

他看着对面与他一同长大的姑娘，隔着咖啡氤氲的雾气，想着自己的心事。良久后，他说：“我确实是个唯利是图的商人，不过你求我，我就可以帮你。”一如当年顽劣不堪的语气，哪怕此刻他面沉如水。

作为卑微的乙方，夏知意不得不配合着他调侃两句：“我求求你了，帮帮我吧。”

“夏夏，你的底线去哪儿了？”顾回舟看着她服软的模样，瞬间笑了。

夏知意反问道：“那你呢，你刚才说的会帮我到底算不算数？”

“算。”顾回舟扬起嘴角，“这是之前京华和顾氏联合建设的地产项目的合同，上面有两亿尾款还没要回来。如果你去跟投资方要债，要回来就都是你的。”

夏知意有些疑惑地接过合同，不解地问道：“为什么有合同却收不回尾款？何况还是同时拖欠顾氏和京华的款项？”

“这份合同有漏洞，没有规定付款期限。”顾回舟提醒。

夏知意这才放下心来，她太了解顾回舟了，让他无条件帮自己绝对不可能。

“我还要你在尾款转让声明上签字。”

“好。”

夏知意接过声明，检查无误后，签下了名字。

“啪——”不远处的桌上，有客人不小心打翻了一个碟子。那客人戴着墨镜，看身影有些眼熟。

“陆经年？”夏知意疑惑地打量着他们，“你们怎么在这里？”

陆经年轻咳两声，用胳膊肘撞了撞陈念，陈念便饱含深意地笑了笑：“同学聚会，同学聚会。”

“两个人的同学聚会？”顾回舟打量着陆经年问道。

陆经年还没开口，夏知意就抢了先：“没必要回答你吧。”

“关心一下而已，少年人心不定，夏夏你可要多留意。”看着夏知意的脸色渐沉，顾回舟很识趣地起身，只是临走前还特别欠揍地朝陆经年喊话，“行，那我就不打扰了，弟弟加油！”

“陆经年，你别往心里去啊。”夏知意握着手里的合同，有些歉疚道。

陆经年摇摇头，装成懂事的模样答道：“没关系。”

送夏知意回家后，陆经年马上来到月老庙，从姻缘阁后排的书架里找出了姻缘簿。在对待感情的忠诚度上，他对自己有着充分的信心，只是每每想到姻缘簿上与夏知意的名字并排的是顾回舟的时候，他总是会血压升高，心里很不是滋味。尤其是今天顾回舟的那句“弟弟加油”，真是打翻了他心里那一坛陈年老醋。于是，他冲动之下将姻缘簿撕毁了。

原本在月老庙跟赤松子打牌的齐葭几乎是在瞬间受到惊吓。

当她带着赤松子赶到的时候，果不其然，这小子又遭受了一道天劫。

赤松子和齐葭只好送陆经年回到他人间的家里。

“小陆儿，你不会是有自虐倾向吧。”她倚在门框边，调侃道。

“大概是不自信吧。”

陈念一进门就被陆经年的状态吓到了，连忙问道：“老陆，你怎么憔悴成这个样子了？”

他又看了看牵着陆经年的手一脸稚气的赤松子和站在门边的齐葭，小声问道：“不会是替远房亲戚照顾熊孩子累的吧。”

“你才熊孩子呢！”赤松子还嘴，“愚蠢的人类。”

陆经年解释说：“这是我弟弟，那是我姑姑。”

待了解了陆经年半死不活的原因后，陈念突然心生一计，跟赤松子一拍即合。

“来填个表格。”陈念说。

陆经年看着表格上“心理咨询预约”几个字一脸茫然：“这是干什么？”

“我觉得你最近很奇怪，一直这样下去要出大问题的，得看看医生了。”陈念一脸严肃地将一本典藏版《追忆似水年华》摆在他面前。

陆经年打开，里面居然是一本心理学问题大全。

陈念催促着陆经年拿起笔：“你先做一个测试，单方面检测一下。”

陆经年拗不过他，填了一份调查问卷，测验结果基本正常。

“这不可能啊！”赤松子和陈念异口同声地质疑道。

“无聊。”

赤松子挽住陆经年的胳膊：“哥哥，你不能放弃治疗啊。”

陈念补充道：“实在不行，咱们先学一个，你看，我觉得你现在的状态跟这个安全感缺失的症状就很像。”

陆经年这才明白了两个人的意图，原来是想让他装病去测试一下夏知意会不会关心她。他又看向齐葭：“姑姑，你的意见呢？”

齐葭窝在沙发上，一边喝茶一边道："姻缘簿上的人明明就不是你，可夏知意还是选择跟你在一起，这就已经证明了她对你的喜欢超越了一切！不过看你整天患得患失的，想个办法证明也不是不可以，只是万一玩砸了，后果可要你自己承担啊！"

陆经年隐约感觉自己在玩火，一双手却很诚实地翻开了书。

粉丝的爱可以不求回报，男朋友的爱总该求个回应吧。更何况，他所求不多，只要夏知意可以按时更新漫画并且喜欢他就够了。

自从宋之涵上次在宴会上主动背黑锅之后，叶景弦一直觉得亏欠了宋之涵，一段时间都没有找碴。最近可能是太闲了，产品部季度会议刚结束，宋之涵就被叶景弦传唤去买菜。

宋之涵拿到菜单，见上面写的都是些正常的水果蔬菜肉蛋奶，没有那些平时难以买到的飞禽走兽，她不禁舒了口气。宋之涵拿起菜篮子，打开手机地图，定位了一家不便宜的超市，把语音模式设置成了知名相声艺人的声音，打算一边去买菜一边散步，权当提前体验退休生活。

她一只脚刚跨出公司大门，就被叶景弦叫住："车钥匙带上。"

宋之涵摇摇脑袋："我的老板，买个菜开什么车啊？现在都提倡低碳出行啊。"

叶景弦抿了一下嘴："那我跟你一起低碳出行。"

"您开心就好。"

或许是叶景弦在身边给宋之涵带来了无形的压力，她的认路能力突然就失效了。两个人按着导航提示，围着商场转了两圈，也没找到超市入口，倒是远远望见了来心理咨询室问诊的陆经年。

“这不是你那个学弟吗？”叶景弦指了指远方。

宋之涵记不住脸，但是看到心理咨询室的招牌还是有些疑惑。她麻利地拉着叶景弦隐藏在角落里，掏出手机，一顿狂拍后，顺势跟了进去。

客服人员将她拦在了前台：“先生小姐，请问有预约吗？”

因为咨询室的保密性极高，宋之涵没法了解陆经年的状况，只好打听了一些常见的心理症状，比如抑郁症、狂躁症，还有人格分裂，然后将资料打包一并发给了夏知意，赶在陆经年从咨询室出来之前就溜走了。

说来也奇怪，这一回两人倒是无比顺利地就找到了超市入口。

宋之涵一边看菜单，一边挑选着菜。叶小公子鬼使神差地走上前，要抢宋之涵手里的菜篮子。

宋之涵手上加大力道，死死抓住菜篮子：“老板，拿一份工资干一份活，放着我来。”

她才不会给叶景弦可乘之机让他嫌弃自己不专业呢！

叶景弦有些好笑地看着她，难得有耐心地重复道：“放手。”

难不成是无良老板良心发现了？

宋之涵犹豫片刻后，摊开手掌，篮子被拿走，瞬间一身轻松。

“怎么说你都是我的相亲对象，有困难不要憋在心里，一定要跟我讲。”

“老板，您怎么还想着相亲那档子事呢？”宋之涵指指自己，“你看清楚啊，我可不是豪门千金，我就是个普通的小职员。”

叶小公子定定地看着宋之涵：“宋小姐，你听说过逆反心理吗？”

宋之涵盯着眼前这个自我感觉超好的男人，忍不住吐槽一句：

“真幼稚。”

夜幕降临，还在公司加班的夏知意自打收到宋之涵的微信后，就一直心神不宁。

这些日子，她专注工作，确实没有注意到陆经年的反常。他每天会按时来公司给她送饭，接她下班，他待人温和，一如往常，绝不像是有躁动症或是人格分裂，难道是得了抑郁症？

他本来做完任务就可以离开的，却为了她留在人间，心理压力一定不小。两个人明明刚确立恋爱关系，可她在热恋期一心都在忙于工作，忽略了他。

下班后，夏知意从大楼里出来，走得心不在焉，下楼梯的时候，一脚踩空，差点儿从台阶上滚下去，幸好陆经年及时出现，一把将她扯住搂进怀里。

脑袋靠在他胸口时，夏知意听到他的心脏“怦怦怦”地快速跳动着。

“怎么这么不小心？”陆经年低声说。

夏知意抬头看他，这么近的距离，她才察觉到陆经年有些不对劲儿。

记忆中面目清朗的少年如今憔悴得不像话，眼下有重重的黑眼圈，脸色也不太好。

这么久以来，他总是会在她最需要的时候出现，可是她却做得不够好。

她心想这么久以来，都是陆经年在宠着她，让着她，千方百计把她哄得高高兴兴的，他的感情是那么热烈，那么全心全意，总能让她轻易就感受到。可她自己呢？好像从来没有为他做过一件事，哪怕只是一件简简单单哄他开心的事都没有。从头到尾，他们的相处模式，一直都是他在付出，她在不劳而获。

是她太自私了，从来没注意过他生活的状态。

她一直以为，在由读者和作者的关系转变到恋人的关系中，自己适应得很好，以前日子怎么过，现在还是怎么过。可听说陆经年去了一趟心理咨询室后，她才突然意识到自己其实存在着许多问题。

这些问题很普通，却又很难被发现。

既然已经成为恋人，就该要有恋人的样子才对，那就先从给他安全感和多一些陪伴开始！

她拉起他的手，安抚地捏了捏："陆经年，下周二我生日，我到时候推掉所有工作，去约会吧。"

夏知意生日当天，一大早就接到了张助理的连环轰炸电话，原来是有不少合作伙伴都想请她吃个饭，叙叙旧。

一边是集团利益，一边是陆经年，夏知意原本是个顾大局的，可前几天已经跟陆经年做好了约定，她纠结地想着，还有什么能不和合作伙伴吃饭，也不会影响到京华集团的利益的办法。这么脆弱的男朋友，她真的舍不得不陪啊！

购物广场门口，迎着南津市今年入冬后的第一场雪，陆经年和夏知意开始了第一次约会。

夏知意一直觉得，自己还挺擅长逛街的，没想到在陆经年面前，她输了。

他不是擅长逛街，而是实在太擅长了。

按照他的说法，过生日要买件新衣服，既然冬天到了，那就买一件羽绒外套，买新外套又要买一件毛衣来搭配，还有裤子和鞋子，都要换新的，另外，毛衣链、胸针这样的配饰也是必不可少的……

夏知意露出一个比哭还难看的笑容："你还真是比女生都精致啊。"

整整三个小时，陆经年提着大包小包地穿梭在商场的每一层，专心致志包装着自己心爱的女孩。而他身后的夏知意虽然两手空空，却累得满头大汗，还要加快脚步才能跟上他的步伐。

"对了……"

陆经年突然停下步子，紧跟其后的夏知意来不及刹车，直直地撞了上去。

陆经年有些心疼地吹了吹她撞得通红的鼻子，有些歉疚地说："我走慢一些，你走在我身边，好不好？"

此刻，他正弯着腰凑近她，一张被放大的俊脸就这么出现在她面前，说心里没有小鹿乱撞是假的。

"你刚刚停下来是想说什么？"夏知意向后退了几步，捂着发红的脸问。

"我想着再给你买顶帽子吧。"他说着拉起夏知意要往鞋帽区走。

夏知意拦住他："我突然想起来，这半天一直都是你在给我买东西，我还没给你买呢。"

她一边说，一边四下环顾。

"不用了，我没什么需要的。"陆经年连忙摆手，他只想好好给她过个生日。

然而夏知意已经迈开腿，走向不远处了。

说实话，陆经年心里有点儿小激动，虽然嘴上说着不要，但毕竟是女朋友送的东西，他还是挺期待的。

然而等夏知意回来，陆经年却彻底傻了眼。

“吃吧，第二个半价。”夏知意吃了一口手中的冰激凌，将另外一个递到陆经年面前，“宋宋一吃冰激凌就会拉肚子，我以前一直想买都找不到理由。”

陆经年哭笑不得地接过冰激凌，舔了一口，确实很甜。

夏知意专心吃着冰激凌，陆经年忽然伸手，她条件反射般地向后一躲，继而意识到是陆经年要帮她擦嘴角，有些尴尬地把头别到另一边，正巧看到不远处的一张电影海报，赶紧转移话题：“我们去看电影吧，听说这部电影特别好看。”

她本来以为陆经年不会感兴趣的，没想到他竟然一口答应了。

夏知意好不容易休息一天，一大早在公司开早会安排好工作，紧接着又逛了大半天的商场，早已累得筋疲力尽，刚一沾到舒服柔软的座椅，便昏昏沉沉地睡了过去。

提议看电影的人是她，睡了整场的人也是她！

陆经年有些好笑地看着昏睡在怀里的夏知意。电影院内的光线很暗，可他还是注意到了夏知意的鼻梁被眼镜卡得微红，他想要替她摘下 3D 眼镜，却发现一双手都被夏知意紧紧地握住，而且是十指相扣的模样。

电影正播放到男女主角久别重逢的片段。

那一刻，他突然就想要这样过完一生。

逛过街，看过电影，约会三部曲终于来到了吃饭的环节。夏知意本来预订了一家五星级中餐厅，想着在108层的观光塔上俯瞰整座城市的夜景也是一件浪漫的事。不过，陆经年认为缤纷又绚烂的人间夜色看久了总会有些腻，于是提议将吃饭地点改到了他曾经办公的河景房。

那是夏知意在梦里到过的地方。

河景房中，陆经年系着围裙正煎着牛排。夏知意一边戳着盘子等吃的，一边问道："你都下岗了，我们来这里不会被赶走吗？"

陆经年认真地想了想："我们只待几小时，应该还不会。"

食物的芬芳流转在空气中，陆经年将一个做工精细的木制礼盒递到她面前："生日快乐，这个送给你。"

夏知意打开一看，是条项链，上面有一颗看不出材质的珠子，她开玩笑道："这不会就是传说中集齐七颗便可以召唤神龙的龙珠吧？"

陆经年笑着摸了摸她的脑袋，刻意压低了声音，宠溺地说道："只有一颗，你可以试着召唤我。"

夏知意被他的一句话酥到了，清了清嗓子："我也给你准备了礼物，要不要看？"

"要。"陆经年很配合。

"那你要坐过来啊！"夏知意脸颊上泛起两朵绯红。

陆经年自然而然地坐到她身边，看着她从包里拿出一本画册，慢慢展开，她说："我把我们的故事画成了漫画，从遇见的第一天到现在全都画了。我一边画就会一边回忆，才发现原来你为我做了那么多。其实，我不想要星星月亮，不想要全世界最好的那个人，也不用你为了哄我特意做什么，只要你存在，我喜欢的那个人就是你。”

陆经年听她说着，忍不住将她搂进怀里，脑袋顺势埋进她的颈窝里，心跳怦怦作响。

“你喜欢我的礼物吗？男朋友。”夏知意问。

“喜欢。”陆经年搂着她坐直身体，深邃的眼睛里满是炙热的星火，“夏夏，我想吻你。”

心跳很快，很大声，可夏知意摒弃了所有的害羞，闭上眼，主动凑了上去。

第十三章

召唤神龙的初体验

Jingnian zhiwoyi

过完生日，夏知意觉得陆经年的状态明显好多了，但总觉得自己给予他的温暖还不够。这不，刚开完会，她就让张助理开车送她来到了泡泡熊软件工作坊。

接待她的正是曾经跟陆经年争论夏知意哪本漫画最好看的新员工迟皓。

迟皓是认得夏知意的，待她道明来意后便亲切又惊讶地跟她说道：“陆哥去楼下开会了，你先到他办公室等吧，我给你拿些点心。”

“谢谢你。”夏知意点点头，就直接进了陆经年办公室。

对于他的办公室，夏知意也不陌生，走进去后，就在沙发上坐下。

没一会儿，迟皓就端着点心和果汁进来，热情地问道：“知意姐，你想看杂志或者报纸吗？外面有最新的。”

夏知意摇摇头，再次说了声“谢谢”。

“我特别喜欢你的漫画，你能给我签个名吗？”

“当然好。”夏知意没想到在这儿还能遇到粉丝。

迟皓出去拿来漫画书和笔，夏知意不但签了名字，还写上了祝福，想着要给陆经年的同事留下个好印象。

迟皓拿到签名乐呵呵地说：“陆哥可能还需要半小时，你要是觉得无聊，我可以陪你聊天。”

夏知意其实不太乐意跟陌生人寒暄，碍于场合，不好推托，索性说：“不如，我给你画一个卡通形象吧。”

“好啊，好啊。”迟皓很是惊喜。

陆经年推开办公室的门，看见夏知意和迟皓有说有笑的样子，一脸惊喜瞬间凝固，再看到夏知意还在给迟皓画画，眼神渐渐变得阴沉。

迟皓一转身，刚好跟陆经年来了个对视，瞬间被吓得一激灵，匆匆收起了漫画书和画笔，溜出办公室，还很识时务地关上了门。

夏知意怕他想太多，特意解释道：“刚刚只是开了个小型粉丝见面会。”

“我也是你粉丝。”陆经年撇撇嘴，“你都没给我画过卡通形象。”

“可我故事的男主角就是你啊！”

陆经年依然觉得这个答案很敷衍。

夏知意想起他的“心理问题”，便好脾气地哄道：“我现在给你画好不好？”

她慢悠悠地走到陆经年的办公桌前，左手边摆了满满一摞漫画书，她突然注意到一本《追忆似水年华》。

夏知意觉得很奇怪，这本书为何跟一堆漫画放在一起，显得格格不入。

她随手将书抽了出来，结果等她把书摊开，才发现书的内容不对，陆经年这是买到盗版书了吗？

“这是什么？”夏知意捧着那本厚厚的“盗版书”，抬眼看他，脸色又冷又沉。

陆经年目光随着她的手往下看，随即呆住。几秒钟后，他眼中的神采恢复如常，很淡定地回答：“心理学的书。”

“既然是心理学，为什么要用《追忆似水年华》的书皮包着？”

她面无表情地追问。

陆经年比她更淡定："最近压力有些大，看这种书被公司员工发现了会影响不好，你说对不对？"

夏知意冷笑着："那这张夹在书里的时间表是怎么回事儿？"

陆经年仔细看了看，那是当时赤松子和陈念给他制定装病策略的时候胡乱写的，夹在书里忘了丢掉。

她将书本合起来，已然洞察一切："你是故意让宋之涵遇到的，你算准了她一定会告诉我，你怕我不相信，还真的去了趟心理咨询室。你看连书上的折角都是折在描述缺乏安全感的这一页，准备工作很充分嘛！"

"我……"陆经年上前想拉住她的手腕，试图辩解，没想到还没碰到她，就被她抬手用力拍开。

她心里堵得慌，声音有些哽咽："为什么啊？我这么信任你，陆经年，我看起来很好骗吗？"

陆经年心慌了，连声哄道："小意，别生气，你想知道什么，我都告诉你。"

夏知意吸着鼻子："你什么时候开始计划这件事的？"

陆经年老实交代："就是上次你和顾回舟见面之后，那段时间你实在太忙了，我就想你多陪陪我，干脆装病，其他病很难装，所以选了这个。"

夏知意愣愣地看着他，如鲠在喉，难以置信。

"你还真会选啊！今天之前，我从来没怀疑过你在装病，因为你在我心里比任何事都重要，你说什么我就信什么！这些天我过得小心翼翼的，把一切都抛下了，京华集团都快倒闭了，我都没有去理会，就只是因为你那莫须有的心理问题！这下你满意了吧？”

说到最后，夏知意终于忍不住掉了眼泪。

看着她越来越激动，陆经年束手无策，再次上前搂住她，不停地解释道：“小意，小意，你别这样，事情没有你想的那么坏！”

他虽然用了一些手段，但他的爱是真的，她不能一生气，就把他全盘否定掉了。果然还是齐葭说得对，玩火终究是要付出代价的。

夏知意抬起头看他：“可你是故意算计我的！”

陆经年无法反驳。

夏知意深吸口气，转身就往外走。陆经年连忙追上：“你要去哪儿？”

夏知意瞪了他一眼，抬手握住了颈间他送的项链，想了想又松了手，只是气势汹汹地放狠话：“去没有你的地方！不许跟过来！”

上了张助理的车，一路上，夏知意在心里回想这段时间跟陆经年相处的点点滴滴，从护城河想到A大校园，从风景区想到派出所……

渐渐地，她冷静下来。那些甜蜜宠溺的事情，那些曾经让她沉浸其中的美好感情，她不会否定。只是他费这么多心思，设计这么多环节，就为了测试一下她爱不爱他？可笑！幼稚！

夏知意自己也会给别人下套，不过对陆经年可不一样。何况他们才开始谈恋爱啊，他就这么处心积虑算计她，余生漫漫，难道他都准备这么过吗？

陆经年的电话一遍又一遍地打来，她深吸一口气，关掉手机，心中默念：这是一种病，得治。

车子在红绿灯路口停下。

“大小姐，咱们这是去哪儿呢？”张助理问。

夏知意心累地靠在车窗上，想着之前耽搁了太久，也该着手工作的事情了。

她问：“之前让你查的谭非墨的新闻有结果了吗？”

张助理点了点头：“新闻是从医院透露出来的，我们了解过，第一家报道的媒体是一家小型传媒公司，它的背后负责人是……”

张助理吞吞吐吐。

“说吧。”

“是夏副董。”

确实在意料之内，夏知意调整了姿态，严肃道：“既然都查到了，那就该见见了。”

黄昏，别墅二楼阳台上，夏澄靠着栏杆，指尖夹着一支雪茄。她猛吸了一口，吐出一个接一个的烟圈，然后烟雾中出现了一张脸。她定睛一看，是夏知意。

“姑姑。”

“你来了。”夏澄回身，笃定地笑道，“比我估计的还要早一些。”

“那是多亏了张助理办事高效。”夏知意将张助理搜集到的文件递给她，“这次集团危机和你脱不了干系吧？”

夏澄瞥了一眼文件，便随手丢在桌上：“所以你今天来，是求我帮忙，还是兴师问罪？”

“都不是。”夏知意摇摇头，“我只是来劝姑姑到此为止。”

夏澄看着她，神色轻蔑：“你凭什么要求我收手？”

“跟夏语冰一样，小时候的事情，我很久以前就知道了。”夏知意看向她，目光平静，“我父母出差的时候，你应该就知道那辆车有问题吧。”

她八岁那年，父母出差乘坐的那辆车被人动了手脚，最终发生意外。警方勘查的结果，只是说刹车出了问题，却未调查其他，最后把一切罪责都推到了不幸罹难的司机身上。

夏澄熄灭了手中的雪茄，慢慢说道：“我确实知道，但我没想到他们会上那辆车。”

“我知道刹车不是你弄坏的，”夏知意垂眸，叹了口气，“你只是全公司唯一知道那辆车有问题的人而已。所以，我愿意相信那场车祸与你无关。”

她顿了顿，继续道：“可是我妹妹不相信啊，我们回到老宅，跟你生活在一起，她处处跟你作对，你很想让她消失，所以就有了我和夏语冰被人贩子拐走的事情。”

夏澄神色僵了僵，竟然是自己小看夏知意了，她有些不解地问：“既然你早都知道了，为什么之前不告诉你爷爷？”

夏知意：“因为最后你还是去救我了啊。尽管我被亲人伤害真的很难过，但还是很想让你们都满意。只是姑姑，你明明不在意京华集团，为什么非要得到它呢？”

“你怎么知道我不在意？”

“姑姑名下的公司、房产加在一起足以跟京华媲美，就算当不上集团的一把手，商界中也没人会质疑你的地位。我想，你想要的是爷爷的肯定吧？就像很多年前，哪怕我父亲处处不如你，爷爷还是定了我父亲做继承人，你便拼命想证明自己，所以你才是当时原本要坐那辆车去京州谈合作的人，谁知临走时换成了我父母。”

“呵！谈不上肯定不肯定。”夏澄笑得有些戏谑，“那时候我只是不服气，我想看看如果我在路上出了车祸，父亲他会不会心疼我，没想到最后是哥哥和大嫂上了那辆车。”

夏知意想到了自己小时候被父母忽视的时光，兀自笑了：“我理解你。”

夏澄摆摆手：“你不会理解的，你是我父亲最看重的孩子，哪怕你不争不抢，他都会把一切送到你面前。说实话，我有时候真的很嫉妒你，可你总是一脸天真，让我觉得你就是盆养在温室里的花朵，没必要摧毁，放在那里静静观赏就好。”

“可这次我不能做温室里的花了。”夏知意站起身，坚定地说，“我来跟姑姑坦白一切，是希望姑姑别再钻过去的牛角尖，至于集团的危机，我会想办法解决。”

“我还有一个问题。”夏澄叫住她，“你是怎么收买张助理的？”

“我没有收买他，”夏知意脚步顿住，“是他主动来找我的。他原本不姓张，而姓姜。”

当年承担车祸责任的司机师傅也姓姜,这个世界本就很小很小。

夏澄自打上次去公安局配合调查后，就陷入了十八年前夏知意父母去世的风波中。警方怀疑是她在车上动了手脚，最后将责任推给司机，如今这桩官司已经闹上了法庭，听证会将在三天后召开。

“之后的听证会，你……会来吗？”

夏知意摇摇头：“姑姑放心，我不会出面的，手上也没有任何证据可以提供。彻查十八年前的车祸，只是想让姑姑明白被冤枉的感觉很痛苦。如果你清清白白，也请还司机师傅一个清白。”

“知意，听证会结束后，我会出国，大概不会回来了。京华这边我的棋只差最后一步就走完了，落子无悔，你能不能翻盘，就看你的本事。”

她说完，背过身去：“慢走不送。”

夏知意看着她的背影，深深鞠了一躬：“姑姑，谢谢你。”

谢谢你陪我长大，哪怕只是演了一场戏，戏台背后是冰冷的枪口，也谢谢你在掀开戏帘前的片刻犹豫，半分善良。

从夏澄家离开后，夏知意隐隐觉得会有大事情发生，于是通宵留在集团清查公司的最新项目，没想到还是晚了一步。第二天一大早，京华集团科技研发部最新推出的人工智能程序专利被澳大利亚一家科技公司抢先注册了，消息一出，京华瞬间被扣上了抄袭的帽子。没过几个小时，广电总局又宣布已经完成拍摄的影视剧因为污点艺人和承制公司的双重问题被雪藏，企业形象一时难以挽回，京华集团股价骤跌，资金周转出现困难。

宋之涵是在新闻里看到京华集团出事的，可她却打不通夏知意的手机，万般无奈，只好去跟叶景弦请假。

“我不同意。”

“为什么？”

“专利抄袭、影视剧被雪藏、前代言人吸毒，这些摆明了就是有人为了夺权，故意制造集团内斗，你去了也插不上手，只能送人头。”

“送人头我也要去。”她说完转身就走。

“你敢请假，年终奖就没有了。”叶景弦长腿迈开，将她逼进角落里，浓郁的古龙水味道冲进她的鼻腔。

宋之涵伸手推他，嘴巴逐渐张大，张成一个饱满的圆形。

他伸手抵在她的下巴上："再惊讶也没用，今天你休想出去。"

话音刚落，宋之涵就打了一个响亮的喷嚏，唾沫星子落在了叶景弦的脸上。

这回年终奖是真的要没了。

"我刚刚不是推你了吗，是你自己不躲的。"宋之涵急忙推开他，抽了几张纸巾塞进他手中，随后拉开办公室的大门，一溜烟逃跑了。

刚走到地下车库，一辆酒红云母色的玛莎拉蒂张狂地停在她面前。

叶小公子摇下车窗，露出那张棱角分明的脸："走吧，我送你。"

"老板，我开车了。"宋之涵抬手晃了晃车钥匙。

"上车。"叶小公子难得耐心地重复道。

宋之涵从他的话中品出了一丝哄人的味道，隐隐觉得年终奖似乎还有希望，便听话地上了车，乖乖系好安全带。

在叶景弦的感情经验里，追女生的要点无非是浪漫和崇拜这两样。

他本是个逻辑缜密的商业天才，到了情场上却变得一根筋，以为任何感情都有迹可循、有方可解。宋之涵是个很粗线条的女生，叶景弦走浪漫这条路不太行得通，必须用自己的才华来打动她。

如此想着，叶景弦清清嗓子，打算从自己最擅长的专业领域开始谈起，让她感受到自己的博学多才，博古通今。他凑到她身边，有些讨好地问道："你想了解一下金融公司的运作流程吗？"

宋之涵瞥了叶景弦一眼："老板，您想了解一下违反交规的后果吗？"

"什么意思？"

"你刚才闯了一个红灯。"

他无奈地感慨道：“宋之涵，你自己说说你到底是个什么样的人？”

宋之涵认真思考了一下，答道：“老板，这问题不能让我来回答啊，您得自己感受。再说了，人都是复杂的动物啊，怎么能简单地用几句话就概括出来呢？”

这话讲得颇有几分禅意，叶景弦弯了弯嘴角，没再继续说了。

到了京华集团的停车场，宋之涵匆匆解开安全带，打开车门的那一刻回头对叶景弦说：“谢谢老板，老板辛苦了。”

“早去早回。”叶景弦松开方向盘，靠在驾驶位上，“我在这儿等你。”

“老板，其实您每天那么忙，不用……”

宋之涵拒绝的话还没说完，就被叶景弦抛来的威胁眼神慑住，识趣地闭了嘴，转头上了电梯。

“宋宋，你怎么来了？”夏知意在办公室见到宋之涵还有些惊讶。

“你出了这么大的事儿怎么不告诉我？”

“基本上解决得差不多了。”夏知意尽量把事情简化，“之前从顾回舟那里搞到一张合约，只要追回了南津地产公司拖欠的大笔尾款，资金问题就不必担心；就是专利抄袭的事情有些麻烦，股票一直在跌，要想个办法及时挽回企业声誉。”

听了夏知意的话，宋之涵发现叶景弦说得没错，自己确实帮不上什么忙，只好说道：“你一定要照顾好自己啊。”

“我知道。”夏知意正埋头看着最新的股市分析。

“夏夏。”宋之涵喊了她一声，小心翼翼地问道，“你最近，还回家吗？”

夏知意突然想到上大学的时候，她和顾回舟闹掰后，学校里流言四起，逼得她不得不搬去校外住。

那时候，也是宋之涵一个人拎着一杯奶茶，找到躲在角落里的她，宋之涵说：“喝完奶茶，一起回家吧。”

萧索的秋夜，橘黄色的路灯照着满地的枯叶，她在宋之涵眼中看到了柔和的光芒和自己的身影。那一刻，她确定，她不要家里准备好的那块蛋糕，她要自己去挣属于自己的馒头。这条路上，她不会孤身一人。

一转眼，那些都已经是六年前的事情了。

“事情结束我就回家。”夏知意起身抱住宋之涵，“谢谢你来这儿一趟，让我想起来我原本生活该有的模样。”

“对了，你跟陆经年是不是吵架了？”

“你怎么知道？”

“他昨天来家里找你，可你没回来，我让他进屋等，或者先回家等消息，他都不同意，就固执地站在门外，等了一晚上。今早我去上班的时候，他还在等。”

“他体质特殊，不会有事的。”夏知意说了句风凉话，将陆经年装病的事情都告诉了她，“他怀疑我对他的感情不够深，说到底，还是不够喜欢，不够信任。”

宋之涵高深莫测地摇摇头：“话不能这样说。你想想喜欢和爱的区别啊，如果只是简单的喜欢，那就不会有任何负担；可爱不一样，爱是会试探，会心痛，会妥协，会珍视。如果他不是足够爱你，何必演这么大一场戏呢？”

夏知意听了她的话，若有所思。

宋之涵拍了拍她的肩膀：“能在一起本来就不容易，要想清楚再做决定呀。”

看到夏知意没事儿，宋之涵也就放心了，迈着轻松的脚步走向地下车库。

叶景弦老远就看见了一路小跑过来的她，立马放下手机假装睡着了，心想：我这么辛苦地为了你，难道你还不心动？

宋之涵敲了敲叶景弦那侧的车窗，善解人意道：“老板，疲劳驾驶有风险，回去的路上我来开车吧。”

“好啊。”叶景弦很配合地坐到了副驾驶位上。

宋之涵刚一上车，他就贴心地凑过来帮她系好了安全带。毕竟是第一次被老板盯着开车，她不由得紧张，一不小心就撞坏了豪车的保险杠。

“你打算怎么赔？”叶小公子饶有兴致地看着她。

宋之涵在脑子里疯狂计算着玛莎拉蒂的价值，最后一咬牙：“老板，我把未来十五年的年终奖都赔给您好不好？”

叶景弦认命地闭上眼，抽了抽嘴角。

月色酒吧，堪称南津市隐私性最好的酒吧，南津地产的杜老板正在一间包厢里宴请宾客。

夏知意正往里面走，她穿着裁剪合身的套装，腰身显得恰到好处，一双鹿眼含着笑意。

张助理跟在她身后，悄悄问道：“大小姐，我们这么做会不会太危险了？”

“杜老板最近在跟他妻子闹离婚，这些婚内出轨的照片如果被公开，估计他损失的就不只是两亿了。”她说着敲开了包厢的房门。

包厢内异常热闹，有些不怀好意的人看到夏知意进门，竟然还吹起口哨，邀请她共饮几杯。

张助理已经出了一身冷汗，夏知意倒是面带微笑地凑到了杜老板身边，一个“不小心”，她打翻了一瓶威士忌。

她麻利地蹲下身子收拾，顺便将一沓照片塞进了杜老板手里。

“你们先出去吧。”杜老板亲自清场，一脸玩味地看着收拾酒瓶的夏知意，“原来是夏总。”

夏知意放下手中的碎玻璃，站起身：“杜老板太忙了，去您公司总是约不到人，只好来这里见您了。”

“难为夏总了。”杜老板避而不谈照片的事情，“不如一起喝一杯？”

“喝酒不急在今日。”夏知意开门见山，“杜老板，我今天就是带着合同来要钱的，白纸黑字，两亿，一分也不能少。”

“夏总这不是为难我吗？”

“我哪里敢。”夏知意笑了笑，“我知道您跟您夫人分居多年，早就没感情了。只是现在这照片也是事实，杜老板如果不好好处理，小心真的会净身出户。”

“夏总，有些事情咱们可以慢慢商量。三千万，我把照片买下来。”

“照片和 U 盘我都可以免费给您，不过工程尾款您必须付给我。”夏知意很坚持，“我连支票都替您准备好了，您签个字就可以。”

“夏总准备工作做得很充分啊！”杜老板看了看自己公司的支票，无可奈何地摇摇头，签上了自己的名字，“夏总现在总该放心地把U盘给我了吧。”

“不急，还要麻烦杜老板您送我出去。”

“那是自然。”

夏知意和杜老板走到酒吧门口，刚把U盘交出去，几个黑衣保镖就推门而入，将夏知意和张助理团团围住。

张助理见势头不对，连忙护住夏知意：“大小姐，我拦住他们，你带着支票先走。”

他说完猛地挥起拳头。

一时间，酒吧门口乱成一团，夏知意被人推出了酒吧大门，摔倒在地上。

夜色之中，突然出现一束刺眼的强光，伴随着刺耳的鸣笛声，一辆摩托车迎面驶来，卷起一地细雪，众人纷纷愣在了原地。

没人知道刚刚发生了什么，只是看到摩托车驶过，而夏知意安安稳稳地站在了马路边。

她被陆经年紧紧抱在怀里，双手紧紧攥着支票，一双眼睛红通通的，让人心疼。

“对不起啊，我来晚了。”他低哑的嗓音在她头顶响起，“还好你没事。”

陆经年心里一阵无力，不敢想他再晚一秒来会发生什么。

“我不该骗你的，小意，我们和好吧。”

夏知意想着宋之涵同她说的大道理，再看了看眼前满心满眼都是她的陆经年，抬手回抱住了他：“好，之前是我忽略你了。”

两个人在风里抱了好久，夏知意才回过神，收好支票，声音有些软糯：“陆经年。”

他目不斜视道：“嗯。”

“我手好冷啊。”她说着，抬头对上他琥珀色的瞳孔，有些害羞，于是移开了视线。

他不吭声，突然想到了什么一样，一把拉开拉链，把外套脱下来，披在她身上。

他脱了外套，就穿着一件薄薄的单衣，薄得能隐约可见少年结实的肌理轮廓，在下着雪的夜里，简直是回头率百分之百。

夏知意愣愣地穿着他的外套，他衣服上带着他的体温和味道，竟然十分暖和。

她裹着两件厚厚的衣服，重新拥抱他：“原来召唤神龙的设定真的有用啊！”

第十四章
跨次元的爱情旅行

晨光熹微，夏知意早早回到老宅，在管家的带领下进了厨房。

她亲自下厨，反复尝试了好几遍，才做好了专门为爷爷做的粥和小菜。她这才发现，原来做饭不是件容易的事情，她有些心疼陆经年了。

饭桌上，夏镇东看着她做的早餐，心情不错：“我们知意也是会做饭的大姑娘了，以后肯定会找到一个好人家的。”

夏知意静静地挨在他身边坐下，看着他吃完，低声说：“爷爷，对于最近集团发生的事情，我有了新想法。”

“你打算怎么做？”

“南津地产的尾款收回来后，集团运营已经不成问题，只是公共形象这一块，抄袭的帽子不好摘。人工智能研发不是京华的强项，想在短时间内搞出更高质量的新成果来挽回声誉的可能性微乎其微，所以，不如从源头抓起，直接并购澳大利亚的科技公司。”

“你这个想法虽然莽撞了些，但确实可行，爷爷支持你。”

“但这件事情单靠我是没办法完成的，如今姑姑已经去国外了，我想请妹妹回京华一起帮忙。”

夏镇东放下手中的筷子，不动声色地拒绝：“知意啊，集团的麻烦你解决得已经相当不错了，爷爷对你有信心。”

“爷爷到底是希望京华好，还是只把京华当作一份无足轻重的礼物？”

“你怎么会这么想？”

“爷爷知道姑姑为什么会设计这次危机吗？就是为了让您看到她的能力。”夏知意的语调渐渐有了气势，“夏语冰为集团付出的比我多上百倍，她对集团的执着是我不曾有，也不能理解的。为什么不能有一个双赢的局面呢？京华，不该是您筛选继承人的工具。”

夏镇东沉默了，曾经，他将亲生儿子选为继承人，却将能力不凡的女儿当作磨刀石，由此种下恶果。他虽然对夏语冰没什么感情，但毕竟也是孙女，也不希望她步夏澄的后尘。他老了，终有一日要将权力全部交出去。若是能交到夏知意手上，于他而言再好不过，可对京华集团的所有员工而言，他们需要的是一个对集团有信念感的董事长，从这个角度看，或许夏语冰真的更合适。

良久后，他开口：“既然都把决定权交给你了，爷爷就不干涉了。”

冬日的正午，阳光正好，谢助理正懒洋洋地趴在工位上等外卖，一杯热气腾腾的蓝山咖啡被摆在了他的桌前。

他一抬眼，只见夏知意笑眯眯地看着他：“谢助理，最近工作辛苦了。”

她拆开包装袋，将谢助理点的外卖整整齐齐摆放好，一束阳光透过窗户落在她身上，在谢助理眼中，大小姐整个人都显现出了圣母的光芒。

“大小姐，您有事儿直说。”

“谢助理，你联系得到夏语冰吧？”

无事献殷勤，肯定有问题。谢助理内心纠结着，因为担心夏知意会为了他给她的咖啡里加泻药的事打击报复，于是选择妥协：“夏总正在跟乔希诚一起拍戏，就在南津影视城。”

夏知意万万没有想到,她人生第一次正式的探班会献给夏语冰。

南津影视城内，张助理和谢助理各提了几大袋奶茶，分发给剧组的工作人员。夏知意走到夏语冰旁边，看着她穿着一身优雅的碧色旗袍，绾着民国时代的发髻，红唇似火，娇媚一笑，举手投足间，倒是真有几分旧时闺秀的模样。

“咱们俩真的不像双胞胎。”夏知意坐下来，微微一笑，目光清澈如水，“你生得那样好看。”

“好看有什么用？终究没有姐姐那样的好运气。”夏语冰半是讥讽地开口回应。

“我知道你瞧不上我，你不服气我得到了好多你没有的东西。可是，八年之间，你得到了爸爸妈妈全部的爱；我们被人贩子拐走，你跑掉了可我却被抓回去，被恐吓要砍掉双腿，那些时候，我都好羡慕你啊！”夏知意静静地看着她，“其实我们都曾生活在彼此的阴影之下，没必要互相埋怨。”

“所以，姐姐是来跟我讲道理的？”

“算是吧。”夏知意点了点头，“你喜欢演戏吗？”

“不喜欢。”夏语冰笑盈盈地承认。

“这不就成了。你不喜欢演戏，就像我不喜欢经营公司一样。”夏知意眉毛一扬，“那些我们有天分的事情，未必是我们所钟爱的。我这次来，除了讲道理，就是想请你回去当京华的总裁。”

“你甘愿放弃？”

夏知意眉眼弯弯，笑得轻松自然：“你在外面闯荡了十六年，还能荣耀归来，这妥妥的主角光环我可没有。”

记忆如一团雾气弥散，夏语冰恍惚间想起了过去种种，她一直都是在爸爸妈妈呵护下长大的孩子，她早早地就把自己当作父母心目中的最佳继承人。京华集团原本的继承人就是她父亲，父亲去世了，这一切就交给她来守护吧。没想到，阴错阳差，她会离家十六年，而她的笨蛋姐姐却在这十六年间享受着本该属于她的一切。她不甘心，她害怕夏知意会搞砸父母留下的一切，所以她才会处处与夏知意争抢。

“就算你放弃，爷爷会同意吗？”

“爷爷说了，他不会干涉。”夏知意抬起一只手，“我发誓，我没骗你哦。”

夏语冰打量着夏知意，想从她那双小鹿眼中找出些许算计，可她眼里除了自己的身影，什么都没有。

夏语冰斟酌片刻，点头道：“我答应你。”

从片场回来，夏知意迅速召开了记者会，宣布权力让渡的事情，恢复了夏语冰京华集团总裁的身份。

有记者问道：“夏小姐，你让出总裁的位子后有什么打算吗？”

夏知意想做的事情太多了，心无旁骛地画漫画、回家跟宋之涵一起追剧、陪陆经年过元旦……千言万语，最后还是总结成了一句话：“当然是努力生活啊！”

卸下了总裁的职务，夏知意的生活轻松了许多，只不过陆经年却在元旦那天毫无征兆地病倒了。

夏知意在接到陈念的电话后匆匆赶到陆经年的家，给她开门的是赤松子。

夏知意心里泛起不安，急切地问道：“他人呢？”

“在卧室。”

陆经年躺在床上，纹丝不动，长睫垂下，遮住了好看的眼，面色苍白，嘴唇干涩，呼吸微弱，整个人过分安静，好像失去了生命的气息。

她是第一次看到这样的陆经年，突然有些害怕。

“怎么会这样呢？”她艰涩地开口，声音前所未有的沙哑。

“因为他把灵珠给你了啊。”赤松子小声解释道，“灵珠是他神力的凝结体，把它放在你身上，他就可以在你最危险的时候出现。可是，送出了灵珠就相当于送出了他自己的魂魄，要付出很大代价的。他这么做都是为了能时时刻刻保护你。”

“可他把灵珠送我之前，每一次危难关头也准时出现的啊！”

“那是因为之前你们身上有绑定的契约关系，他能够随时感知到你的状态，任务结束后，契约就失效了。”

“没有了灵珠会怎么样？”

“会慢慢消失吧，我哥哥是天生的神明，就算要消失，等待的时间也极其漫长，也许是三十年，也许是四十年。他说，留在人间陪你，足够了。”

“那他现在怎么会这样？”

“大概是最近触犯禁制的事情做得太多了。”

夏知意这才知道，是她把一切想得太简单了。她以为陆经年是不伤不灭，无所不能的神仙，所以对他的陪伴习以为常，对他的帮助心安理得，她从没想过将来会怎样，也不知道他身上还有这般束缚。

“知意姐姐。”赤松子叫得有些别扭，“之前他装病的事情都是我怂恿他做的，你不要生气。”

“还有我。”陈念从卧室门口探出头，“知意姐，其实老陆真的好爱你，他家的装修，全都是按你喜欢的风格设计的。”

经陈念提醒，一门心思都扑在陆经年身上的夏知意这才注意到他家里的变化，跟记忆里的样子大相径庭。

她看到了暖色系的窗帘，阳台上的秋千，沙发上的可爱抱枕，还有鞋柜边的拖鞋。她突然有些后悔，之前不该跟他吵架的，吵架这种事，太浪费时间了。

“是不是我把灵珠还给他，他就会好起来？”她问。

“按理说是这样，不过，他可能要缓几天才会醒过来。姐姐，这几天你留下来陪着我哥哥好不好？我哥这个人特别轴，这回他是铁了心要放弃永生，要留在人间陪你的。”

夏知意的动作顿了顿，于情于理，她都该留下的。可她跟夏语冰说好了的，元旦过后，就飞去墨尔本谈并购案。如果工作顺利的话，最快也要过完年才能回来，定好的计划不能更改，陆经年对她来说很重要，可她也不敢拿整个集团的利益开玩笑。

她说：“我明天要出国工作，陆经年还要麻烦你们多照顾了。”

陈念表示理解：“知意姐，你放心去吧。”

“什么叫麻烦我们多照顾？”赤松子不依不饶，“你知不知道，我哥哥为了你触犯了多少次天规，遭了多少次天劫？如果你把灵珠还给他，他可能过个三五天就醒了，你就不能多等等吗？一切说到底都是因为你……”

“知意姐，小孩子乱说话，你别放在心上。”陈念将赤松子拎到一旁，“老陆如果醒着，肯定会陪你去的。你放心去吧，现在通信工具这么发达，我们保持联系就好。”

陈念说完，拖着赤松子离开卧室。

室内灯光明亮得像一个童话梦境。夏知意摘下了陆经年送的项链，小心翼翼地为他系上，她抿着嘴看他，回忆着他们相识以来的种种经历，在心里叹气：眼前恰巧长成了她喜欢的样子的男人，原本也是明朗如月的少年，他坚定地陪着她从默默无闻走向繁花似锦，可是，她都没有好好珍惜过他。

手机响了一遍又一遍，终于，在黎明时分，她按下了接听键。

“大小姐，我们该出发了。”

她抚过他的眉眼：“陆经年，对不起，这一次，我又顾不上你了。”

她离开了他为她营造的城堡，门关上时发出轻微的声响，转瞬又归于平静。

南津市机场，夏知意收拾好行李排队登机。她想着要不要在飞机起飞之前给陆经年打一个电话，哪怕他接不到，跟陈念问问他的消息也是好的。可惜直到乘务员小姐提醒她将手机调为飞行模式的时候，她都还在犹豫。

她不想给陆经年增添任何负担了，自己一个人同样可以很强大。

1月份的墨尔本，天气晴朗温暖，阳光穿过层层绿荫星星点点地落在城市一角。巴比伦风格的大街上，建筑、树木、飞鸟像是组成了一幅慢镜头下徐徐展开的画卷，空气里还弥漫着浓郁的咖啡香。

夏知意下飞机后，来迎接她的是京华集团墨尔本分公司的总裁钟逸。他单手插兜，笑得一副风度翩翩的模样：“大小姐亲自来墨尔本，我们的胜算又多了一分。”

夏知意没跟他客气，在去酒店的路上，直奔主题，了解了澳大利亚科技公司的发展情况。

这家以人工智能程序为主要开发领域的公司确实存在着巨大的升值潜力，全球想吞下这家公司的人不在少数，远了不说，国内几家知名集团为了并购成功，已经在墨尔本唱了几个月明争暗斗的戏码。而京华集团最强劲的对手，便是美国 DM 集团。

夏知意听过他的报告，一直在心里盘算着对策。到酒店的时候，她抬手看了看时间，正是中午 12 点，燥热的空气里弥漫着浓浓的海腥味儿。

可惜，明媚的景色并没有点亮她的心情。

她下了车，酒店门口有人在等她。那是一个二十出头，戴着眼镜的年轻男人，他笑着说：“大小姐好，我是公司派来协助您工作的助理，我叫 Simon（西蒙）。”

他说着，弯腰接过她手里的箱子。人离得越近，夏知意越是有种熟悉的感觉，可哪里熟悉又说不清，大概是眼前人与陆经年年龄相仿，身高相似吧。

安顿好一切，Simon 很客气地问道：“大小姐中午想吃什么？我吩咐厨房安排。”

“不麻烦了，我入乡随俗啃个三明治就好。”

因为此前科技研发部技术专利外泄的事故就是出在墨尔本，夏知意对分公司的员工并没有多信任，也不想过分亲近。

打发走了 Simon，她匆匆啃了个三明治，换上了备用机，打开电脑，强迫自己投入到工作中，这样就不会胡思乱想。可没多久，她发现有些事情单靠自己是无法完成的，万般无奈下，她将 Simon 喊了进来。

“大小姐有什么吩咐？”

“麻烦你帮我去查一下国内几家集团代表的详细资料，顺便替我安排跟这些人的见面。”

Simon 的办事效率很快，不到一天的工夫，就整理出了精细的资料卡和日程表。

夏知意埋头制定并购方案，完成工作的时候，已经是深夜了。

Simon 窝在客厅的沙发上打盹儿，不知道他等了多久。

夏知意随手拿了条毯子替他盖上，完了才反应过来她刚刚做了什么。不过盖都盖了，再扯下来，似乎更尴尬，算了，全当照顾弟弟了。

一连两星期，夏知意都沉迷于工作不可自拔，她在 Simon 的陪同下，与国内几家集团代表走动，提出联合意向，表明互补互利才是这次胜出的关键。最后一轮并购会议顺利举行，面对外方代表的轮番发问，她回答得游刃有余，从容不迫，俨然成为并购案的最终赢家。

变故发生在除夕那天。

夏知意签完合同回酒店的时候，窗外已经有了点点星辰。她走进厨房给自己冲了一杯提神醒脑的花草茶,端着杯子在房间里闲逛，活动筋骨，然后又来到了露天阳台上。

墨尔本不比国内，入夜后的市区很安静，少了车水马龙的喧闹与繁华，容易勾起失眠旅人的胡思乱想。

两周过去了，陆经年应该醒了吧。他现在在做什么呢？他会不会生她的气？她要怎样跟他解释呢？

犹豫了很久，夏知意还是打开了上锁的抽屉，想要换上国内的手机，却在打开抽屉的瞬间，目光微不可察地缩了缩。

她摆在抽屉里的漫画草稿页码乱了。

这房间有人来过，她心思深沉，一下子就猜到发生了什么。可她还来不及反应，就昏昏沉沉地晕了过去。

那杯花茶有问题！

夏知意醒过来的时候，是在一间白色房间内，不远处还躺着昏迷不醒的 Simon，和她一样被铁链锁住。

看到眼前站着的人竟然是钟逸，她了然地笑道："我原以为你是我姑姑的人，看来是我把你想得太简单了。"

"大小姐说哪里的话，我本来就是 DM 集团的一员，自然要为集团办事。跟夏副董合作都是权宜之计，只为了给集团减少一个竞争对手而已。"

"不过是一家小科技公司，值得你们这样争抢？"

"大小姐恐怕没有仔细了解 DM 集团的核心业务吧。"

夏知意记得，她查过的资料里只说 DM 是一家以电子信息技术起家的集团，并没有什么特别。他们执着于澳大利亚科技公司，究竟看重的是什么？夏知意思量许久，也没有答案。

钟逸主动解释道："是芯片，可以植入人体的那一种。澳大利亚科技公司将是我们第一批人工智能芯片的试验场。"

夏知意没想到自己不过是来拯救集团财务危机，居然还能碰上这种反人类组织。她提醒道："钟逸，谈生意都是各凭本事的，如今合同已经签定，你绑架我没有任何意义。”

“大小姐，这是墨尔本，我们有的是办法封锁消息。我跟了你好些天，你都没联系过家里人，他们也不联系你，那么，如果你出事了，合同作废。等他们发现你，至少是一个月以后，那时DM集团已经宣布并购成功了。”

夏知意听着，脊背发凉。

“大小姐，之前派人去你房间翻印章，却一无所获，眼下不知道你愿不愿意签一份合同转让书呢？”钟逸一边问，一边将手中的匕首拔出，紧紧贴在夏知意的脸上。

“她不会签的。”Simon从地上爬起来。

“这门外都是保镖，年轻人做事情可别冲动啊！”钟逸连一个眼神都不屑于给他。哪知道，Simon戴好眼镜后，一步一步走了过来。

钟逸皱紧眉头，诧异地问道：“你怎么打开铁链的？”

Simon神色冰冷：“你不需要知道。”

钟逸看着他一步一步向前走来，瞳孔紧缩，将匕首抵在夏知意的脖颈处：“你别过来。”

“好，我不动，别难为她。”Simon听话地停住了脚步。

钟逸对着衣领前的麦克风低语：“全都进来。”

一时间，七八个带枪的保镖冲进屋里，将枪口齐刷刷地对准Simon。

钟逸收起匕首，看向夏知意：“大小姐，你是要保合同，还是要保这个人的命。”

夏知意嗓子一紧，一时间发不出声音：“我……”

Simon不耐烦道：“都跟你说过别为难她了。”

下一刻，夏知意眼前一黑，只听到“砰砰砰”的一阵枪响，空气中有血腥气味蔓延，之后是一片死寂。

“Simon！”

她挣扎着向 Simon 的方向爬去，突然被一双温热的手握住，有熟悉的声音响在耳畔。

“小意，别怕，没事了。”

“原来是你啊！”夏知意心里的积雪顷刻消融，她在他怀里，呼吸声渐渐平稳下来：“陆经年，我想看看你。”

他抬手抚上她的长发：“现场太乱了，我们回家再看。”

刚刚他动用法力的一瞬间,想到的唯一一件事就是遮住她的眼。

没多久，当地的刑警赶了过来，救护车也到了现场。

地上倒着七八个持枪的匪徒，一个满身是血的男人怀抱着一个昏睡的女人，阳光照着他的脸，有些冷。

陆经年跟警方交代了事情的来龙去脉，将睡着的夏知意抱上救护车，他说：“拜托你们先把我女朋友送回酒店。我这副样子，会吓到她。”

夏知意是在大年初一将签定好的合同扫描发给夏语冰的，这一趟墨尔本之行，她不但成功完成了并购案，还顺便捣毁了一个反社会组织，她也算对得起京华集团了。虽然在记者会上，夏语冰依然一句也没有提到她的付出，但是一想到从此可以安安心心做自己想做的事，她还是颇有一种即将大隐隐于市的快感。

她终于可以省下所有时间去陪陆经年了。

她推开酒店的房门，坐在他身边。他躺在床上，唇色苍白，眼睛闭着。

医生说他失血过多，可是血库里找不到匹配的血型。不过他的身体确实在慢慢恢复中，医生问她要不要选择住院，她想了想，为了陆经年不被人当作怪物，还是将他接回酒店照顾。

只是他这一次的伤好得极慢，似乎比普通人还恢复得慢很多。

夏知意照顾了他三天，也不见他有苏醒的迹象。

1 月中旬，墨尔本正是和煦的夏日，一日风吹动窗帘，夏知意迎来了一位客人。

她打量着眼前的年轻女孩，好半天后开口："齐葭？"

"记性不错啊，小姑娘。"齐葭笑着点头，径直走进陆经年的房间，看着病床上的他，蹙眉道，"哎哟，小陆儿还真是不要命啊！"

"他有危险？"夏知意瞬间紧张起来。

齐葭摆摆手："人间的武器是杀不死他的，只不过他这回又不听话，乱用法力，还背了七八条人命，每一道天劫都够他受的了。"

"您能救他吗？"

"我会救他的。"齐葭捏了捏陆经年的脸，"倒是你，我想知道你是怎么想的。"

"我？"夏知意没明白她的意思。

齐葭解释道："小陆儿是我看着长大的小侄儿，他从小就是个省事儿的，有事也不说，一个人默默想法子解决，从不麻烦别人，也不会让别人担心。他这辈子唯一一次到月老庙麻烦我，就是为了你。

"他是花神姐姐唯一的儿子，漫漫仙途一向肆意洒脱，他在人间两百年，之前从没有受过一次天劫，可遇见你之后，似乎把之前两百年的劫数都补上了。他明知道留在人间会失去我们，明知道丢掉灵珠就会有生命危险，可他还是这样做了。他一直都在努力向你走来，从不会让你为他做出选择，因为他其实害怕你会不选他。

“所以，夏知意，你会选择他吗？”

窗外传来轻微的蝉鸣声，夏知意恍惚想起初见陆经年的时候，他双眼亮晶晶看着她的模样。

宋之涵跟她分享过爱的定义，可她从未想过爱是什么。过去，在她渴望爱的年纪里，所有的渴望都变成绝望。后来，她便将自己包裹，不去选择，就不会被放弃。可如今，她终于相信了，这世上真的有一个人，爱她胜过爱生命。

她红着眼眶，握住了陆经年的手：“我会选他的，只要他好。”

第十五章 童话故事没有结尾

Jingnian zhiwoyi

陆经年是在齐葭走后的第二天醒来的。

他一睁眼就发现自己微凉的手被夏知意紧紧握着。她还没有醒来，看起来像是累坏了，他抬手去整理她鬓角的头发。

夏知意似有所觉，睁开了眼睛，看到陆经年醒了，骤然湿了眼眶。她撑起身子，声音很细：“陆经年，还疼不疼啊？”

他看着她，努力笑着：“我没事，一点儿都不疼。”

夏知意小声道：“有件事，我还是想和你说清楚啊。元旦那天，我走得太着急了，你心里一定很不舒服吧。对不起，我不该丢下你的。”

“你没有丢下我。”陆经年摸了摸她的头，“我也没有生气。”

“那你为什么扮成 Simon？你宁可扮成 Simon，都不跟我相认，一定是生气了。”

“这是你拼尽全力想做成的事啊。”陆经年低声坚定地道，“我怎么舍得打扰到你。”

他担心她会分神，所以才扮成另一个身份默默守在她身边，多周到又让人心疼的考量啊。夏知意扑进他怀里：“陆经年，我爱你。无论以后发生了什么，请你一定相信我爱你。”

窗外夏花开得灿烂，他回抱住怀里的女孩，眉眼尽是笑意：“夏夏，我也爱你。”

之后的一个月，他们在澳大利亚补上了那些曾因工作而错过的约会。他们宅在酒店里打一整天的游戏，坐车去大洋路迎着海风看了十二门徒，在菲利普岛的小木屋里等待企鹅归巢，在森林小火车上听彼得兔的故事……

回国的前一天，墨尔本下起了雨。夜里，骤雨暂歇，夏知意和陆经年一人捧着一杯奶茶，坐在雅拉河边的长椅上吹风。奶茶是夏知意问过宋之涵后去超市采买原料自己做的，说是要感谢陆经年对她的照顾。

“我还有件礼物想送你。”夏知意拿出了一沓手稿，“漫画的结局，我画好了，网站那边有要求，估计还要连载一段时间，先把这本线稿版的大结局送给你。”

“你这是？”陆经年接过她手上的绘本，惊喜中又透着一丝不安。

“陆经年，我们明天分开走吧。你……”夏知意轻声说着，顿了顿，“我想给你一个选择。”

陆经年一时愣住：“我已经选好了，不会改变。”

她叹了口气，神色平静：“你昏迷的时候，我想了很多，现在我们走在街上，还是般配的情侣；再过五年，就会被人认作姐弟；再过十年，或许就会有人以为我们是母子，我知道你不介意，可我会。我不要你抛弃你拥有的一切，只为了陪我短暂的一生。之后没有我的日子，你该有多难过啊！”夏知意抬眼，严肃道，“如果真的不能在一起，那我选择放开你，只要你好，就够了。”

陆经年拽住她的手腕：“我没闹，我有办法为了你变成普通人，我们就这样平平淡淡地过一辈子。”

夏知意没挣开他，过了很久，轻声说：“你要是后悔了，该怎么办呢？”

“我不会后悔的，夏夏，我们一起回去好不好？什么都不会变，你相信我。”

两个人就这样僵持着，最后，还是夏知意先妥协：“我们明天如果能在机场相遇，就当什么都没发生过，然后一直在一起。”

被雨水冲刷过的夜晚总是格外清凉，雅拉河边的风呼啸而过，河面上倒映着斑斓的灯光。

良久，陆经年笃定地说：“好，明天，机场见。”

次日，陆经年知道夏知意肯定会早早溜走，特意配合她在卧室里睡了个懒觉。作为一个神仙，想在人潮汹涌的机场找到她简直是轻而易举。

他慢悠悠地走去洗手间，洗漱的时候，有人敲门，“咚咚咚”，敲门声不急不缓。

他走去开门，映入眼帘的，是个仪表堂堂的中年男人。

陆经年看见他的瞬间握紧了门把手，愣了半晌，开口说道：“父亲，好久不见。”

他没有想到，九重天上的父亲会为了他的事情，特意来人间一趟。

天君打量着他，随即道：“在人间待了两百多年，也该回家了吧？”

“我想留在人间。”陆经年没有拐弯抹角。

“可这里不是你的世界啊！”

陆经年思量许久，解释道：“父亲说得对，这里不是我的世界，可我在这里待久了，有了想要守护的人，自然而然地，就融入其中了。人间充实的生活让我不再沉溺过去，那些神界的记忆，已经久远得仿若前世，我只想珍惜当下。”

“你觉得在人间的生活轻松，是因为你身上有神力，还有漫长的让你挥霍不尽的岁月。倘若没了神力，你连自己都保护不了，如何保护得了别人？”

陆经年平静的目光没有一丝波澜：“虽然失去了掌控未来的能力，但是能够在人间积极努力地活过短暂的一生，在儿子看来也是一种幸运。”

“假如你没了神力，不论以后，且说今日，你绝对找不到她了！”天君看着无比固执的儿子，无可奈何地摇了摇头，“如果你今日失约了，她可未必会等着你。”

“终会见到的。”陆经年很肯定。

“开弓没有回头箭，你真的想好了？”

陆经年目光明亮，笑意温柔，他说：“遇见她以后，我开始惧怕时光漫长。”

机场人来人往，夏知意安安静静地坐在候机厅里，时间一分一秒流逝，陆经年却迟迟没有出现。

看来，他做出选择了，真好。

夏知意深深吸了一口气，揉了揉酸疼的双眼，最后看了一眼登机口前空荡荡的座位，扯出一个微笑，独自登机了。

这时候，手机上却跳出一条时事新闻：雅拉河附近的酒店门口发生了一起车祸，一名二十岁左右的亚裔男子身受重伤，被救护车送往医院。

新闻图片中，担架上的男子浑身是血，穿着跟陆经年一样的格子衬衫，还有着一样的黑色短发。

夏知意心慌了，脸色瞬间白得就像刚从惊悚片场出来一样。

她来不及多想，解开安全带，硬是在舱门关闭前下了飞机，然后叫了车，一路奔向酒店的位置。

原来，真的放不下啊！

当日，她因“扰乱墨尔本机场秩序”再一次上了热搜。

第二天，机场 VIP 休息室内，夏知意从噩梦中骤然惊醒，看着眼前的夏语冰愣了一秒，问道：“你怎么来了？”

“还不是怕你被扣下，影响我们集团的形象。”夏语冰一脸嫌弃，“你好歹也是京华集团的前总裁，都二十六岁的人了，怎么还能干出十几岁小姑娘才干的事情？还好我是在新西兰谈生意，不然还真赶不过来。”

夏知意被她说得噎住了，委屈巴巴地撇了撇嘴。

“对了，那天受伤的人不是你要找的，我已经派人去查陆经年的下落了，但是没有消息。”夏语冰继续道，丝毫不觉得自己语气冷漠，“你也别太在意了，眼下集团的危机平稳度过，你还是京华的掌上明珠，好姻缘多的是。”

夏知意忍不住哽咽：“没有了，以后都没有了。”

她哭着哭着就冒出一个鼻涕泡，夏语冰嫌弃地递给她一包纸巾。

这时候，谢助理的电话打来了。

“总裁，今天有两三家报社都来问我们墨尔本的事情，您打算怎么办？”

夏语冰平静地吩咐：“就说京华已经成功完成了年前制定的收购计划。这段时间为了保证计划不受干扰，散播了很多不实消息，给大家带来了压力，实在不好意思，其他的等我回去再做回应。”

“我明白。那您什么时候回来？”

“下午 4 点钟的飞机，明天就回。”夏语冰想了想又问，“公司没问题吧？”

谢助理打开记事本认真汇报公事，夏语冰很满意：“我不在公司的这段时间辛苦你了。”

“不辛苦，不辛苦。”谢助理被表扬后心情很是愉悦，不经思考地说，“对了夏总，您不在的这段时间，乔希诚还来过几趟公司，他说他很想您呢。”

说完，他才反应过来，心里咯噔一下，觉得自己多嘴了。夏语冰不是那种平易近人的上司，从前自己对她向来是恭恭敬敬，不敢轻言工作以外的事情，今天也不知怎的就说出了口。

夏语冰显然没料到他会说这个，片刻才很随意地回：“哦？”

谢助理心下揣摩总裁大人这个“哦”字，觉得应该是很有兴趣，让他继续说下去的意思，暗暗松了口气，连忙把这半个月以来乔希诚每天都在替公司免费公关的事情和盘托出。

夏语冰听后，沉默了好一会儿，波澜不惊地问道：“那你觉得我该怎么办？”

曾经不小心当过吃瓜群众的谢助理只觉得周身都被高压笼罩，压力越来越强。

“如果是我的话……”谢助理支支吾吾半晌，咬牙道，“应该，也许，可能会见上一面吧。”

午后的阳光穿破云层，映着夏语冰精致的脸庞，她看着在身边一把鼻涕一把泪的夏知意，想着，这就是前车之鉴吧。

从前，她一直以为，她和乔希诚只是在人生旅途中碰巧结伴同行过一段路，之后就会各奔东西，各自幸福。如果有人赖在假象中不走，那他就是傻瓜。可后来，他还是会为了同她的约定回南津开演唱会，会在她声名狼藉的时候让她出演自己电影的女主角……所以啊，如果有个傻瓜撞了南墙也不回头，他这份毅力应该也值得奖励一颗糖。

她沉默了很久，点点头：“那就见一面吧。”

夏知意回国的那天，宋之涵早早地等在机场，见到她的第一句话就是责备：“你真是吓死我了，飞机舱门都要关了，还敢往下冲，多危险哪！”

“宋宋。”夏知意看着宋之涵，张开双臂，一双眼又湿了，“受伤的人不是他……他不见了。”

宋之涵抱住她，安慰道：“夏夏不哭，这个不见了，以后咱们还会遇见更好的。”

夏知意在她怀中拼命摇头：“没有以后了。”

回到家里，她才发现，宋之涵身旁多了一位叶景弦。

“你们在一起了？”

“嗯。”

前天宋之涵在热搜上看到夏知意的时候，一心想着请假飞去墨尔本，没想到当日黑云压城，妖风怒号，鹅毛大雪从天而降，没一会儿就在地上积了一尺厚。

她不但没去成机场，还被困在了叶景弦家里。而叶小公子就在这两天时间里用自己超强的行动力打动了宋之涵，晋升成她的男朋友。

“不过，你放心，我还是会陪着你的。”宋之涵信誓旦旦。

“你放心大胆地谈恋爱去吧，不用天天陪着我。”夏知意渐渐找回了理智。

“我不要。”宋之涵摇头。

“你这样搞得我在叶景弦面前像个反派，多不好。”夏知意装作无所谓地说，“其实我也想明白了，这世间万物其实都是萍水相逢，没有什么人是不会散的，能抓住的时候，就要紧紧抓住，这样才能不留遗憾；如果抓不住，那也是命运使然。”

宋之涵不忍心戳破她的伪装，从包里掏出一张机票：“既然想明白了，那这个我就不用替你保管了，是顾回舟让我给你的。”

“塞维利亚？”夏知意念出了机票上的目的地。

“他要出国拓展新业务了，估计短时间内不会回来，前阵子听说了你的事，托我把机票交给你。你如果乐意，可以跟他一起去国外散散心。”

夏知意接过机票没说话。

宋之涵赶忙解释说：“我真的没被他收买，就是觉得你换一个环境也蛮好的。”

“我明白。”夏知意眉眼弯弯。

“那你明天会去吗？”

“谁知道呢？”

顾回舟去塞维利亚的那天，机场外的天空一尘不染，干净得让他心里有些混乱。

夏知意带着机票来了，可她只是来给他送行的。

他问："留在这里等一个等不到的人，值得吗？"

"谁说我在等人啊？"夏知意狡辩道，"我每天画漫画也很忙的。"

"你确定不跟我一起？"顾回舟嘴角噙着一丝笑意，依然是玩世不恭的模样，"过了这个村，就没这个店了。"

夏知意摇头："毕业太久，西班牙语忘得差不多了，不想去国外丢人。"

"这样，也好。"顾回舟没再强求，拉着行李箱过了安检。

"顾回舟，一路平安！"在安检区外，夏知意高声喊道，她挥着手，不带遗憾地与他告别了。

顾回舟没有回头，他曾让怨怼铺满了她的整个青春，如今他真正爱上了她，却爱而不得，也公平得很。

送别了故人，夏知意退掉了出租公寓，搬去了陆经年之前送她的房子，渐渐适应着一个人的生活。她适应得很快，也没再给别人添麻烦，日常就是吃吃喝喝，画画漫画，向陈念打听陆经年的消息，在宋之涵和叶景弦结婚后还接收了叶景弦家的狗。

唯一和从前不同的，大概是无论要绕多少路，她都没有再经过护城河。因为她心里清楚，掉下去，再也不会遇到她的河神了。

她就这样一个人生活了一年，整整一年时光，她没见过陆经年一面，也没有他的一丁点儿消息。好在现在的她已经学会了忍受磨人的思念，只是偶尔会忍不住对着那个许久没人回复的微信发牢骚，每次都是同样的一句话——

“喂！陆经年，从明天开始我就不喜欢你了。”

一日，比萨贪玩咬坏了她的画笔，害得她被编辑误会恶意拖更，她气得把比萨关到了阳台上。

墙上的时针指向5点，她终于画完了最后一笔，赶在最终期限之前交了稿。

交完稿子，她饥肠辘辘，给自己泡了杯泡面后，突然想起了被关在阳台的比萨。

她打开阳台门，只见它生无可恋地趴在地上，耍起了小脾气，好似被虐待了一般。

夏知意赶紧给它的碗里倒满了狗粮，又加了一大罐牛肉罐头，待比萨吃饱喝足后，拴上狗链，主动领它出门遛弯。

刚走到门口，她接了个电话，就在一晃神的工夫，叛逆的比萨就挣脱了她的束缚，一溜烟跑开了。

她把宋之涵和叶景弦的“女儿”弄丢了！

一旦接受了这个设定，夏知意感到无比恐慌，乱了分寸，匆忙绕着小区寻找，连被晚风吹乱了头发都顾不上了。

陆经年家的小区很热闹，小广场上挤满了男女老少。

只见绿草茵茵处，比萨正扒在一个男人的腿上嬉戏。

那人戴着棒球帽，背着身子，虽看不到容貌，但身材很是不错。

夏知意赶快跑过去蹲下来，一把将比萨抱住，苦口婆心地教育道：“这位少女，跟你说过多少遍了，不要看到个帅哥就往上凑，这样我很没面子的。”

她说完，打算站起来跟那个路人说声抱歉，却在抬眸与他对视的一瞬间愣在原地。

晚霞绮丽，洋洋洒洒地笼罩在那人身上，好像为他镀上了一层绚丽的光芒。棒球帽下是陆经年的脸，那琥珀色的眼瞳里，装的是她过目不忘的色彩。

夏知意霎时松开了手，缓缓站起来。

她再也掩盖不住自己的情绪，眼睛里渐渐蒙上了一层水雾。

“小意。”陆经年向她张开了双臂。

见她怔着不动，他长腿迈过去，把女孩拥入怀里，不用她开口，就一一解答了她心中的疑问。

他的声线一如既往的温柔：“久等了。”

“你来得太晚了，我已经发微信告诉你，我不喜欢你了。”夏知意推开他，两人保持了一步远的距离，一缕霞光落在她脸上，气嘟嘟的样子显得过分可爱。

陆经年笑了笑，目光温柔又缱绻，在她沉浸其中的时候，忽而凑到了她的背后，下颌轻轻落在她肩头。这一刻，她的心跳仿佛漏了一拍。

他一如既往好脾气地哄她：“那我们重头来过，好不好？”

“才没那么容易呢！”她气呼呼地抱起了比萨，脸颊泛着淡淡的红，略显挑衅地望着他，“你太久没发言，已经被我的粉丝会开除了。我现在可红了，这一次，你除了打动我和我的粉丝，还要打动我的狗，它可娇气了，你可以吗？”

突然，一道忍俊不禁的笑声绽开，带着十足的宠溺。

他伸出手轻抚过她被风吹乱的头发，漫天霞光下，眼底的笑意渐渐荡漾开来，带着对未来的无限期待："当然可以，那是我的荣幸。"

此去经年，只要是你，一切都可以。

【全文完】

番外一

天君的千层套路

Jingnian zhiwoyi

九重天上，最近齐葭有些烦恼。

天君有事没事就往姻缘阁跑，美其名曰视察工作，搞得她都不好意思光明正大地玩斗地主了。

“哥哥，上个时辰不是才来过吗？”她冷着脸不耐烦地望向他。

“我看你一个人也无聊得很，不妨一起叙叙旧。”天君说着，在她身旁坐下，开始没话找话。

齐葭眨了眨眼：“算一算，小陆儿和夏姑娘就快成婚了，哥哥可是惦记他了？”

天君背过手去：“放弃神籍的儿子就是泼出去的水，我惦记他做什么？”

“既然你不惦记，那我就带着赤松子去人间凑热闹了。”

“哼。”天君高冷地扭过头，“这么大年纪了，还不守规矩，也没个止形，哪里有做神明的样子，还带坏小辈。”

“那你就守好你的规矩。”齐葭嘲笑道，“到时候，千万不要偷偷跟过来啊！不然会被嘲笑的。”

清晨的露水还没消散，夏知意从床上爬起来，翻出几天前刚刚拿到的小红本看了又看，脸上挂着笑。明天就是结婚的日子，依照风俗，她暂时跟陆经年分开了，住回了老宅。比萨扭着翘臀走到她跟前，毛茸茸的脑袋蹭了蹭她的腿，她微笑回头，继而大叫一声：

“啊！”

“大小姐，出什么事儿了？”管家闻声赶来。

夏知意指了指比萨嘴里那白乎乎的玩意儿：“有老鼠！”

管家找了个玻璃杯，将老鼠罩了起来。

夏知意这才松了口气，坐回沙发上，揉了揉比萨的脑袋：“你怎么叼回来一只大白鼠呀？你要记得自己的身份，你是柯基，不是猫咪。”

“大小姐，这老鼠怎么办？”管家摇了摇玻璃杯。

“直接处理掉就好。”

这时候，一个陌生男子的声音冒了出来：“姑娘别冲动，有话好好说。”

夏知意问道：“你在讲话？”

管家摇头，表示自己没有发出任何声音，也没听到什么声音。

那个声音继续说：“是我啊！是我啊！我是陆经年的远房亲戚，听说你们要结婚了，就特意来看看。”

原来是那只大白鼠。

陆经年的亲戚她虽然见过不少，但是也不知道扮成老鼠的这位又是哪路神明？

她拦住了管家：“先把杯子放下吧，我自己处理。”

“好。”管家不疑有他，放下杯子，关门离开了。

她说：“陆经年这两天应该都在家里筹备婚礼，不跟我住在一起，你要找他的话，我把地址写给你。”

“不能让他见到我！”大白鼠有些激动。

夏知意皱了皱眉：“为什么呀？”

“实不相瞒，我跟他之间有些过节，虽然过去几百年了，但这样见面总归有些尴尬，我不过是来凑个热闹，看看到底是什么样的姑娘能让他心甘情愿留在凡间。”

思绪灵敏的夏知意显然不相信他的解释，只见她眸子漆黑，嘴角上扬：“现在见到了，应该没别的事情了吧。如果你忘了怎么出去，我不介意让管家送你走。”

大白鼠岂能受到凡人的威胁，它吹了一口气，一张纸出现在夏知意面前，上面的字体发出金色的光芒。它冷冷地说道：“如果你不收留我，我就把陆经年的生死簿撕碎。”

生死簿是凡间生命存在的见证，在新生命诞生之际出现，在生命衰败凋零后消失。陆经年放弃了神明的身份，用千万年的漫长光阴凝结出了一张生死簿，这才能够以普通人的身份陪在她身边的。

能拿到生死簿，看来对方来头不小，应该是个低调的大神。

“您别激动，有话好好说。”夏知意头一次体会到了被人捏住软肋的感觉，忙不迭地点点头。

“你帮我重塑一个体面的真身吧，我参加完你们的婚礼就会离开，绝不打扰。”

“没问题。”

陶吧体验馆的 VIP 教室内，夏知意捏着黄泥巴，偷瞄了一眼坐在一旁叼着吸管喝咖啡的大白鼠，揉出了一个圆脸的模样。没多久，她扬扬得意地将手里的成品摆到他面前，开心地问道：“怎么样？”

大白鼠扫了她做的“胖老鼠”一眼，嘴角一抽：“重做！”

夏知意嘟囔着：“这不就是一模一样的吗？”

“白老鼠是我来凡间随便幻化的替身，你得实事求是。”他说完，头上渐渐冒起一缕青烟，烟雾之中隐约看得到一个人的形象。

那是个中年男人，可是一点儿也不显老，年纪大的男人，长得帅有魅力的叫大叔，没魅力的叫大爷，这烟雾中的形象显然属于前者。再仔细看看，夏知意隐约觉得这位大叔长得跟陆经年有些相像啊！

“你真的是陆经年的远房亲戚？”

“千真万确。”

“我怎么觉得你像他父亲呢？”

“你绝对看错了。”

青烟散去，那人形不见了，眼前只剩下一只沉迷在“开心消消乐”中不可自拔的白老鼠。

夏知意没有受到游戏配乐的干扰，安安静静地重新捏了一个模子出来，递到大白鼠眼前：“这样可以吗？”

大白鼠抬起头，一脸惊艳的表情。

那个小小的泥雕，栩栩如生地表现出他的模样。他抱住和自己比肩高的小泥人，激动地说：“这才对啊。”

“那你可以把生死簿还给我了吗？”

“拿去，拿去。”

夏知意腹诽道：这跟陆经年嘴里提到过的父亲绝对不是一个人。

烧好小泥人，已是傍晚。

夏知意没想到夏镇东会亲自来给她开门：“晚上想吃什么？爷爷给你做。”

“不用这么麻烦的。”夏知意习惯性地客气道。

夏镇东坚持道：“想吃什么？爷爷的手艺很好的。”

夏知意心里有些暖：“您做什么，我吃什么。”

夏镇东想了想：“那吃金汤肥牛、麻婆豆腐吧，待会儿我去买菜。”

她拉住他：“我陪您一起。”

菜市场离小区并不远，过去的路上，夏镇东问：“真的想好了？过了今天，反悔就不容易了。”

夏知意点头：“我觉得嫁给他挺好的。”

夏镇东忍不住用手指点点孙女的额头：“你这个小笨蛋，那个来历不明的浑小子，有什么好的？”

夏知意：“我觉得他哪里都好。”

“结婚，爷爷不想干涉你，但还是必须给你讲明白一些事。”夏镇东看着年轻的孙女，叹了口气，继续说道，“两个人在一起过日子是很难的，陆经年真的不是个很好的结婚人选。首先，他连家人都没有，日后你们俩有点儿什么事情都没个人帮衬；其次，他比你小了那么多，少年人心性不定，他今日说的爱你未必能坚持一辈子；最后，你们的门第差距很大，你嫁给他，双方都会承受很多压力的，况且你从小就是养尊处优的大小姐，现在年轻还好说，以后老了，难不成要做牛做马伺候他？”

“爷爷，他的背景不好，不意味着他不好。”她声音很平和，“我既然认定了他，未来就会坚定不移地走下去，日子都是我们自己过的，别人的闲言碎语无关紧要。结婚是要相携一生的，那总该彼此付出。他宠我爱我大半生，到老了，我照顾他也是理所当然的呀。”

这番话让夏镇东愣住，可嘴上却不想松口：“大道理一套一套的，到时候吃亏了，可别怪爷爷没提醒你。”

“不会的。”夏知意坚定地笑着说，“走吧，我们去买菜。”

菜市场很热闹，夕阳把祖孙俩的影子拉得老长。

被装在包里的小泥人心里被触动：这姑娘，是懂事儿的。

第二天，在南津市中心最繁华的礼堂里，夏知意戴着白手套的手，被夏镇东交到了陆经年手中。夏镇东对孙女婿不满意，孙女儿却是他心头宝。最后，他还是松了口气，放下了姿态：“以后千万要照顾好她。”

陆经年接过夏知意的手，情不自禁地握紧了些，很认真地点头。

陈念作为陆经年的伴郎，此刻正坐在观礼的座位上，莫名有些感慨。说不羡慕是假的，毕竟遇到一个互相喜欢的人，把她娶回家，相伴一生，并不是一件容易的事情。

而坐在他不远处的叶景弦和宋之涵脸上也漾起了笑容。

宋之涵：“夏夏终于嫁给了满心满眼都是她的少年了。”

叶景弦：“之后就不会有人来打扰我们的二人世界了。”

声势浩大的婚礼持续到傍晚才算结束，礼堂外下起了雨，送走宾客后，陆经年一转身，就被喝得微醺的夏知意扑了个满怀。

她漆黑的眼眸里满是温柔的笑意，抬手轻轻给男人擦去额上的雨水，脆生生地喊：“陆经年。”

喝醉了的夏知意声音很软很甜，他将她拦腰抱起，走向婚车。

尽管晕乎乎的，可是夏知意依然惦记着一句话，一定要告诉他，她喃喃道：“陆先生，当妻子这种事儿，我没有经验，未来请你多多包涵，有什么做得不对的地方，一定要告诉我呀。”

她的少年那样好，她不想让他有任何委屈。

陆经年温柔地摸摸她脸颊，带着难以言说的欢喜，低头在她唇上落下一吻："好。"

此后风雨，我与你同路。

黑色轿车开往回家的方向，渐渐消失在雨帘之中。

夏知意以新娘子的身份回到她和陆经年的家里。窗外风雨飘摇，霓虹闪烁，卧室里却是温暖安静的。

淋过雨，陆经年担心她会生病，特意放好了热水，待她泡过热水澡后，又替她吹干了头发。

她趴在床上，脸色红扑扑的，呼吸灼热带着淡淡的酒精味道。

陆经年摸了摸她脸颊："夏夏？"

她软声应道："嗯。"

"还记得今天是什么日子吗？"

她傻笑着下意识地低声答道："是我们结婚的日子呀。"

他垂眸，看着她娇憨的侧颜："所以，等下再睡好不好？"

窗户没有关得特别严实，露着了一条缝，清凉的夜风吹进来，夏知意的醉意醒了几分，蒙眬中，就看见了眼前一双琥珀色的眼睛，里面映出她的样子，她眸光中的理智渐渐散了。

男人声音低哑："可以吗？"

她胡乱地点点头，他的吻便铺天盖地地落了下来，落在她的眉心，落在她的唇上……

她下意识地闭上了眼，他那声很低很低的"我爱你"，夹杂在风拍打窗户的声响里。

深夜，大雨洗刷了城市，被遗忘在车里的泥人听着雨声，心里很是平静，哪知道一个不友好的声音突然在耳边响起：“哥哥，不是说不来的吗？”

是齐葭。

她端详着泥人，打趣道：“这个造型蛮适合你的。”

小泥人仍然没出声。

“你就别再死鸭子嘴硬了，再不现身，我就施法毁了你这个小泥人！”

此刻现身一定会被齐葭这个死丫头笑死，那他的一世英名何在！天君如此想着，坚定了自己做死鸭子的信念。

谁料，齐葭突然放开了他，不一会儿就把趴在陆经年家窗台边的赤松子揪回了车上，说道：“该回天界了。”

赤松子顶嘴：“姑姑，时辰还早，我们都还没闹洞房呢。”

齐葭敲了敲他的脑袋：“小孩子好奇心不要太重。等你长大了，有的是机会体验。快来跟你父亲问好。”

她说着，举起了旁边的泥人，却发现手上的泥人已经失了灵气，看来某位“严守天规”的天君早早溜走了，只不过那泥人脸上情不自禁露出的笑容成了定格。

她轻笑一声，抬头透过雨幕去看陆经年家里温馨的灯火，嘴角上扬：“放心吧哥哥，他们一定会很幸福的。”

番外二
陆明夏最爱爸爸……和妈妈

Jingnian zhiwoyi

陆明夏是在儿童节出生的小宝贝，大概是因为身体里有神明的血统，这孩子从小就没生过病，不哭不闹，很早慧。作为南津市第三幼儿园里最皮实、最可爱的小朋友，自小语言天赋极高的她早早地成了小 B 班的孩子王。

这一天，南津城下了初雪，幼儿园小 A 班的年轻老师带着一群孩子在外面玩耍，其中有个小孩叫叶嘉遇，性格孤僻，不爱讲话，一个人躲在角落里默默地堆雪人。

老师为了让他融入小朋友们的团体，特意让几个小男孩去叫他过来一起玩。那几个小孩起了坏心眼儿，在打雪仗的时候，一个劲儿地把雪球往他身上砸。伴随着孩子们的欢呼声，冰凉的雪球在叶嘉遇身上炸开。

远远看着的老师只当是孩子们之间的玩闹，并未注意到那男孩僵住的身子和眼底隐约泛出的水光。陆明夏就是在这时候从远处跑了出来，有些生气：“小叶子的衣服里都进了雪，你们不许打他了。”

“你别管闲事。”其中一个小男孩说着，朝叶嘉遇又丢了一个雪球，却被陆明夏肥嘟嘟的小身板挡住。

她瞪着水汪汪的小鹿眼说：“不许丢了！”

“陆明夏，你信不信我们也打你。”不知天高地厚的男孩子们说完，一个雪球就砸在了她的脚边。

陆明夏不甘示弱地扔了一个回去：“我会还手的。”

这下可不得了，好多个雪球朝着陆明夏和叶嘉遇砸过来。

本来以为这会是一场以小女孩被砸哭而仓皇收尾的闹剧。谁知道，陆明夏居然一个人把对面七八个小朋友都打哭了。

她转身对叶嘉遇说：“小叶子你放心，我答应过之涵阿姨了，在幼儿园里会好好保护你的。”

叶嘉遇和她对望一眼，有些担心地说：“可是，他们要跟老师告状了。”

“不怕，出了事儿我顶着。”陆明夏信心满满地替他拍掉了衣服上的雪花。因为无论是她爸爸，还是太姥爷都一定会站在她这边的。

正在跟宋之涵一块儿逛街的夏知意接到了幼儿园老师的电话，说陆明夏把隔壁班的好几个小朋友打哭了。

从幼儿园老师办公室里出来，夏知意叹了口气：“你看看你们家小叶子，乖巧可爱，讨人喜欢，再看看我们家的小明同学，真是三天不打，上房揭瓦。”

宋之涵摇摇头：“小叶子太像女孩子了，一点儿都不硬气，快把我和叶景弦愁死了。小明怎么说也是替小伙伴出头，夏夏你别太难为她了。”

“我知道。”

天不怕地不怕的陆明夏万万没想到，这次老师请来的居然是她的妈妈，原本如向日葵一般灿烂的笑脸瞬间就耷拉下来。

在家里，她很爱爸爸、太姥爷、小叔叔和小姨，唯独对妈妈，是又爱又怕。

妈妈虽然话很少，却是家里最聪明的人。每次面对妈妈，她心里隐藏的秘密总会无所遁形，这样的压迫感让陆明夏总觉得自己不完美，一直都没有成为妈妈期待的乖孩子，生怕自己犯了错，妈妈就讨厌她。此外，妈妈最厉害的地方应该就是在她跟妈妈发生争执的时候，哪怕妈妈静静坐在那里，明明什么都没说，就能让平时对她很疼爱的爸爸总是毫无原则地站在妈妈那一边。

放学的路上，夏知意拉着女儿的手问道："说吧，怎么一回事儿？"

"他们欺负小叶子，还往我们身上丢了好多雪球，我是为了保护自己才还手的，但是打架不对，我知道错了……"陆明夏越说声音越小，还忍不住眨巴眨巴眼睛，掉了几滴眼泪。

夏知意伸手摸了摸陆明夏的头："你在朋友有危险的时候挺身而出，做得对，哭什么？"

陆明夏有些愕然地擦了擦眼泪。

夏知意继续道："只不过用打架这种保护朋友的办法太低级了，以后做事情要多动脑子，知道吗？"

陆明夏松了一口气，连连点头："知道了。"

"既然知道了，就上车吧，你看小叶子在等你呢。"

夏知意很开心，自己的女儿虽然看上去大大咧咧，实际上却是一个细腻又心怀善意的小姑娘。

车上的宋之涵察觉到母女二人之间的神秘气氛，没话找话地问陆明夏："小明，小叶子和比萨，你喜欢谁？"

对于宋之涵的问题，陆明夏想都没想，掷地有声地说道："我喜欢爸爸。”

比萨好像听懂了一般，“汪呜”地叫了一声。

宋之涵又问：“那你小姨和你太姥爷，你喜欢谁？”

陆明夏果断说道：“我喜欢爸爸。”

这是固定模式吗？宋之涵不信邪，继续问：“那你妈妈和爸爸，你喜欢谁？”

陆明夏想了半晌，撇了撇嘴，一副要哭的表情：“一定要选一个吗？”

宋之涵见状，惊讶地看向夏知意。她倒是毫不在意，依然专注于手绘板上的插画，轻飘飘地来了一句：“宋宋，别为难小朋友。”

恰巧车停在了马路边，陆明夏如释重负，立马拉着小叶子跑进了火锅店。

宋之涵好心地提醒：“我觉得你家小明同学有点儿怕你，这得注意了。”

“我知道。”

“你不想做点儿什么改变一下？”

夏知意没有抬头：“你家小叶子也怕我，不是吗？”

宋之涵被噎住了，仔细回忆，她发现夏知意确实不擅长跟小孩相处。

沉默好一会儿，宋之涵又问道：“你既然不喜欢小孩，怎么这么早就要了，二人世界过得不开心吗？”

夏知意回答：“他孤身一人为我留下，我也想让世界上多一个人来爱他。”

因为是他，她愿意去体会这世间种种，最后把美好双手奉送。

她说这话时，眼里闪过星辰一般的光亮，神色温柔得就像冬日里的太阳。

不远处，在白雪皑皑的小巷子里，一家火锅店门口冒出袅袅炊烟，陆经年正迎着风雪，向她走来。

夏知意看着手绘板上的全家福，想着，这一生就这样，已经很好了。

后记

Afterword

这是我写完的第一本书，完成于二十一岁开始的时候。

写作的缘由大概要追溯到一年前，相伴十年的好友打电话给我，说他要放弃自己的爱情了。他的那段故事热烈而仓促，就像冬日雪夜里绽开的一簇烟花一样，时间不长，却让人难以忘却。

为了安慰他，我们一起过了中秋节。我陪他走过了长沙的喧闹街头，点了特辣口味的小龙虾，在世界之窗的摩天轮上大声唱民谣，最后还看过了失恋博物馆中的每一件展品……

或许就是那一天，我希望去构建一个凉薄中又不失甜蜜和感动的世界，去创造一个治愈的故事，不只是为了他，还为了优柔寡断的自己。

我是个慢热的人，常常都是后知后觉。在短短的二十一年里，被人喜欢过，也喜欢过别人，可从来都没有去认认真真地争取，也从不小心翼翼地珍惜。

我是喜欢写作的，可是在追求热爱的这条路上，也有过数不清的半途而废。

为此，我同他约定要坚持一次，写一本小说，讲一个温暖的故事给他听。而他要放下那段过往，积极努力地向前看。就这样，《经年知我意》诞生了。

感谢编辑姐姐的一路陪伴，让我把梦想最终变成了现实。我不知道一本书的力量会有多强大，可我总是相信美好的故事会给冷漠的世间多添一份温情。就像有首民谣中唱的那样——“知道你不能，还要你感受，让星光加了一点儿彩虹，让樱花偷偷吻你额头，让世间美好与你环环相扣。”

成长路上的第一站，总是要先学会适应孤独，哪怕孤独是生命长河的黑暗底色，我们依然一路向前，收获亲情、友情与爱情。这些以爱之名留存在心间的记忆，终究都会化作那无尽黑暗之中的漫天繁星。

这也是我想透过这个故事，说明的道理。

愿每一个努力成长的女孩，都会遇见一个为守护她而生的“神明”。

未来，继续加油。

官方新浪微博：大鱼文学
官方抖音号：大鱼文学
官方快手号：大鱼文化
官方微信号：dayuwenhua1314

经年知我意

Jingnian Zhiwoyi

“知足常乐的人，都会得到一份幸运。”陆经年眼睛直直地注视着她，伸手，掌心放着齐葭给的红线，“这是月老送的礼物，她说被它绑住的两个人一定会情投意合。可我不想用法力困住你，我只是想让你知道，我不止喜欢你的漫画，还喜欢你。思想观念、生活习惯可以慢慢磨合，未来很长，我可以接受你的所有问题。”

夏知意听着他的话，心跳开始加速：“你……想清楚了？”

陆经年猛地点头：“你是我波澜不惊的漫长岁月中惊喜的意外。小意，你愿不愿意给我一个机会？”

夜色融融，他和她安静地对望。过了很久很久，夏知意轻轻唤了他一声：“陆经年。”

“我在。”

她舒展眉头，笑容恬淡：“我们试试吧。”

大鱼文学

上架建议：青春 / 言情

ISBN 978-7-5411-6473-6

9 787541 164736 >

定价：39.80 元